David Conti

Don Cavelli und der letzte Papst

David Conti veröffentlichte bei dotbooks in der Reihe um Don Cavelli:

Don Cavelli und der tote Kardinal – Die erste Mission
Don Cavelli und der letzte Papst – Die zweite Mission
Don Cavelli und die Hand Gottes – Die dritte Mission

Wenn Ihnen dieses Buch gefallen hat, empfehlen wir Ihnen gerne weitere Titel aus unserem Programm. Schicken Sie einfach eine eMail mit dem Stichwort »*PRINT: Don Cavelli 2*« an:

lesetipp@dotbooks.de

Wir nutzen Ihre an uns übermittelten Daten nur, um Ihre Anfrage beantworten zu können – danach werden sie ohne Auswertung, Weitergabe an Dritte oder zeitliche Verzögerung gelöscht.

Über den Autor:
David Conti wurde 1964 in Rom geboren und verbrachte dort – unterbrochen von einem mehrjährigen Aufenthalt in München – seine Kindheit und Jugend. Nach einem Studium der Theologie, Geschichte und Germanistik in Perugia, Yale und Tübingen, war er mehrere Jahrzehnte lang in verantwortlicher Position bei einer internationalen Institution in Rom tätig. Seit seinem beruflichen Ausscheiden aus dieser, verbringt er seine Zeit mit Reisen und dem Schreiben der »Don Cavelli«-Reihe. Er lebt abwechselnd in Castel Gandolfo, Zürich und Santa Barbara.

David Conti

Don Cavelli und der letzte Papst

Die zweite Mission

Per Brigitte!
David Conti
1.11.2020

dotbooks.

Druckausgabe 2020

Redaktion: Ralf Reiter
Umschlaggestaltung: Wildes Blut – Atelier für Gestaltung
Stephanie Weischer unter Verwendung mehrerer Bildmotive
von © shutterstock / Malivan_Iuliia, Thortsen Link, Protasov AN,
BossNid

Printed in the EU

ISBN 978-3-96655-113-7

Wer einen Tiger weckt,
sollte einen langen Stock benutzen.
Mao Tse Tung

Morgendämmerung

Cavelli versuchte, sich so schnell wie möglich Klarheit über ihre Situation zu verschaffen. Draußen dämmerte es bereits. Hastig sah er auf seine Armbanduhr. Es war Viertel vor sechs. Der Clavigero begann um fünf Uhr morgens mit dem Aufschließen der Museumstüren. War er hier schon durchgekommen? Möglich war es. Das würde bedeuten, dass alle Türen von hier bis zum Museumseingang offen waren. Und wenn er doch noch nicht hier gewesen war? Dann würden die Türen in beide Richtungen verschlossen sein und sie säßen in der Falle. Cavelli biss die Zähne zusammen. Sie hatten keine Wahl. Zumindest konnten sie ohne ihre Schuhe schnell laufen, ohne auf dem Marmorboden Lärm zu verursachen. Noch achtzig Meter. Noch fünfzig. Zwanzig. Endlich die Tür. Cavelli warf sich auf die Klinke, die Tür gab nach. In diesem Moment wurde am anderen Ende des Gangs die Tür aufgerissen, durch die sie selbst gekommen waren. Augenblicklich erfassten die beiden Verfolger die Situation und spurteten mit der tödlichen Zielstrebigkeit von zwei Atomraketen los. Montis Schnaufen war inzwischen mehr ein Röcheln, und im Gesicht war er hochrot angelaufen. Lange würde er wohl nicht mehr durchhalten. Cavelli wurde klar, dass dieser Wettlauf nicht zu gewinnen war. Und Hilfe war nicht zu erwarten. *Es sei denn …* »Lauft weiter!«, schrie er den beiden anderen zu. Dann packte er einen Stuhl, auf dem tagsüber

Museumswächter saßen, und schleuderte ihn mit aller Kraft gegen eine Vitrine mit antikem Goldschmuck. Ein schriller Alarm zerriss die Stille …

Prolog

»Dormisne?«

Fast unhörbar leise flüsterte er dem alten Mann das lateinische Wort für »Schläfst du?« zu, während seine Lippen fast dessen Ohr berührten.

Nicht dass er wirklich eine Antwort erwartete. Das Gesicht des Mannes in dem erstaunlich schlichten Bett war bleich und starr. Seine Augen blickten ausdruckslos an die Zimmerdecke oder auch – manch einer würde es wohl so sehen wollen – durch die Decke hindurch in den Himmel. Sein Mund stand in einer schmerzlich verkrampften Art offen, was bei fast jedem anderen dumm gewirkt hätte, aber seinem durchgeistigten Antlitz, das in den letzten Jahren immer öfter von Schmerz und Anstrengung verzerrt gewesen war, tat es merkwürdigerweise keinen Abbruch, im Gegenteil, es verlieh ihm eine Art von fast schon tragischer Würde.

»Dormisne?«, fragte er ein zweites Mal und nur – dessen war er sich wohl bewusst – um den Moment, in dem er die Realität endgültig zu akzeptieren hatte, noch für einige Sekunden von sich fortzuschieben. Schon die Frage das erste Mal zu stellen war eigentlich ein Fehler, streng genommen gar ein Verstoß gewesen. Johannes Paul II. hatte dieses jahrhundertealte Ritual schon vor langer Zeit abgeschafft. Es wurde seither in Augenblicken wie diesen nicht mehr gefragt, ob der Betreffende schlafe; noch wurde ihm mit einem kleinen Hämmerchen aus Elfenbein leicht auf die Stirn geklopft. Dennoch hatte er es nicht über sich bringen können, den alten Mann, den er so verehrt hatte, wie einen gewöhnlichen Toten zu behandeln. Es war eine Frage des Respekts. Mit einer Art Seufzen richtete sich Camerlengo De Gennaro auf und nickte dem kleinen Mann in dem weißen Kittel zu, der mit angespannter Miene neben der Tür stand, zusammen mit den anderen drei Männern, die laut Protokoll in dieser Stunde zugegen sein mussten: dem Privatsekretär des Papstes, dem Kanzler der Apostolischen Kammer und dem päpstlichen Zeremonienmeister. Der Leibarzt des Papstes trat an das Bett, fühlte nach dem Puls des alten Mannes und setzte ihm anschließend – obwohl es offenkundig überflüssig war – sein Stethoskop auf die Brust. Dann schloss er ihm die Augen und trat mit gefalteten Händen und gesenktem Kopf einige Schritte zurück.

»Vere, Sanctus Pater mortuus est«, murmelte De Gennaro, gerade laut genug, dass ihn alle verstehen konnten. »Der Heilige Vater ist wahrhaftig tot.«

Dann sprach der Camerlengo – auf den die Befehlsgewalt des Papstes in diesem Moment übergegangen war – ein Gebet, bevor er noch einmal an das Bett trat und den Toten segnete. Was er nun tun musste, widerstrebte ihm, und doch hatte es zu geschehen. Seine Hand zitterte leicht, als er den goldenen Fischerring von dem kalten Finger zog. Bei der bald folgenden ersten Zusammenkunft der Kardinäle würde der Ring vor den Augen aller mit dem schweren Bleisiegel des Papstes zerbrochen werden.

Die Zeit der Sedisvakanz war angebrochen und würde so lange fortdauern, bis das Kardinalskollegium aus seiner Mitte einen neuen Papst gewählt hatte oder genau genommen irgendeinen männlichen, unverheirateten Katholiken über fünfunddreißig. Aber es war mehrere Jahrhunderte her, dass man einen Papst gewählt hatte, der nicht zuvor Kardinal war.

Der Camerlengo musste nun den Kardinaldekan vom Tod des Papstes unterrichten, und er würde zeitgleich die Kardinäle nach Rom zum Konklave rufen, das frühestens fünfzehn und spätestens zwanzig Tage nach dem Tod des Papstes zu beginnen hatte. Außerdem hatte der Camerlengo den Kardinalvikar in Kenntnis zu setzen, dessen Aufgabe es war, die Öffentlichkeit zu informieren. Dann würden neun Trauertage folgen. Der Leibarzt würde die Einbalsamierung der sterblichen Überreste des Papstes beaufsichtigen, und erst nachdem diese in die Pontifikalgewänder gehüllt und in der Sala Clementina, einem Audienzraum des Apostolischen Palasts, aufgebahrt worden waren, durften sie fotografiert werden. Dort konnten Angehörige des Vatikan und beim Heiligen Stuhl akkreditierte Botschafter vom Papst Abschied nehmen. Anschließend würde der Leichnam für die Gläubigen im Petersdom aufgebahrt. Bei Johannes Paul II. waren es immerhin über zwei Millionen Menschen gewesen, die ihm die letzte Ehre erweisen wollten. Schweizer Gardisten hielten dabei die Ehrenwache am Sarg. Nach einer Totenmesse, welcher der Kardinaldekan vorstand, würde der Sarg in den Vatikanischen Grotten unter dem Petersdom beigesetzt, wo sich bereits hundertsechzig verstorbene Päpste befanden.

ERSTES BUCH

I

Fünfzehn Tage vor dem Konklave

Der Mann in dem maßgeschneiderten Anzug und dem haarlosen Schädel schnippte mehrmals ungeduldig mit den Fingern, als seine Sekretärin mit den Akten für diesen Morgen hereinkam. Warten zu müssen, während sie eilig den Weg von der Tür bis zu seinem riesigen Schreibtisch zurücklegte, erschien ihm auch heute wieder wie ein gegen ihn persönlich gerichteter Affront. Gereizt griff er nach der obersten der vier Akten. Sie war rot, was für die höchste Dringlichkeitsstufe stand. Während die Sekretärin geräuschlos aus dem Büro huschte, zerteilte er mit dem Zeigefinger das Siegelklebeband, das die Mappe verschloss, und öffnete sie. Dann las er die Aufschrift auf dem Deckblatt.

FERNE MORGENRÖTE

Beginn: 9. September 1974 – Ende: ______________

Angewidert verzog er das Gesicht. Er bevorzugte schlichte Namen gegenüber solch blumigem Firlefanz. Und dass er von dieser Operation noch nie etwas gehört hatte, obwohl sie offenbar vor etlichen Jahrzehnten ins Leben gerufen worden war, kündete von ihrer absoluten Bedeutungslosigkeit. Aber weshalb befand sie sich dann in einem roten Ordner? Falls das ein Fehler war, und es war ganz sicher einer, würde der Schuldige sich unerquicklichen Konsequenzen ausgesetzt sehen. Mit einem ärgerlichen Naseschnauben legte er das Deckblatt zur Seite und begann, die Zusammenfassung auf Seite zwei zu lesen: zunächst eine kurze Analyse der Ausgangssituation, dann eine äußerst ambitionierte Zielsetzung. Das übliche Blabla eben; er überflog es mit geübtem Blick und konzentrierte sich schließlich auf den dritten Absatz, der mit »Eingeleitete Maßnahmen« überschieben war.

Nachdem er ihn gelesen hatte, starrte er eine volle Minute mit ausdruckslosem Gesicht durch die kugelsicheren Scheiben seines Büros nach draußen. Sein Herz schlug so heftig, dass er es in seinem Kopf spürte. Behutsam lockerte er seine Seidenkrawatte. Dann entfernte er sorgsam den Laufzettel, der als Empfänger das Kürzel seines Sekretariats nannte, legte ihn auf die Papiere und schob den ganzen Stapel durch den Schlitz seines durchsichtigen Aktenvernichters. Erst nachdem sich die Papiere vor seinen Augen vollständig in Papierstaub verwandelt hatten, fühlte er sich ein wenig wohler.

II

Vorabend des Konklave, 18 Uhr 30

Der Brauch, eine Papstwahl als Konklave zu bezeichnen, gründet sich auf den lateinischen Begriff »cum clave«, also mit Schlüssel, was symbolisch den Umstand bezeichnet, dass die Kardinäle so lange in der Sixtinischen Kapelle eingeschlossen werden, bis – so die offizielle Lesart – der Heilige Geist über sie kommt und sie aus ihrer Mitte einen neuen Papst gewählt haben. Erst dann steigt über dem Dach weißer Rauch auf und von der Mittelloggia des Petersdoms wird feierlich verkündet »Habemus Papam!«

Die Konklave der letzten Jahrzehnte haben selten länger als einige Tage gedauert, aber es hat Zeiten gegeben, da konnte es viele Wochen, Monate dauern, bis man sich, teilweise unter erbittertem Streiten und Intrigieren, geeinigt hatte. Die Kardinäle mussten während dieser Zeit dort essen, in winzigen, zu diesem Zweck aufgestellten Verschlägen, schlafen und unter den denkbar primitivsten Voraussetzungen ihre Körperhygiene verrichten. Die Zustände dort spotteten jeder Beschreibung. Mochte die Sixtina auch einer der prachtvollsten Räume der Welt sein, in jedem Obdachlosenasyl lebte es sich angenehmer.

Erst Johannes Paul II. setzte der unwürdigen Situation ein Ende. 1992 ließ er das unter Leo XIII. als Krankenhaus rbaute und später zum Pilgerheim umgewidmete Domus Santa Marta im Süden der Vatikanstadt abreißen und ein komfortables fünfstöckiges Gästehaus gleichen Namens errichten, das vier Jahre später fertig gestellt wurde und, was den Service angeht, wie ein gehobenes Hotel geführt wird. Es besitzt einhundertfünf Suiten, sechsundzwanzig Einzelzimmer und ein Apartment. Normalerweise stehen diese Räumlichkeiten Gästen des Vatikan und auch einigen klerikalen Dauermietern zur Verfügung, doch wenn ein Konklave stattfindet, haben diese allesamt zu weichen. Nur Kardinäle wohnen in dieser Zeit in jenen Räumen, die ohne Ansehen der Person per Los verteilt werden, und das Gebäude wird von der Schweizer Garde hermetisch abgeriegelt. Internet, Telefone, Zeitungen, Fernsehen, Radio und Post sind untersagt. Den Kardinälen ist das eigenmächtige Verlassen nicht gestattet, denn sie sollen keinerlei Kontakt zur Außenwelt haben. Zu den Wahlgängen werden sie in weißen Bussen vor der Tür abgeholt und auf direktem Wege zum Damasushof gefahren, von wo sie sich mittels eines alten Aufzugs nach oben und durch die Loggien des Raffael in die Sixtina begeben. Dort werden sie dann, nachdem mittels des Rufes »Extra omnes!« alle Nichtkardinäle des Raumes verwiesen wurden, eingeschlossen.

Vor Beginn des Konklave wird in der Kapelle nicht nur der legendäre Ofen installiert, in dem die Stimmzettel der einzelnen Wahlgänge unter Zugabe von Chemikalien, die je nach Bedarf schwarzen oder weißen Rauch erzeugen, verbrannt werden, sondern auch ein erhöhter Holzfußboden sowie Störsender, die jegliche Mobilfunk-Kommunikation zuverlässig unterbinden. Außerdem wird der ganze Raum mit elektronischen Spürgeräten auf Abhörvorrichtungen untersucht. Denn längst ist jedes Konklave zu einem internationalen Medienereignis der höchsten Kategorie geworden, bei dem nicht nur die üblichen VAMPS anwesend sind (wobei es sich bei diesen zum heimlichen Bedauern mancher Kleriker nicht um verführerischen Damen mit ruchlosen Sitten handelt, sondern lediglich um das Vatican Accredited Media Personnel, also die Medienleute, die von Rom aus über nichts anderes als den Papst und den Vatikan berichten). Aus der ganzen Welt strömen die Journalisten zum Petersplatz; die reicheren Sender mieten zu absurden Preisen jeden Balkon und jedes Fenster, von dem man eine halbwegs gute Sicht auf den Petersdom hat, und dann werden so lange vermeintliche Experten über die aussichtsreichsten Kardinäle interviewt, bis der tatsächliche Name des neuen Papstes bekannt gegeben wird und sich wieder einmal herausstellt, dass sich alle geirrt haben.

So würde es auch diesmal sein.

Kardinal Leonardo Monti stand am Fenster seiner Suite 403 im Domus Santa Marta und blickte auf die Rückseite des von der Abendsonne beschienen Petersdoms. Es war das erste Mal, dass er an einem Konklave teilnahm. Und aller Voraussicht nach auch das letzte Mal. Beim Konklave zuvor war er noch nicht Kardinal gewesen, und beim nächsten würde er wahrscheinlich schon über achtzig Jahre sein, wodurch sein aktives und passives Wahlrecht erloschen sein würde.

Morgen also …

Er versuchte, seinen unruhigen Gedankengängen Einhalt zu gebieten. Es gab nichts zu denken. Nicht für ihn. Und auch für die allermeisten der anderen Kardinäle nicht. Jetzt war die Zeit gekommen, in der es zu vertrauen galt. Darauf, dass sich alles finden und dass am Ende der Würdigste aus ihrer Mitte hervorgehen würde.

Natürlich gab es auch dieses Mal wieder verschiedene Favoriten. Kardinäle, die als besonders *papabile* galten. Doch würde einer von ihnen auch der Auserwählte sein? Das war keineswegs ausgemacht. Schon oft hatte sich die alte Regel bewahrheitet, nach der derjenige, welcher als Papst ins Konklave ging, als Kardinal wieder herauskam. Monti lächelte bei diesem Gedanken. Er hatte keinen Favoriten, er würde sich vom Geiste des Konklave tragen lassen.

Und wenn man nun ihn selbst vorschlagen würde?

Vorstellbar war es durchaus. Nicht im ersten Wahlgang natürlich, und auch nicht im zweiten oder dritten. Doch was würde sein, wenn auch bei weiteren Wahlgängen keiner der Favoriten die notwendige Stimmenzahl auf sich vereinigen konnte? Dann schlug die Stunde der Kompromisskandidaten. Die Stunde derer, die weder als besonders reformfreudig noch als besonders konservativ bekannt waren. Derer, die nie nach der Macht gestrebt hatten. Und genau so ein Kardinal war Leonardo Monti. Niemals hatte er sich in den Vordergrund gedrängt oder in herausragender Weise Stellung bezogen. Er empfand Sympathie für Benedikt XVI., der sich als einfachen und bescheidenen Arbeiter im Weinberg des Herrn gesehen hatte und der, als sich im Konklave seine Wahl immer deutlicher abzeichnete, darum betete, dass dieser Kelch an ihm vorüber gehen möge. Allerdings war er bekanntlich nicht erhört worden; man hatte ihn trotzdem gewählt. Möglicherweise hatte auch sein hohes Alter von achtundsiebzig Jahren eine Rolle gespielt. Kardinäle, die noch ein paar Jahre zu jung für das Papstamt waren, wählten gern Kardinäle, deren fortgeschrittenes Alter es gestattete, auf ein zeitlich überschaubares Pontifikat zu hoffen. Die Wahl des erst achtundfünfzigjährigen Karol Wojtyla, der dann sechsundzwanzig Jahre im Amt gewesen war, hatte einige Karriereträume beendet und diente als abschreckendes Beispiel.

Monti atmete schwer aus. Es war unwahrscheinlich, dass man ihn wählen würde. Erst kamen die Favoriten, und zudem gab es außer ihm selbst noch weitere Kompromisskandidaten. Äußerst unwahrscheinlich also. Doch nicht unmöglich. Ging der Herr nicht oft seltsame Wege? Unwillkürlich ging er zu dem Betstuhl neben dem Schreibtisch und kniete auf dem roten Polster nieder. Er wollte beten: dafür, dass man ihn nicht wählen möge und – falls doch – um Vergebung. Um Vergebung dafür, dass er ablehnen würde.

III

Vier Tage vor dem Konklave

Der *Wächter* betrat den Schießstand, den man in seinem Keller eingerichtet hatte und von dem niemand wissen durfte, holte den Revolver aus dem Futteral, schob in einem tausendfach geübten Bewegungslauf sechs Patronen in die Trommel und klappte sie in die Waffe zurück. Die großspurige Art, die Trommel durch eine schnelle Bewegung der Waffe zurückschnappen zu lassen, wie man sie oft in Filmen sah, hatte er sich nie zu eigen gemacht. Es schadete langfristig der Waffe, in seinem Fall eine 38er Smith & Wesson mit Vier-Zoll-Lauf. Diese Lauflänge war ein sinnvoller Kompromiss. Die Zwei-Zöller schossen zu ungenau, die Sechs-Zöller, wie man sie aus Western kannte, ließen sich kaum unauffällig tragen und blieben beim schnellen Ziehen gern mal in der Kleidung hängen.

Der *Wächter* aber würde nicht nur treffen, sondern auch schnell sein müssen.

Er drückte einen Knopf an der Wand, und die vier Pappzielscheiben, die in fünfzehn Meter Entfernung in einem ausgeklügelten System aus Drähten und Rollen befestigt waren, begannen, sich in verschiedenen Bahnen zu bewegen. Diese Bahnen waren niemals gleich, und infolgedessen konnte man sich auch nicht darauf vorbereiten, so wie man das Verhalten von Zielen in der Realität ja ebenfalls nicht vorausberechnen konnte. Er hob die Waffe und gab innerhalb von zwei Sekunden auf alle vier Zielscheiben je einen Schuss ab. Der würzigbeißende Geruch von Pulverdampf hing in der Luft. Der *Wächter* hatte ihn nie gemocht. Er legte den Revolver auf einen kleinen Tisch und blickte durch ein Präzisionsfernrohr, das auf einem Stativ befestigt war. Kein Treffer befand sich genau in der Mitte der Zielscheibe, aber alle im schwarzen Bereich. Das war mehr als hervorragend. An mangelndem Training würde es nicht liegen, falls er scheiterte, und schon gar nicht an mangelnder Entschlossenheit, aber die Umstände, unter denen es stattfinden würde – falls es stattfinden würde, was er ganz und gar nicht hoffte – würden vollständig unkalkulierbar sein. Eine extrem schwierige Aufgabe, da machte sich der *Wächter* gar nichts vor, aber dennoch vergaß er eines keine Sekunde lang: Man verließ sich auf ihn.

IV

Sechs Tage vor dem Konklave

Der Mann in der Priesterkutte hätte einem Film von Federico Fellini entsprungen sein können. Monsignore Rinanzos spindeldürre Gestalt, seine hageren Gesichtszüge, die eingefallenen Wangen, die lange dünne Nase und die schwarzen Augen, die tief in den Höhlen lagen und unruhig umherblickten, das ölig zurückgekämmte schwarze Haar mit den Geheimratsecken, all das ergab eine Hässlichkeit, die geradezu verstörend war. Auf einen zufälligen Betrachter hätte es daher vielleicht durchaus passend gewirkt, dass er auch eine der hässlichsten der über neunhundert Kirchen Roms betrat. Mit einem müden Quietschen fiel die Eingangstür hinter ihm zu.

Hier im Innenraum war es dunkel, und ein muffiger Geruch hing schwer in der Luft. Alles wirkte staubig und trübe. Seit ihrer Erbauung vor über hundertfünfzig Jahren schien sie nie restauriert worden zu sein, und was früher einmal im goldenen Glanz erstrahlt hatte, war längst einem stumpfen Braun gewichen. Die meisten Touristen, die sich hier hinein verirrten, machten nach einem flüchtigen Blick ins Innere auf dem Absatz wieder kehrt. Hier gab es nichts Besonderes zu sehen. Die jungen Römer, die sonntags zur Messe gingen, hatten sich eine ansprechendere Kirche gesucht, und nur noch wenige Gläubige, meist sehr alte Leute, die seit ihrer Kindheit hierher kamen, waren hier noch gelegentlich anzutreffen. Es war die verlassenste Kirche Roms, und genau deshalb suchte Monsignore Rinanzo sie jeden Montag auf. Eilig, beinahe schon achtlos, benetzte er seine nikotingelben Finger mit Weihwasser und bekreuzigte sich. Wie immer verharrte er einen Moment und sah sich um. Eine alte Frau kniete betend in der ersten Reihe, ansonsten war die Kirche, wie Monsignore Rinanzo mit zwei schnellen Blicken feststellte, leer. Zügig, aber dennoch leise ging er hinüber zum Beichtstuhl und öffnete die Tür für den Priester. Es war die einzige Tür in der ganzen Kirche, deren Angeln nicht quietschten. Jemand ölte sie regelmäßig. Leise schloss er die Tür, und setzte sich. Seine Hand tastete, wie schon so oft zuvor, unter dem Sitz nach dem Umschlag. Da war er, wie immer mit Klebeband befestigt. Mit geübtem Griff löste er ihn ab und holte ihn hervor. Er entfernte das Klebeband und befestigte es erneut unter dem Sitz, eine simple, aber effektive Methode, die signalisieren würde, dass *er* es gewesen war, der den Brief entfernt hatte, und nicht irgendeine Putzfrau. Der Brief war größer als sonst, im DIN-A4-Format, und auch wesentlich dicker als üblich. Wie immer betastete er voller Angst den Umschlag, ob *es* da war. Wie immer war es da. Erleichtert atmete er auf. Aber da war noch etwas, was ihn beunruhigte. Er hatte strikte Anweisung, jeden Umschlag, den er auf diese Weise erhielt, erst in seiner Wohnung zu öffnen, und bisher hatte er sich auch stets daran gehalten, aber dieser ungewöhnliche Brief versetzte ihn in eine merkwürdige Unruhe. Das hier war anders. Es lag etwas Großes in der Luft, das konnte er spüren. Er musste einfach *jetzt* erfahren, was es damit auf sich hatte. Ungeduldig riss er den Umschlag auf und kippte den Inhalt auf seinen Schoß. Es handelte sich um einen eng getippten Brief, wie immer ohne Anrede und Unterschrift, und eine Anzahl kleinerer Umschläge, die alle mit verschiedenen Namen beschriftet waren. Er hielt den Brief hoch und drehte sich im Sitzen um, damit durch das Holzgitter in der Tür etwas Licht darauf fallen konnte. Mit zusammengekniffenen Augen begann er zu lesen.

Inhalt 12 Briefe. Bei Auslieferung ist sicherzustellen, dass keiner der Adressaten …

Mit einem scharfen Ruck wurde der kleine Vorhang neben ihm zur Seite gezogen. Monsignore Rinanzo blieb fast das Herz stehen, linkisch fuhr er herum und blickte in das Gesicht der alten Frau, die nun in der rechten Beichtzelle kniete. Das war nicht gut. Dies war nicht seine Kirche, wenn der rechtmäßige Priester auftauchen würde, müsste er sich eine Erklärung ausdenken, was er hier zu suchen hatte. Nein, das war ganz und gar nicht gut. Mechanisch machte er das Kreuzzeichen. »Gelobt sei Jesus Christus.«

»In Ewigkeit Amen«, antwortete die alte Frau, während sie sich bekreuzigte. Sie war eine von diesen hundertfünfzigprozentigen Katholikinnen; das erkannte er sofort. Eine von jenen, die den halben Tag von einer Kirche zur nächsten liefen, um mehrere Messen nacheinander zu feiern; die jedes Kirchenlied auswendig kannten, mit lauter Stimme mitsangen und täglich beichteten, obwohl sie natürlich keine ernsthaften Sünden begangen hatten. Die meisten Priester verdrückten sich, so schnell sie konnten, wenn sie einer dieser sogenannten Kirchenschwalben auch nur von Weitem ansichtig wurden. Aber jetzt war es zu spät. Die Alte leierte mit weinerlicher Stimme irgendwelche Nichtigkeiten herunter, und es würde sicher lange dauern, bis sie fertig war. Monsignore Rinanzo hörte nur mit einem Ohr hin, es ging wohl um ihre Katzen und eine Nachbarin. Er bemerkte, wie ihm der Schweiß ausbrach. Eilig stopfte er die Briefe zurück in den großen Umschlag und schob ihn unter seine Soutane. Als die Alte schließlich hustete, nutzte er den Moment, um ihr eine kleine Buße aufzuerlegen und die Absolution zu erteilen, und bevor sie noch protestieren konnte, hatte er die Tür aufgestoßen und mit hastigen Schritten die Kirche verlassen.

V

Dreizehn Tage vor dem Konklave

Der haarlose Mann in dem breiten Bett lag auf dem Rücken und starrte an die mit kostbaren Schnitzereien verzierte Decke eines seiner zahlreichen Schlafzimmer. Er hatte weder einen Sinn für das Rauschen des Meeres an dem Privatstrand, das durch die geöffneten Flügel der Terrassentür seiner Wochenendvilla hineindrang, noch für seine aktuelle, vierzig Jahre jüngere Geliebte neben sich, die vergeblich versuchte, seine Aufmerksamkeit auf sich zu lenken.

Ferne Morgenröte …

Der Gedanke daran hatte ihn nicht mehr losgelassen. Jeden anderen, der es gewagt hätte, eine solche Aktion auch nur vorzuschlagen, hätte er für einen nicht ernst zu nehmenden Narren gehalten, wenn nicht gar für einen gefährlichen Irren. Doch dieses Projekt stammte aus gänzlich anderen Zeiten. Heutzutage ging Politik immer den Weg des geringsten Risikos, tausendfach von allen Seiten beleuchtet, von Experten geprüft und nur in Angriff genommen, wenn das Gelingen so gut wie sicher war. Kühne Visionen? Das war einmal. Damals jedoch …

Ferne Morgenröte …

Schon dieser Name. Er klang so lyrisch und harmlos. Aber das täuschte. Und genau diese Täuschung war auch der

Zweck solcher Bezeichnungen. Wie auch bei der Aktion *Lasst hundert Blumen blühen!*, bei der man die Intellektuellen des Landes aufgefordert hatte, ohne Angst vor Repressalien frei heraus kritisch ihre Meinung zur aktuellen Regierungspolitik zu äußern, um dann, als sie es vertrauensvoll taten, dreihunderttausend von ihnen zu Volksfeinden zu erklären und inhaftieren zu lassen sowie weitere siebenhunderttausend von ihnen aus dem Staatsdienst zu entfernen.

Auch *Der große Sprung nach vorn*, ein weiteres Projekt, das nur als wahnwitzig bezeichnet werden konnte, klang gut, kostete aber durch geradezu himmelschreiende Inkompetenz fünfundvierzig Millionen Menschen das Leben. Dennoch erfüllen diese Namen auch heute noch, Jahrzehnte später, weiterhin ihren Zweck: die Uninformierten zu täuschen und das eigentliche Wesen dieser Taten zu verbergen. Mao Tse Tung – der über ein Vierteljahrhundert China mit eiserner Hand regiert hatte, der Urheber all dieser Programme – würde sich zufrieden die Hände reiben.

Ferne Morgenröte war ein weiterer Plan von Mao gewesen. Der stellvertretende Direktor des Zweiten Büros – Hauptabteilung Ausland – des Staatsministeriums für Sicherheit stieß ein fauchendes Lachen aus. In der Tat, der Plan war gigantisch in seinen Ausmaßen, aber gleichzeitig von geradezu unglaublicher Simplizität. Trotz oder gerade wegen dieser Simplizität war es das aussichtsreichste Projekt von allen. Und es war das einzige, das immer noch – Jahrzehnte nach Maos Tod – aktiv war.

VI

Vorabend des Konklave, 21 Uhr 20

Kardinal Monti glaubte nicht an übernatürliche Vorgänge, wie Hellseherei oder Gedankenübertragung. Selbst den Wundern der Katholischen Kirche stand er – genau wie auch der frühere Papst Benedikt XVI. – eher ablehnend gegenüber, aber in diesem Moment, hier in seiner Suite 403 im Domus Santa Marta, wusste er – ja, er wusste es definitiv –, was in dem Brief stand, der da vor ihm auf dem Boden lag.

Fast wie in Trance schloss er die Tür hinter sich. Wenige Augenblicke zuvor war er noch wohlgestimmt im Fahrstuhl nach oben gefahren. Man hatte sich während des Abendessens ein wenig verplaudert. Beinahe zwei Stunden hatte er mit den anderen Kardinälen über das bevorstehende Konklave gesprochen. Eine Reihe konträrer Standpunkte waren vertreten worden. Am Ende war eher weniger klar gewesen als zuvor, aber so viel ließ sich doch sagen: Es standen mehrere hochinteressante Kandidaten zur Auswahl. Man war voller Hoffnung gewesen. Auch er. Und nun war das eingetreten, vor dem er sich immer gefürchtet hatte. All die Jahre war nichts passiert, und etwas in ihm hatte sich erfolgreich eingeredet, die Wahrscheinlichkeit, *dass* es noch passieren würde, sei mit jedem Jahr, das verstrich, geringer geworden. Doch genau das Gegenteil war der Fall gewesen. Man hatte ihn keineswegs vergessen. Man hatte nur auf den richtigen Moment gewartet.

VII

Vorabend des Konklave, zwei Stunden zuvor

Der Schweizer Gardist am Eingang des Domus Santa Marta vollführte mit dem beweglichen Ring am Schaft seiner Hellebarde eine Bewegung, die ein klickendes Geräusch erzeugte, eine Ehrenbezeugung, die nur klerikalen Würdenträgern zuteil wurde, und salutierte, als der zweite Sekretär des Camerlengo, eine schmale Ledermappe unter dem Arm, wie immer eilig dem Eingang zustrebte und dann mit einem knappen Nicken im Inneren verschwand. Schon in normalen Zeiten waren seine Aufgaben nur mit dem völligen Verzicht auf ein Privatleben einigermaßen zu bewältigen, doch während einer Sedisvakanz schien sich die Arbeit noch einmal zu verdreifachen. Zusätzlich zu seinen zahlreichen sonstigen Aufgaben, war er nun als Organisator des Konklave, soweit es die Vorgänge innerhalb des Domus Santa Marta betraf, sowie als Verbindungsmann des Camerlengo zu den Kardinälen tätig. Da während des Konklave sämtliche Telekommunikationswege des Domus, sowohl von außerhalb als auch innerhalb, deaktiviert worden waren, hieß das für ihn, dass er täglich unzählige Male den Weg vom Governatoratspalast her und wieder zurück gehen musste. Auch heute war er im Laufe des Tages schon fünf- oder sechsmal hier gewesen.

Mit großen Schritten durchquerte er die mit weißem Marmor ausgelegte Empfangshalle, grüßte mit einer kaum wahrnehmbaren Kopfbewegung die diensthabende Schwester an der Rezeption und betrat den Aufzug. Ungeduldig drückte er mehrfach auf den obersten Knopf.

Die Tür schloss sich, und der Lift glitt fast lautlos nach oben. Im fünften Stock befand sich sein provisorisches Büro, wobei das Wort »Büro« selbst in der Kombination mit »provisorisch« noch eine himmelschreiende Übertreibung darstellte. Im Governatoratspalast teilte er sich mit dem ersten Sekretär ein gut sechzig Quadratmeter großes, modernst ausgestattetes Arbeitszimmer mit Blick in die Vatikanischen Gärten, hier hingegen stand ihm lediglich ein zwei mal zwei Meter großes fensterloses Kabuff zur Verfügung, in dem der Kopierer untergebracht war und auf dessen Boden er fein säuberlich diverse Stapel mit Papieren, vornehmlich Namenslisten und Zeitpläne, ausgebreitet hatte. Doch jetzt hatte er nicht vor, diesen Raum zu betreten.

Er verließ den Fahrstuhl und sah auf seine Armbanduhr. Er war pünktlich. Es war neunzehn Uhr fünfzehn. Die Kardinäle saßen nun seit einer Viertelstunde im Speisesaal beim Abendessen und würden höchstwahrscheinlich auch noch eine ganze Weile dort bleiben. Gerade während eines Konklave wurde oft noch stundenlang diskutiert und beraten.

Er öffnete den Reißverschluss seiner schwarzen Ledermappe und entnahm ihr eine Klarsichtfolie, in der sich ein Papier befand. Eine alphabetische Liste aller Kardinäle und ihrer Zimmernummern. Einige der Nummern waren mit Bleistift umrandet. Niemand würde von ihm verlangen, dieses Blatt sehen zu wollen, aber trotzdem würde er diese Kopie vernichten, sobald er sie nicht mehr benötigte. Er blieb vor der Suite mit der Nummer 501 stehen. Außer ihm befand sich niemand im Flur. Vorsichtig legte er das Ohr an die Tür und lauschte. Kein Geräusch war zu hören.

Ruhig griff er in die Mappe, zog einen Brief hervor, verglich noch einmal den Namen auf der Liste mit dem auf dem Umschlag, legte ihn auf den Boden und schnippte ihn unter dem Türspalt hindurch ins Zimmer. Eilig, aber nicht *zu* eilig, ging er den Flur hinunter und um die Ecke. Er wartete, doch offenbar war der Bewohner von Suite 501 nicht anwesend. Wie geplant. Erneut betrat er den Flur. Die Tür von Suite 516 war nun sein Ziel. Wieder ein Brief, wieder ein schnelles Verschwinden. Elf Minuten später befand er sich im ersten Stock und schob den letzten der zwölf Briefe unter einer Tür hindurch. Niemand hatte ihn gesehen. Erst jetzt bemerkte er, dass ihm kalter Schweiß auf der Stirn stand. Er zog ein Taschentuch hervor und wischte sie trocken. Dann fuhr er mit dem Fahrstuhl in die Lobby und strebte dem Ausgang entgegen. Wieder nickte er der Schwester an der Rezeption zu.

»Gute Nacht, Schwester Sophia.«

Schwester Sophia lächelte herzlich. »Gute Nacht, Monsignore Rinanzo.«

VIII

Erster Tag des Konklave

Der Himmel über Rom war fast schwarz an diesem Morgen, und von einem Augenblick zum nächsten hatte es wie aus Kübeln gegossen. Wer kein Auto besaß oder nicht das Glück hatte, noch einen Platz in den überfüllten Bussen zu ergattern, war nach wenigen Augenblicken bis auf die Haut durchnässt. Natürlich war auch kein Taxi mehr zu kriegen. Grund genug für viele, die zu Beginn des Wolkenbruchs noch zu Hause gewesen waren, zum Telefon zu greifen und sich krank zu melden.

Donato Cavelli hatte das Ende seiner achthundert Meter langen Joggingstrecke zum fünften Mal erreicht und machte sich nun in etwas gemächlicherem Trab auf den Rückweg. Seine kleine Stirnlampe warf bizarr hüpfende Lichter an die Wände links und rechts von ihm, und über seinem Kopf hörte er den Regen wütend auf das Dach trommeln. Alle paar Meter sprühte durch die kleinen Gucklöcher links und rechts etwas regnerische Gischt in den schmalen Gang hinein. An normalen Tagen und bei leichtem Regen lief er jeden zweiten Tag im Lieblingspark der Römer, dem Villa Borghese, aber bei einem Wetter wie heute oder bei extremen Minusgraden nutzte er eines der vielen Vatikanischen Privilegien, die er besaß, und joggte durch den für die Öffentlichkeit gesperrten Passetto, den einstmals geheimen, sagenumwobenen Fluchttunnel der Päpste, der in zehn Meter Höhe, unauffällig auf die alte Stadtmauer gesetzt, die Engelsburg mit dem Apostolischen Palast im Vatikan verband und der keineswegs, wie Dan-Brown-Leser zu wissen glaubten, in der Privatbibliothek des Papstes endete, sondern in einer recht unscheinbaren Räumlichkeit.

Donato Cavelli (Wie hasste er seinen Vornamen! Außer seiner Mutter hatte ihn niemand je anders als Don genannt) hatte – wie auch schon alle seine Vorfahren seit 1513 – sein ganzes Leben im Vatikan gelebt. Welche Dienste sein Urahn Capitano Umberto Cavelli damals für Papst Julius II. geleistet hatte, darüber gab es allerlei Gerüchte, von denen eins blutrünstiger als das andere war, und heute ließ es sich nicht mehr feststellen, aber es war auch bedeutungslos. Tatsächlich von Bedeutung war nur, dass die Urkunde, welche Julius II. seinerzeit ausgestellt hatte und die sicher verwahrt in einem römischen Banksafe lag, nach wie vor – und so stand es wortwörtlich da – bis zum Jüngsten Gericht gültig war. Denn auch, wenn Cavellis Anwesenheit manchen Kleriker im Vatikan erheblich störte und man ihn lieber heute als morgen vor die Tür gesetzt hätte, eine päpstliche Urkunde, und sei sie auch ein halbes Jahrtausend alt, die das Jüngste Gericht als Verfallsdatum nannte, war und blieb gültig. Wie hieß es so schön? »Roma locuta, causa finita!« Man rüttelte nicht an Traditionen, denn auf ihnen beruhte fast die ganze Macht des Vatikan. Niemand wusste das besser als ein Papst, und so hatte Cavelli im Laufe der Jahrzehnte nicht selten Ärger mit

Mitgliedern der Kurie bekommen, doch niemals war dies auf Veranlassung eines Papstes geschehen, die, einer wie der andere, Cavelli und seine Privilegien als das anerkannt hatten, was sie waren: Mosaiksteinchen, die man nicht entfernen konnte, ohne das Gesamtbild zu zerstören.

Julius II. hatte verfügt, dass Umberto und seine Nachfahren nicht nur Wohnrecht im Vatikan bekommen sollten, sondern auch »liberatus ab ullis calamitatibus« – also »frei von allen Nöten« – zu stellen seien, was mit zahlreichen Privilegien innerhalb des Vatikan, wie beispielsweise der Vatikanischen Staatsbürgerschaft, jederzeitigem Zutritt zu fast allen Räumen als auch mit einer reich bemessenen Menge Goldes verbunden war. Da die Geldsumme, die Urahn Umberto vor über fünf Jahrhunderten überlassen worden war, inzwischen durch Zins und Zinseszins auf Cavellis Konto beim *IOR*, dem *Istitute per le Opere di Religione* – also dem Institut für religiöse Werke, besser bekannt als Vatikanbank – auf eine buchstäblich paradiesische Höhe angewachsen war, würde er sich – genau wie alle seine Vorfahren – um materielle Dinge niemals Sorgen machen müssen.

Cavelli war zwar katholisch, jedoch längst nicht in dem Maße, wie alle anderen Personen in diesem kleinen Land, was ihn aber, im Gegensatz zu manchen Klerikern, keineswegs störte. Das Leben unter lauter tiefgläubigen Menschen, die, wie er manchmal aus der Filmkomödie *The Blues Brothers* zitierte, »im Auftrag des Herrn unterwegs« waren, empfand er als überaus angenehm, ja geradezu beruhigend. Hier ging alles seinen Gang wie ein präzises Schweizer Uhrwerk, ja, als handele es sich um Naturgesetze, die unabhängig von allen Ereignissen um sie herum ewig gültig waren. Abweichungen gab es lediglich dann, wenn er selbst dafür sorgte.

Nur in den Zeiten der Sedisvakanz war es anders. Dann herrschte in der Vatikanstadt eine seltsame Stimmung; eine Mischung aus feierlicher Trauer, beklommener Sorge und geradezu euphorischer Hoffnung. Jede sonst banale Tätigkeit bekam dann eine spezielle Wichtigkeit, das Tempo der Stadt verlangsamte sich, wurde fast meditativ, und jedermann, auch wenn man sich nicht kannte, nickte dem anderen im Vorbeigehen auf eine besondere, wissende, beinahe schon verschwörerische Art zu. Cavelli kannte nichts Vergleichbares, und obwohl er es schon einige Male erlebt hatte und obwohl er in keiner Weise in die Vorgänge um ihn herum involviert war, empfand er es immer noch als ein besonderes Geschenk, Teil davon sein zu dürfen. Dabei spekulierte er nie darüber, wer wohl der neue Papst werden könnte. Zumindest nicht aktiv. Natürlich hatte er eine Meinung, wer in Frage kommen könnte, und immer war einer der drei Kandidaten, die er für aussichtsreich gehalten hatte, auch gewählt worden, aber wirklich Gedanken machte er sich nicht. Vor allem beantwortete er keine diesbezüglichen Fragen seiner Studenten oder Kollegen, die man ihm als Professor an der Sapienza, Roms ältester Universität, stellte. Einerseits, weil man ihn durch sein Lehrfach, die Geschichte des Papsttums, natürlich für prädestiniert hielt, sich zu dieser Thematik zu äußern, zum anderen, weil auch viele um seine besonderen Lebensumstände wussten und ihn an der Quelle sämtlicher Informationen wähnten, womit sie zugleich recht und unrecht hatten. Wohl hatte Cavelli beispielsweise unbeschränkten Zugang zur Vatikanischen Geheimbibliothek, und zwar auch dort, wo andere Wissenschaftler keinen Zutritt hatten, und ebenso erfuhr er inoffiziell einiges von den Menschen, die im Vatikan lebten, Priester, Nonnen und auch einige Kardinäle, die im selben Haus wohnten wie er, alles Menschen, mit denen er befreundet war, offiziell jedoch verriet man ihm in den Kurienbüros des Governatorats, dem Regierungssitz des Vatikans, nicht einmal, wie spät es war.

Inzwischen hatte er beinahe wieder das Vatikanische Ende des Passetto erreicht. Soeben war er an der Tür vorbeigejoggt, die einige hundert Jahre zuvor den einzigen Eingang zum Hause des Vatikanischen Henkers Bugatti darstellte, der in seiner achtundsechzigjährigen Amtszeit über fünfhundert Menschen hingerichtet hatte. Wie so oft, wenn Cavelli hier vorbeikam, verspürte er den Anflug eines unangenehmen Gefühls in der Magengrube. An jedem anderen Ort hätte er es als längst vergangene Geschichte angesehen, doch hier im Vatikan schien die Geschichte nie zu enden. Dass er selbst in den nächsten Tagen zu einem wichtigen Teil dieser Geschichte werden würde, wäre ihm nicht im Traum eingefallen.

IX

1974 bis heute

Mao Tse Tung war – um es vorsichtig auszudrücken – ein nicht ganz einfacher Chef gewesen. Der Große Vorsitzende hatte unbedingten Gehorsam verlangt und es als selbstverständlich empfunden, dass jede Idee, die seinem ruhelosen Hirn entsprang, umgehend umgesetzt wurde. Fehlschläge duldete er nicht, witterte er doch sogleich Sabotage des allgegenwärtigen Klassenfeinds. Bedauerlicherweise entpuppten sich nicht alle seine Einfälle als so brillant, wie er selbst dachte. So reagierte US-Außenminister Kissinger noch mit einer Mischung aus Amüsiertheit und Unglaube, als ihm Mao in vollem Ernst vorschlug, dass China den USA zehn Millionen Frauen überlassen wolle. Fataler war schon Maos Befehl, sämtliches verfügbare Eisen im Lande einzusammeln und es der Militärindustrie zur Verfügung zu stellen, um so der imperialistischen Aufrüstung Amerikas zu begegnen. Eine ausgemachte Schnapsidee. Die armen Bauern hatten anschließend nicht mal mehr einen Kochtopf, um ihren Reis zu kochen, und die chinesische Rüstungsindustrie bekam nichts als unbrauchbaren Metallschrott, der zur Waffenherstellung gänzlich ungeeignet war. Jeder Metallexperte hätte dies Mao vorher sagen können, doch es war keiner gefragt worden. Natürlich waren die Schuldigen schnell gefunden: *Konterrevolutionäre Elemente im Dienste des westlichen Imperialismus*, die umgehend strengstens bestraft wurden. Wieder einmal war der Große Vorsitzende, der doch für sein Volk nur das Beste wollte, das Opfer finsterer Mächte geworden. Aber während große Teile des einfachen Volkes, die nie etwas anderes als die Propaganda gekannt hatten, mit der Mao verherrlicht wurde, alles glaubten, was dieser verlauten ließ, und ihn als gottgleiche Lichtgestalt verehrten, dachten die Menschen, die direkt in seinem Dienste tätig waren, etwas anders. Da auch das akkurate Ausführen von Maos Befehlen, die mitunter von einem Tag zum nächsten in ihr Gegenteil umschlugen, zur Bestrafung führen konnte, sah man sich zu einer speziellen Strategie veranlasst, die man als rasenden Stillstand hätte bezeichnen können. Vieles wurde veranlasst und konnte bei einer Überprüfung jederzeit präsentiert werden, alle Befehle wurden buchstabengetreu, doch ohne jegliche Eigeninitiative ausgeführt, aber ansonsten zog man es vor, unsichtbar zu bleiben, möglicherweise hatte der Große Vorsitzende dieses Projekt ja längst vergessen oder sich eines anderen besonnen und der Abschluss desselben würde nun zu einer Bestrafung führen. So hielt man alles in der Schwebe, trat geschäftig auf der Stelle, produzierte Unmengen von Tätigkeitsberichten, die säuberlich abgeheftet wurden, und brachte jedes Projekt bis kurz vor sein Ziel; bereit, es jederzeit zu Ende zu bringen oder eben auch – niemals. Die Zahl dieser Projekte war Legion.

Eines davon war das Projekt *Ferne Morgenröte* gewesen.

Im Erfolgsfalle ein Sieg ohnegleichen für die Volksrepublik, doch falls es scheiterte, ein Gesichtsverlust nie dagewesenen Ausmaßes.

Zhang, obgleich damals erst vierundzwanzig Jahre alt, war zum stellvertretenden Direktor des Projekts ernannt worden. Hatte er anfangs sein unverdientes Glück nicht fassen können, war ihm bald klar geworden, dass sein Vorgesetzter ihn nicht befördert hatte, weil er besonders große Stücke auf seine Fähigkeiten hielt, sondern dass seine Aufgabe darin bestand, im Falle des Misserfolgs als dessen Ursache herzuhalten.

Nach der üblichen Methode waren dann eine Reihe von Maßnahmen eingeleitet worden, die je nach Bedarf gar nichts oder eines Tages sehr viel bewirken konnten, wenn auch erst in vielen Jahren. Die von vornherein absehbare lange Dauer, bis *Ferne Morgenröte* Früchte tragen würde, hatte bei ihrer Benennung Pate gestanden.

Zhang hatte sich damals keinerlei Gedanken über die Sinnhaftigkeit seines Tuns gemacht, war er doch einzig und allein darauf bedacht gewesen, keine nachweisbaren Fehler zu begehen, beziehungsweise irgendetwas, das man später auch nur entfernt als einen solchen interpretieren könnte.

Eines Tages dann – wenige Wochen nach Maos Tod – war sein Chef nicht mehr zur Arbeit erschienen. Niemand, auch der neue Chef nicht, verlor ein Wort über den Mann; es war, als ob er niemals existiert hätte. Der neue Chef ging – aus gutem Grund – noch vorsichtiger zu Werke als der alte. Er vermied jegliche persönliche Involvierung in die Projekte seiner Abteilung, gab lediglich Befehle von oben nach unten weiter und war ängstlich darauf bedacht, von seinen Untergebenen nur zu hören, dass alles in Ordnung war. Damit war Zhang mit sechsundzwanzig Jahren nicht de jure, aber de facto zum Direktor von *Ferne Morgenröte* geworden.

Es waren unruhige Zeiten. Die sogenannte Viererbande, bestehend aus Maos Witwe und drei weiteren hohen Politfunktionären, die in den letzten Jahren vor Maos Tod immer mächtiger geworden war, wurde verhaftet und angeklagt. Drei verschiedene politische Gruppierungen – Radikale, altgediente Revolutionäre und Moderate – rangen erbittert um die Macht im Lande. Jetzt auf der falschen Seite – der Seite der künftigen Verlierer – zu stehen, konnte tödlich enden. Zhang wurde noch unsichtbarer als zuvor. Pünktlich lieferte er seine Statusberichte ab, die er inzwischen derartig kryptisch abfasste, dass sie zwar einerseits effizient und optimistisch klangen und vor hochtrabenden patriotischen Phrasen nur so strotzten, zugleich aber vollkommen unverständlich waren. Berichte, die nahelegten, dass mit diesem Projekt – um was auch immer es sich dabei handeln mochte, das aber zweifellos ein wichtiges Rädchen im Getriebe war – wohl alles zum Besten stand und man sich nicht die Mühe machen musste, sich eingehender damit zu befassen, oder gar riskieren wollte, der Schuldige zu sein, wenn das offenbar funktionierende Gesamtgefüge durch inkompetentes Eingreifen gestört würde.

Der Klassenfeind, so hassenswert er ansonsten auch war, hatte für vergleichbare Situationen eine kluge Regel: »Never touch a running system.«

Im Jahre 1980 existierte im Ministerium außer Zhang niemand mehr, der wusste, was eigentlich der Zweck von *Ferne*

Morgenröte war. Auch nicht die Personen, die für Zhang – freiwillig oder unfreiwillig – arbeiteten. Niemand erfuhr mehr, als er für die Ausführung seiner speziellen Aufgabe wissen musste. Über das Ziel der Aktion wurde jedermann im Dunkeln gelassen oder, wo immer es möglich war, getäuscht. Es war auch in dieser Zeit, als Zhang begann, in seinen Berichten immer öfter den Titel des Projekts wegzulassen, sondern nur noch das elfstellige Aktenzeichen zu verwenden. Ein weiterer Schritt in die Anonymität innerhalb eines gigantischen Verwaltungsapparats. Die wenigen Personen, mit denen er beruflich in Berührung kam, raunten hinter seinem Rücken mit einer Mischung aus Spott und Bewunderung, er sei der Mann, der beim Gehen keinen Schatten werfe.

Das Einzige, was ihm noch gefährlich werden konnte, waren hohe Ausgaben, denn Zahlen waren Zahlen; die waren leicht zu verstehen und erregten früher oder später immer die Aufmerksamkeit irgendeines Vorgesetzten, und so hatte er es verstanden, fast ausschließlich auf Mitarbeiter des Ministeriums zurückzugreifen, die im Gesamtetat untergingen, und ansonsten die meisten Personen, die noch für ihn tätig waren, auf andere Weise als mit Geld zur Mitarbeit zu bewegen.

Mao hätte das gefallen: Das ambitionierteste Projekt, welches das Ministerium für Staatssicherheit der Volksrepublik China je in Angriff genommen hatte, kostete nicht mehr als ein paar elektrische Schreibmaschinen.

X

Erster Tag des Konklave

Konnte es einen ungünstigeren, ja verstörenderen Beginn für ein Konklave geben? Gemäß Benjamin Franklins Devise, dass langes Schlafen Gotteslästerung sei, waren pünktlich um acht Uhr morgens die Kardinäle bei strömendem Regen vor dem Domus Santa Marta versammelt, um in den weißen Bussen, die sonst für die Touristentouren in den Vatikanischen Gärten verwendet wurden, zum Damasushof gefahren zu werden, und hatten auf den bereitliegenden alphabetisch geführten Listen zur Bestätigung ihrer Anwesenheit ein Häkchen gemacht. Die Listen waren notwendig, um den Überblick zu behalten. In früheren Zeiten war die Zahl der Kardinäle noch sehr überschaubar gewesen, aber Papst Sixtus IV. hatte erkannt, dass jeder einzelne Kardinal weniger Macht besaß, desto mehr Kardinäle es gab. Inzwischen war das Kollegium auf einhundertzwanzig angewachsen.

Camerlengo De Gennaro höchstpersönlich überprüfte die Listen. Alles schien in Ordnung zu sein; doch dann ein Stutzen. Ein Name war nicht abgehakt worden: Kardinal Sassi.

Der Camerlengo blickte mit unbewegter Miene in der wogenden Masse aus roten Roben und schwarzen Regenschirmen umher, ob er den Kardinal nicht entdecken könne.

Sicher hatte es Sassi lediglich noch nicht vermocht, durch das allgemeine Gedränge zu den Listen zu gelangen. Von Gesicht zu Gesicht glitt De Gennaros Blick, er spürte, wie ihn eine Unruhe erfasste, eine leichte nur, aber dennoch …

Einige Augenblicke später stand es fest: Sassi war nicht erschienen. Der eine oder andere Kardinal begann schon, den Camerlengo fragend anzusehen. Wieso fuhr man nicht los, weshalb die Verzögerung? Eine Sekunde lang erwog er, die Busse abfahren zu lassen. Vielleicht hatte Sassi verschlafen? Konnte man es verantworten, die Kardinäle ohne Angabe von Gründen noch länger hier im Regen stehen zu lassen? Andererseits befand sich Sassi vermutlich in diesem Moment im Fahrstuhl nach unten und würde jede Sekunde zu ihnen stoßen. Ja, so war es, das spürte De Gennaro ganz deutlich. Sassi gehörte zu den Kardinälen, die als papabile galten, es war einfach undenkbar, ohne ihn abzufahren und ihn der Demütigung auszusetzen, wie ein verspäteter Schuljunge allein die Sixtina zu betreten. De Gennaro sah auf seine Armbanduhr. Es war vier Minuten über die Zeit. Er beschloss, Sassi entgegen zu gehen, vielleicht war etwas mit dem Fahrstuhl, er hatte so etwas schon einmal erlebt, freilich nicht im Vatikan, aber man konnte ja nie wissen. Eilig betrat er das Domus und eilte zum Lift, er drückte auf den Knopf, und die Fahrstuhltür öffnete sich; technisch war also alles in Ordnung. Hatte Sassi vielleicht die Treppe genommen und war gestürzt? Schließlich war er schon über siebzig. Der Camerlengo spürte, wie seine Kehle bei dem Gedanken, dass der Kardinal schwer verletzt und hilflos auf der Treppe lag, trocken wurde. Schnell, aber äußerlich beherrscht, ließ er sich an der Rezeption die Zimmernummer Sassis geben, dann lief er – er achtete darauf, nicht zu rennen – zum Treppenhaus und stieg, immer zwei Stufen auf einmal nehmend, die Treppen hoch bis ins oberste Stockwerk, wo sich Sassis Suite befand. Vorsichtig klopfte er an die Tür, und als niemand antwortete, ein weiteres Mal, diesmal lauter. Noch immer rührte sich nichts. De Gennaro presste die Lippen zusammen; er wusste, was er tun würde, hoffte jedoch, dass es noch irgendeinen anderen Weg geben würde. Doch es gab natürlich keinen; widerwillig ging er zu einem der Wandtelefone, die in allen Fluren installiert waren, räusperte sich, wählte die Nummer der Rezeption und bat Schwester Sophia, nach oben zu kommen und den Generalschlüssel mitzubringen. Bevor sie noch etwas erwidern konnte, legte er auf.

Was, wenn …?

Er verbot sich den Gedanken und sah auf seine Uhr. Sieben Minuten über die Zeit. Auf seiner Stirn hatten sich Schweißtropfen gebildet. Das dezente Ping des Aufzugs ertönte, die Tür öffnete sich, und Schwester Sophia eilte mit einer Mischung aus Sorge und Strenge auf ihn zu. De Gennaro nickte nur knapp. »Schließen Sie bitte auf.« Schwester Sophia warf ihm einen anklagenden Blick zu, tat aber wie geheißen.

»Eminenz, sind Sie da?« Der Camerlengo versetzte der Tür einen leichten Stoß.

»Heilige Muttergottes!« Schwester Sophia bekreuzigte sich. Sassi lag auf dem Boden. Bekleidet lediglich mit einem Nachthemd und schwarzen Lederslippern. Sein Gesicht war in Agonie verkrampft, die Augen offen und nach oben verdreht.

Jesus am Kreuze, schoss es dem Camerlengo gegen seinen Willen durch den Kopf. Es war klar, dass jede Hilfe zu spät kam, er war offensichtlich seit Stunden tot. Kardinal Sassi hatte dem Schöpfer seine Seele zurückgegeben. Vermutlich ein Herzschlag. Die Aufregung des bevorstehenden Konklave war wahrscheinlich zu viel für ihn gewesen.

Das Konklave! Schockartig kam De Gennaro zu Bewusstsein, dass er keine Zeit zu verlieren hatte. Er murmelte ein kurzes Gebet und schloss dem Toten die Augen. Dann wandte er sich an Schwester Sophia: »Decken Sie ihn mit einer Decke zu. Danach schließen Sie das Zimmer ab und rufen den Arzt. Ansonsten zu niemandem ein Wort!« Seine Stimme klang so hart, dass er sich über sich selbst wunderte und innerlich Abbitte leistete.

Eilig verließ er das Zimmer und betrat den Fahrstuhl. Auf dem Weg nach unten überlegte er fieberhaft, was er nun sagen würde. War es nicht absolut pietätlos, das Konklave unter diesen Umständen noch abzuhalten? Ohne Frage war es das, aber dennoch – daran ließen die päpstlichen Statuten keinen Zweifel – hatte genau das zu geschehen.

XI

Sechzehn Tage vor dem Konklave

Tag X. Plötzlich und ohne Vorwarnung war er dagewesen.

Zhang hatte geduldig auf diesen Tag hingearbeitet. Wenn man von seinem ersten Jahr im Ministerium absah, sein ganzes Arbeitsleben lang. Er hätte bereits vor mehreren Jahren in den Ruhestand treten können; Vorgesetzte, die es gut mit ihm meinten, hatten es ihm mehrfach nahegelegt. Aber Zhang war geblieben. Aufzuhören war keine Option für ihn. Nicht so kurz vor dem Ziel.

Und gestern nun war er da: *Tag X.* Der Papst war gestorben. Beim Tod seines Vorgängers war es noch zu früh gewesen; Zhangs Pläne waren noch nicht in dem Stadium, dass sie sich durchführen ließen. Und bei der nächsten Papstwahl, die voraussichtlich frühestens in fünf Jahren sein würde, aber möglicherweise auch sehr viel später, würde sich das Fenster der Möglichkeiten auf Jahrzehnte geschlossen haben. Jetzt oder nie.

Als Zhang die Nachricht vom Tod des Papstes erreichte – ein Google Alert auf seinem Smartphone –, war er zu seiner eigenen Überraschung gänzlich ruhig geblieben. Kurz hatte er überlegt, ob er noch das Ende des Waschprogramms seiner Geschirrspülmaschine abwarten solle, dann hatte er sich dagegen entschieden und der Putzfrau in seiner gut lesbaren Schrift einen entsprechenden Zettel geschrieben.

Sodann war er mit einem Taxi ins Ministerium gefahren und hatte aus dem Safe in seinem Büro den schmalen Hefter geholt, der dort – regelmäßig aktualisiert – seit Jahren bereitlag. Seine persönliche To-Do-Liste ab Tag X. Längst war alles vorbereitet, jetzt mussten nur noch die entsprechenden Schalter umgelegt werden.

Schon vier Jahre zuvor hatte er sich zum stellvertretenden Kulturattaché der Chinesischen Botschaft in Rom ernennen lassen. Eine Position, die überflüssig und damit genau so unbedeutend war, wie er erscheinen wollte. Weder hatte im Ministerium jemand gefragt, was es mit dieser Ernennung auf sich hatte, noch interessierte sich in der Botschaft in Rom irgendwer dafür, ob er jemals dort auftauchen würde oder nicht. Das Büro und die Wohnung, welche die Botschaft für ihn bereitgestellt hatte, wurden regelmäßig gereinigt, und ansonsten hatte man schon lange keinen Gedanken mehr an diesen ominösen, anscheinend nur auf dem Papier existierenden Mitarbeiter verschwendet.

Er entnahm der Mappe einen Diplomatenpass, der zwar echt war, aber auf einen falschen Namen lautete, und schlug ihn auf. Das Foto war nicht mehr ganz aktuell, er hatte inzwischen weniger Haare, und seine Wangen waren etwas eingefallen, aber er war noch gut genug zu erkennen.

Dann entnahm er dem Umschlag einen vorbereiteten Bericht, legte ihn in eine rote Mappe – rot für höchste Dringlichkeit –, versiegelte sie mit dem speziellen Klebestreifen, den man nicht lösen konnte, ohne ihn zu zerstören, setzte das Kürzel für das Vorzimmer des Ministers auf den Laufzettel und gab die Mappe, statt sie seiner Sekretärin in den Ausgangskorb auf ihrem Schreibtisch zu legen, persönlich bei der Hauspost ab. Dann verließ er das Gebäude und nahm ein Taxi zum Flughafen.

Sein Business-Class-Flug – die First Class wäre für einen stellvertretenden Kulturattaché unangemessen und damit verdächtig gewesen – endete, nach einem Zwischenstopp in Baku, sechsundzwanzig Stunden später in Rom-Fiumicino. Dank seines Diplomatenpasses blieben ihm sämtliche Einreiseformalitäten erspart, und bereits vierzig Minuten später befand sich das Taxi, das er am Flughafen genommen hatte, mitten in Rom. Müde sah er aus dem Fenster. Was alle Welt für ein Aufhebens um diese Stadt machte, war ihm ganz und gar schleierhaft. Zhang sah auf die Uhr des Armaturenbretts und rechnete nach. Inzwischen würde der stellvertretende Minister den Bericht auf dem Tisch haben, und somit war die Katze aus dem Sack. Zhang schluckte. Die Tage des unauffälligen Lavierens waren endgültig vorbei. Von nun an hing sein Schicksal ganz und gar vom Gelingen dieses Projekts ab.

XII

Erster Tag des Konklave, morgens

Der erste Wahlgang. Alles war fast genau so abgelaufen, wie es Kardinal Monti erwartet hatte. Unter dem Gesang des Veni Creator waren die Kardinäle in Chorkleidung in die Sixtinische Kapelle eingezogen. Dann hatten sie den Eid abgelegt, der sie auf ewig zur absoluten Geheimhaltung verpflichtete. Ein Eid, von dem sie nur der zukünftige Papst entbinden konnte. Der Kardinaldekan hatte ein Gebet für den verstorbenen Kardinal Sassi gesprochen, und es hatte eine Schweigeminute gegeben. Das musste reichen. Dies war nicht die Zeit für einen Gedenkgottesdienst. Der würde später folgen. Jetzt hatte man einen Papst zu wählen. Es war der Moment gekommen, an dem es hieß »Extra Omnes«, woraufhin alle Nichtberechtigten die Kapelle verlassen hatten und die schwere Doppeltür von außen verschlossen worden war. Camerlengo De Gennaro hatte in einer etwa zwanzigminütigen Rede eine Betrachtung über die aktuelle Situation der Kirche weltweit angestellt, dann hatte er, gemeinsam mit dem Zeremonienmeister, ebenfalls die Sixtina verlassen.

Nun war man unter sich. Die Wahlzeremonie hatte offiziell begonnen.

Es schien vier größere Fraktionen zu geben, die je einen Kandidaten unterstützten, sowie fünf Kardinäle (inwieweit sie Unterstützer hatten, war unklar), die jeweils einen weiteren Kardinal vorschlugen. Begründungen, warum ihr jeweiliger Kandidat der Richtige sei, um die Kirche zu führen, waren nicht gestattet.

Dann war man zur Abstimmung geschritten. Die erste Abstimmung würde – das wussten alle – nicht zu einer Wahl führen. Niemand würde die benötigte Zweidrittelmehrheit auf sich vereinigen können. Sie war lediglich eine Art Umfrage, ein erstes Stimmungsbild, wer überhaupt eine Chance hatte. Wenn es nur zwei Kandidaten wären, würde es eine Stichwahl geben. Doch auch diese hatte zu so einem frühen Zeitpunkt noch nie zu einer Zweidrittelmehrheit geführt. Oft waren in der Vergangenheit beide Lager derart unversöhnlich gewesen, dass am Ende keiner der Favoriten gewählt wurde und man sich schließlich auf einen Kompromisskandidaten verständigen musste, der bis zu diesem Augenblick als chancenlos gegolten hatte.

Kardinal Monti blickte auf das Blatt vor sich. Der Brief, den er erhalten hatte, war eindeutig gewesen. Es war ihm verboten, für einen der Favoriten zu stimmen.

Seine Gedanken wanderten zurück zu dem Konklave, in dem man Benedikt XVI. gewählt hatte. Monti war damals noch nicht dabei gewesen, aber es war inzwischen bekannt geworden, dass der damalige US-Präsident George W. Bush die amerikanischen Kardinäle dringend gebeten hatte, keinen Südamerikaner zum Papst zu wählen. Inwieweit das den Ausschlag gegeben hatte, ließ sich nicht mehr feststellen, aber zumindest war der damalige Hauptfavorit Jorge Mario Bergoglio in diesem Konklave nicht zum Papst gewählt worden, sondern erst im darauffolgenden, acht Jahre später. Bush war zu dieser Zeit nicht mehr im Amt gewesen.

Aber diese Intervention Bushs war nur eine Bitte gewesen. Möglicherweise eine mit Nachdruck vorgetragene, aber dennoch nur eine Bitte. Monti hingegen hatte einen Befehl erhalten. Seine Hand zitterte ein wenig, als er zu dem goldenen Stift griff und unter die aufgedruckte Formel »Eligio in Summum Pontificem« – Ich wähle zum Papst – mit verstellter Handschrift – so war es vorgeschrieben – den Namen des Kandidaten schrieb, den er für am chancenlosesten hielt.

XIII

Neun Jahre zuvor

In den Akten des Chinesischen Ministerium für Staatssicherheit wurde er als Max geführt; in einer Mischung aus Verärgerung und Bewunderung benannt nach Maximilien de Robespierre, einem der führenden Köpfe der Französischen Revolution, der auch als *der Unbestechliche* bekannt war. Denn dass Monsignore Rinanzo unbestechlich war, hatte sich in den letzten Monaten bei verschiedenen Gelegenheiten immer wieder herausgestellt. Man hatte seine Post geöffnet, seine Telefone abgehört und seine Mails gelesen. Man hatte seine sämtlichen Internetaktivitäten überwacht und ihn rund um die Uhr beschattet, aber das Ergebnis war stets dasselbe gewesen: Dieser Mann war einfach nicht zu packen. Er besuchte keine pornographischen Internetseiten, er hatte keine heimliche Geliebte, oder – was dem Ministerium noch besser gefallen hätte – einen heimlichen Geliebten, noch spielte er um Geld oder tat irgendetwas, was auch nur im entferntesten unkorrekt oder gar illegal gewesen wäre. Rauchen und ein mäßiger Rotweingenuss waren offenbar seine einzigen Laster. Ein direkter Versuch, ihn zu bestechen, und ein weiterer, ihn mittels einer attraktiven jungen Agentin in eine verfängliche Lage zu bringen, die gefilmt werden konnte, waren schon im Ansatz an Monsignore Rinanzos unnachgiebiger Haltung gescheitert. Es war zum Verzweifeln.

Zwar war er nicht der einzige auf der Liste, auch drei andere Priester, die im Dienste des Vatikan standen und dort permanent Zugang hatten, waren als »*aussichtsreich*« eingestuft worden, und über sie hatte man schnell das eine oder andere Unvorteilhafte herausfinden können, doch waren vier Kandidaten nun mal besser als drei, und so beschloss man zu Monsignore Rinanzos Unglück, selbst aktiv zu werden.

XIV

Erster Tag des Konklave

Natürlich hatte man die Polizei verständigt. Der Ordnung halber. Man hatte im Vatikan so seine Erfahrungen: Nach dem Tode von Johannes Paul I., der schon zum Zeitpunkt seiner Wahl schwer krank gewesen war, hatten üble Gerüchte die Runde gemacht, und das nur, weil der Vatikan nicht zugeben mochte, dass die Leiche am Morgen von einer Nonne – also einer Frau – gefunden worden war. Man verstrickte sich aus falsch verstandener Rücksichtnahme in Widersprüche, und bald gab es nicht wenige, die von Mord sprachen. Ganze Bücher waren darüber verfasst worden, einige davon Bestseller. Inzwischen war zweifelsfrei nachgewiesen worden, dass es sich um einen natürlichen Tod gehandelt hatte, aber bei denen, die nicht genau Bescheid wussten – also den allermeisten – hielten sich die Gerüchte. So etwas, das hatte man sich im Vatikan geschworen, durfte nicht noch einmal geschehen. Transparenz lautete jetzt die Losung – zumindest bei allem, was die Presse auch allein herauskriegen konnte. Dottore Gaspari, der nach dem Anruf von Schwester Sophia sogleich herbeigeeilt war, hatte sich davon überzeugt, dass Kardinal Sassi tatsächlich tot war und dass Wiederbelebungsmaßnahmen keine Aussicht auf Erfolg haben würden. Die Sache war ziemlich eindeutig. Sassi war herzkrank gewesen. Zwei Infarkte hatte er bereits gehabt. Auf dem Nachttisch standen ein Döschen mit Tabletten und ein Glas Wasser. Offenbar war der Anfall so stark gewesen, dass er beides nicht mehr hatte erreichen können. Äußere Verletzungen waren nicht vorhanden. Und genau das würde er der Polizei mitteilen. Vielleicht würde die noch eigene Untersuchungen anstellen, aber das dürfte kaum etwas ändern. Gaspari ließ sich schnaufend in einen Sessel fallen und streckte die Beine von sich. Schwester Sophia stand kerzengerade neben der Zimmertür. Bereit. Wofür, wusste sie wahrscheinlich selbst nicht. Sie musterte die Leiche und schüttelte nur wieder und wieder den Kopf, ganz so, als wolle sie ihre Missbilligung über dieses Unglück ausdrücken. Dann stand der Kopf plötzlich still.

»Dottore …«

Gaspari blinzelte müde zu ihr hinüber. Seine Füße taten ihm weh. »Hm?«

Schwester Sophia zeigte mit ausgestrecktem Arm auf Sassis Kopf.

»Was ist *das*?«

Gaspari richtete sich mühsam auf und beugte sich vor.

»Was?«

»Das da! In seinem Mund!« Schwester Sophias Stimme klang schriller, als ihr wahrscheinlich bewusst war. Gaspari kniff die Augen zusammen, vermochte aber nichts zu erkennen. Mit vorwurfsvoller Miene stemmte er sich hoch, trat an die Leiche und kniete sich mühsam auf den glänzenden Parkettboden. Die Schwester hatte recht, da *war* etwas. Weiß, dünn, kaum zu sehen. Es ragte ganz leicht aus Sassis Mund und klebte an seiner Unterlippe. Gaspari packte das Kinn des Kardinals und legte ihm die andere Hand auf die Stirn. Langsam öffnete er den Mund. Ein weißer Brei kam zum Vorschein; der Mund war voll damit, bis hinten zum Schlund. Nur das kleine Stück an der Lippe verriet noch, um was es sich handelte. Kardinal Sassi hatte Papier gegessen.

XV

Neun Jahre zuvor

Wer sich diesen Kosenamen hatte einfallen lassen, war nicht mehr festzustellen.

Die gestrenge Geliebte.

Eines Tages war er da gewesen und hatte sich im Ministerium schnell durchgesetzt. Er war so herrlich bildhaft und vor allem viel besser zu merken als der ellenlange wissenschaftliche Name dieser Chemikalie. Ein speziell entwickeltes Opiat, dem Heroin verwandt, allerdings chemisch absolut rein und in seiner süchtig machenden Wirkung um ein Vielfaches stärker. Eine einzige Gabe war ausreichend, um abhängig zu werden. Zudem war die Zusammensetzung so ausgeklügelt, dass ein Ausweichen auf Ersatzdrogen wie Methadon nicht möglich war und dass man – vorausgesetzt, man kannte Geschlecht und Gewicht der Zielperson – sehr genau voraussagen konnte, wann die Entzugserscheinungen einsetzen würden. Auch war die Droge nirgendwo sonst zu beschaffen, da sie zur ausschließlichen Verwendung des Ministeriums in eigenen Labors hergestellt wurde.

Sie war bestimmt für Personen, deren Mitarbeit man benötigte, die aber weder mit Geld, Erpressung oder der Aussicht, auf der moralisch richtigen Seite der Geschichte zu stehen, dazu zu bewegen waren.

Personen wie Monsignore Rinanzo.

Die Sache war damals ohne großes Aufhebens abgelaufen. Seinen zweiwöchigen Jahresurlaub nahm Rinanzo immer im Oktober. Er fuhr stets an denselben Ort, nach Ostia, etwa dreißig Autominuten von Rom entfernt, und wohnte immer im selben Hotel am Strand. Es war für ihn der Höhepunkt eines jeden Jahres, und er genoss ihn in vollen Zügen, auch wenn das nur hieß, dass er ausschlief und im Liegestuhl am Meer saß und Bücher las, die keinen theologischen Inhalt hatten. Gleich in der ersten Nacht hatte man sich Zutritt zu seinem Zimmer verschafft und ihm die Droge verabreicht. Während draußen an der Tür das Bitte-nicht-stören-Schild hing, hatte man das Zimmer mehrere Tage nicht verlassen. Man hatte Monsignore Rinanzo spüren lassen, welch berauschende Genüsse ihm die *Gestrenge Geliebte* bereiten konnte, aber auch, wie es sich anfühlte, wenn das abendliche Rendezvous entfiel. Wie alle vor und nach ihm hatte er das schnell verstanden.

Dann hatte man ihm erklärt, was man von nun an als Gegenleistung für die tägliche Dosis erwartete. Nichts Unzumutbares eigentlich. Lediglich Informationen, die ihm bei seiner Arbeit im Vatikan – damals noch weiter unten auf der Karriereleiter – in die Hände kamen. Monsignore Rinanzo hatte sich fügen müssen. Täglich hatte er einen Bericht verfasst, man legte Wert darauf, dass dies handschriftlich geschah, und ihn in dem Beichtstuhl hinterlassen. Manchmal erhielt er auch spezielle Anweisungen, aber das war selten.

Er tröstete sich damit, dass die Informationen, die er so nach außen trug, nicht wirklich geheim waren. Das allermeiste davon war entweder völlig unbedeutend, oder man konnte es ebenso gut dem *Osservatore Romano* entnehmen. Aber natürlich ging es dem Ministerium nicht um diese Berichte. Meistens wurden sie ungelesen abgeheftet. Es ging darum, Rinanzo zu kompromittieren und ihn bei der Stange zu halten, bis er tatsächlich gebraucht wurde, was vielleicht nie der Fall sein würde. Schließlich war er nur eines von mehreren Eisen im Feuer.

XVI

Erster Tag des Konklave, Nachmittag

Es war bis zuletzt spannend geblieben. Schon nach dem zweiten Wahlgang waren nur zwei Kandidaten übrig gewesen. Der liberale Kardinal Ariosto, der den Reformkurs seines Vorgängers in Wort und Tat stets unterstützt hatte und von dem erwartet wurde, dass er diesen fortführen würde, und der streng konservative Kardinal Diallo aus Guinea, der sich, wie die meisten afrikanischen Kardinäle, darüber empörte, wenn die Religion, die auf ihrem Kontinent unter großen Schwierigkeiten gerade erst Fuß gefasst hatte, bereits sofort wieder von innen heraus verwässert werden sollte.

Diallo verfügte über achtundsiebzig Stimmen, auf Ariosto entfielen einundvierzig. Im dritten Wahlgang dann hatten etliche der Diallo-Wähler das Lager gewechselt, was keineswegs ungewöhnlich war, da viele Kardinäle durchaus einem geschätzten Kollegen helfen wollten, das Gesicht zu wahren und seine Niederlage zumindest mit einem achtbaren Ergebnis abzumildern. Dies konnte dazu führen – und dies war so ein Fall gewesen –, dass der spätere Verlierer anfangs, für alle überraschend, gut abschnitt. Im dritten Wahlgang nun wählten ihn nur noch die Kardinäle, die ihn auch tatsächlich als Papst sehen wollten. Immerhin noch vierundvierzig,

Ariosto erhielt fünfundsiebzig Stimmen. Da dies immer noch keine Zweidrittelmehrheit darstellte, war ein vierter Wahlgang notwendig geworden. Allerdings lagen nun die Karten offen auf dem Tisch. Es war nun an den Diallo-Anhängern, Großmut zu beweisen und Ariosto zum neuen Papst zu wählen, statt mit weiteren Wahlgängen der Öffentlichkeit zu signalisieren, dass man sich nur schwer auf diesen hatte einigen können. Und genauso war es geschehen. Beim vierten Wahlgang entfielen einhundertvier Stimmen auf Kardinal Ariosto.

Kardinal Diallo bewahrte Haltung und verneigte sich demütig in alle Richtungen.

Es war keineswegs üblich, aber irgendjemand hatte nach alter Universitätssitte – viele Kardinäle waren früher auch Professoren gewesen – angefangen, auf den Tisch zu klopfen, und im Nu hatten es ihm die anderen nachgetan, und nun erhielt Diallo also einen akademischen Applaus, das Mindeste, was man dem ehrenvoll Unterlegenen schuldig zu sein glaubte. Diallo nickte verkrampft in die Runde, es war ihm offensichtlich unangenehm.

Feierlich erhob sich der Kardinaldekan und wandte sich zu Kardinal Ariosto. Der Ritus schrieb vor, dass er den Gewählten nun zu fragen hatte, ob er die Wahl annehme, und dann, welchen Namen er sich zu geben wünsche. Er hatte die erste Frage bereits gestellt, und Ariosto hatte geantwortet, und nun war er im Begriff, die zweite Frage zu stellen, als er bemerkte, dass unter den Kardinälen Unruhe aufgekommen war. War ihm etwas entgangen? Irritiert blickte er umher und dann wieder zu Ariosto. Der saß mit gesenktem Kopfe da und wiederholte nun etwas lauter, was er bereits gesagt hatte. Und so leise diese Worte auch gesprochen waren, sie hallten wie ein Donnerschlag durch die Kapelle:

»Non accipio electionem.«

Er hatte abgelehnt.

Kurze Zeit später sahen die Tausenden von Gläubigen, die geduldig auf dem Petersplatz ausharrten, ein weiteres Mal schwarzen Rauch über der Sixtinischen Kapelle aufsteigen.

XVII

Zwölf Tage vor dem Konklave

Nicht jeder Umsturz muss blutig sein. Zuweilen verläuft er auch vollständig friedlich und leise, ja für einen Außenstehenden geradezu unsichtbar. Das Schreiben, das am Morgen mit der Diplomatenpost aus Peking eingetroffen war und das der neue stellvertretende Kulturattaché Herr Zhang seiner Exzellenz, dem chinesischen Botschafter in Rom, nun Herrn Li, überreichte, war in ausgesucht höflichen Worten abgefasst. Es enthielt keine Befehle und schon gar keine Drohungen. Der stellvertretende Minister verlieh darin lediglich der Hoffnung Ausdruck, dass die Mitarbeiter der Botschaft, allen voran der hochgeschätzte Genosse Li, alles in ihrer Macht Stehende unternehmen würden, um Herrn Zhang in allen Belangen tatkräftig zu unterstützen.

Herr Li war blass geworden, während er es gelesen hatte, hatte aber ansonsten äußerlich die Fassung bewahrt. Mit unbewegtem Gesicht verbeugte er sich leicht und versicherte Zhang, dass es ihm eine Ehre sei, ihn zu unterstützen, soweit er es mit seinen schwachen Kräften vermöge. Zhang bedankte sich höflich und begab sich wieder in sein kleines und unscheinbares Büro. Ein Büro, das seiner neuen Position keineswegs angemessen, aber dennoch passend war:

inoffizieller Leiter der Chinesischen Botschaft in Rom oder schlicht und einfach: Direktor des Chinesischen Ministeriums für Staatssicherheit in Italien.

XVIII

Zweiter Tag des Konklave, 22 Uhr 10

Hilfe! Er brauchte Hilfe. So viel war Monti klar. Seit er den Brief erhalten hatte, war er nicht mehr zu Ruhe gekommen. Aber so verbissen er auch nach einer Rettung suchte, seine Gedanken drehten sich im Kreis, und jede mögliche Person, an die er dachte, warf dieselbe Frage auf: »Kann ich ihr trauen?« Und die Antwort darauf hatte jedes Mal gelautet: *möglicherweise nicht.*

Jeder Mitarbeiter im Vatikan war unter Umständen in die Sache verwickelt, und zu Personen von außerhalb würde er während des Konklave keinen Kontakt aufnehmen können.

Dann, ganz plötzlich, war ihm eine Erleuchtung gekommen. Eilig hatte er zum *Elenco Telefonico* gegriffen, dem Telefonbuch des Vatikan. Nervös blätterte er in dem Buch bis zur Seite fünfundvierzig. Buchstabe C. *Cauzzo, Cavalletti, Cavallo …* Da! Gottseidank, der Mann stand tatsächlich drin. *Cavelli, Donato*, und dann die fünfstellige Telefonnummer.

Er hatte die Nummer auf einen Zettel geschrieben und sich dann im Badezimmer vor den Spiegel gestellt und geübt, leidend auszusehen.

XIX

Dritter Tag des Konklave, 4 Uhr 50 morgens

Kardinal Leonardo Monti war offenbar schwer krank. Sein Atem ging stoßweise, und seine Augenlider waren halb geschlossen. Dem diensthabenden Hellebardier, der die Eingangstür zum Domus Santa Marta bewachte, war der Schreck in die Glieder gefahren, als er Monti plötzlich kurz vor fünf in der Früh in diesem Zustand aus dem Haus treten sah. Er hatte den Kardinal gefragt, ob er einen Arzt rufen solle, doch der hatte abgewinkt. Er kenne diese Zustände schon, das Einzige, was ihm jetzt helfe, sei frische Luft und etwas Bewegung. Dann war er langsam nach links in Richtung der Vatikanischen Gärten gegangen.

Für einige Momente schaute der Hellebardier wie versteinert hinterher. Während des Konklave durfte kein Unbefugter das Domus betreten und kein Kardinal es verlassen, außer mit dem Bus zur Sixtinischen Kapelle. Bisher hatten sich die Kardinäle daran gehalten. Aber jetzt …

Der Hellebardier spürte, wie ihn ein Zittern überfiel. Auf eine Vielzahl von Situationen hatte man ihn während seiner Ausbildung vorbereitet, auf diese nicht. Er musste handeln, aber wie? Der Kardinal stand in der Hierarchie weit über ihm. Er konnte ihn schließlich nicht festhalten, schon gar nicht in dem angegriffenen Zustand, in dem dieser sich offenbar befand. Ein Kardinal war während dieses Konklave bereits einem Herzleiden erlegen, und dieser hier sah aus, als wenn es ihn auch jeden Moment treffen könnte. Der Hellebardier rang mit sich. Kardinal Monti war nun schon dreißig Meter weit entfernt. Sollte er ihm nachlaufen und ihn überreden zurückzukommen, auf einem Arzt bestehen? Für einen verzweifelten Moment war er versucht, dies zu tun. Dann drückte er den Knopf an seinem Funkgerät. Der diensthabende Verbindungsoffizier meldete sich augenblicklich. Der unglückliche Hellebardier schilderte den Sachverhalt, wobei er den Kardinal nicht aus den Augen ließ. Aus dem Funkgerät war nur ein Rauschen zu vernehmen. Nach einer endlosen Minute hörte er dann erneut eine Stimme, diesmal die des Kommandanten:

»Es ist in Ordnung. Lassen Sie ihn gehen. Ablösung für Sie ist unterwegs. Folgen Sie dem Kardinal in größtmöglichem Abstand.«

XX

Langsam stieg Kardinal Monti eine kleine steinerne Treppe empor und nach einigen Schritten eine weitere. Er konnte die Blicke des Hellebardiers in seinem Rücken fast körperlich spüren. Ein Schwerkranker, der Treppen hochstieg. War das glaubwürdig? War sein kleiner Plan an dieser Stelle schon gescheitert? Er hatte nach jeder der beiden Treppen pausiert, als müsse er erst wieder zu Kräften kommen. Aber reichte das aus? Möglichst beiläufig drehte er sich in die Richtung, aus der er gekommen war, um dem Hellebardier zuzuwinken. Er wollte ihn wissen lassen, dass alles in Ordnung war mit ihm. Der Hellebardier hatte sich einige Meter vom Domus entfernt und sah ihm aufmerksam nach. Monti hob seinen Arm; mehr eine Segnungsbewegung als ein Winken. Dann setzte er seinen Spaziergang langsam fort, überquerte den Platz zwischen vatikanischem Bahnhof und dem Mosaikenatelier und ging dann den Weg hoch, der zwischen den Bahngleisen und dem Governatoratspalast lag, entlang. Hier begannen die Vatikanischen Gärten. Unter einer kleinen Brücke lehnte er sich – wie um eine Pause einzulegen – an die Wand und blinzelte unverfänglich nach rechts. Da war er. Der Hellebardier war ihm tatsächlich gefolgt. Er stand in etwa sechzig Meter Entfernung und blickte auf ungeschickte Weise – den Kardinal scheinbar ignorierend – in die Gegend. Fast wirkte er wie eine Spielzeugfigur, die Gott in seiner riesigen Modelleisenbahn mal eben an völlig unpassender Stelle platziert hatte. Monti biss sich auf die Unterlippe. Damit hatte er nicht gerechnet, genauer gesagt, er hatte diese Möglichkeit vorsätzlich missachtet, weil er sie nicht hatte wahrhaben wollen. Er ging unter der Brücke hindurch und stieg eine weitere Treppe hinauf. Bedächtig umrundete er das Äthiopische Kolleg und bog dann scharf nach links ab. Sein Ziel war nun in Sichtweite. In seinem Kopf arbeitete es, und langsam wurde er ruhiger. Der Hellebardier hielt weiterhin respektvoll Abstand; der Plan konnte also immer noch gelingen. Noch fünfzig Meter. Er spürte, dass der kleine Zettel, den er in der linken Hand verbarg, inzwischen schweißnass war. Es war nur zu hoffen, dass er sich noch entziffern ließ. Dreißig Meter noch. Er hielt an sich, um nicht schneller zu werden. Jetzt hatte er sein Ziel erreicht: die Grotte. Eine Eins-zu-eins-Nachbildung der Grotte von Lourdes, die Anfang des zwanzigsten Jahrhunderts mitten in den Vatikanischen Gärten erbaut worden war. Sie hatte auf gleich mehrere Päpste eine besondere Anziehung ausgeübt, wenn sie in Ruhe beten wollten, aber auch besonders wichtige päpstliche Veranstaltungen fanden hier statt. Monti blieb in respektvoller Entfernung vor der Grotte stehen und tat, als ob er in ein stilles Gebet vertieft sei. Würde das den Hellebardier davon abhalten, näher zu kommen? Bis jetzt sah es ganz so aus. Der Mann stand in der Mitte des Weges, auf dem Monti gekommen war, und versuchte zu wirken, als ob er nicht existierte. Jetzt kam es drauf an. Bedächtig, scheinbar weiterhin ins Gebet vertieft, betrat der Kardinal die Grotte, wo ihn ein modriger Geruch empfing. Langsam ging er auf den Altar zu, der fünfzig Jahre lang in der Originalgrotte von Lourdes gestanden hatte. Doch dies war nicht die Attraktion, wegen der er gekommen war. Vorsichtig schielte er nach links. Ja, er war nun für den Hellebardier außer Sicht. Schnell gab er seine betende Haltung auf und ging am Altar vorbei. Mochte diese Grotte nur eine Disneylandkopie des wundertätigen Originals sein, einen unschätzbaren Vorzug hatte sie gegenüber jener und wohl auch gegenüber den allermeisten anderen Grotten auf der Welt. Die Lourdesgrotte im Vatikan verfügte über ein Telefon.

XXI

Dritter Tag des Konklave, 5 Uhr morgens

Cavelli stand nur mit seiner Pyjamahose bekleidet vor dem Spiegel und rasierte sich; wie immer nass, Elektrorasuren hatte er noch nie etwas abgewinnen können. Aus dem Spiegel blickte ihm ein verknautschter Unbekannter entgegen. Eine Ähnlichkeit mit dem verstorbenen französischen Filmschauspieler Gérard Philipe, die ihm immer wieder attestiert wurde, konnte er so früh am Morgen beim besten Willen nicht feststellen. Er spülte sich das Gesicht mit eiskaltem Wasser ab, streifte seinen Morgenmantel über, machte sich einen doppelten Espresso, trat auf seine riesige Terrasse und blickte hinunter in die Vatikanischen Gärten, die von sechsunddreißig Gärtnern im ewig gleichen gepflegten Zustand gehalten wurden. Bis auf das Zwitschern der Mönchsittiche war es um diese Stunde noch völlig still. Selbst die Brunnen waren noch nicht eingeschaltet. Er liebte diese besondere Atmosphäre und bedauerte nur, dass er nicht mehr die Zeit bis zum Anfang des zwanzigsten Jahrhunderts miterlebt hatte, als hier noch Strauße, Gazellen und Pelikane frei umhergelaufen waren. Genüsslich sog er den Pinienduft ein, dann nahm er einen Schluck Espresso aus seiner Tasse. Er nannte sie seine Grummeltasse, denn sie hatte an der Seite ein Gesicht, das aus der Porzellanwand herausquoll und übellaunig dreinblickte. Genau so fühlte er sich oft morgens, doch seit er die Tasse hatte, war diese Übellaunigkeit jetzt an diese delegiert, und Cavelli musste innerlich jedes Mal lachen, wenn er sie ansah.

Er streckte sich und gähnte herzhaft. Dann verließ er die Terrasse, durchquerte das Wohnzimmer und das Esszimmer seines über vierhundert Quadratmeter großen Apartments und setzte sich an den antiken Schreibtisch in seinem Arbeitszimmer. Er war am gestrigen Abend nicht mehr dazu gekommen, sich auf die Vorlesung vorzubereiten, die er heute halten musste: Das Jahr 1460, als Papst Pius II. zum Kreuzzug gegen die Osmanen gerufen hatte, aber in ganz Europa lediglich einen einzigen Herrscher dafür begeistern konnte: Vlad III., das historische Vorbild für Graf Dracula. Letzteres würde hoffentlich einen Einstieg bilden, mit dem er die Studenten packen konnte. Eigentlich hatte er vorgehabt, diese Arbeit am Abend zuvor zu erledigen, aber er war wie jeden Dienstagabend beim Ringen gewesen, und sein Gegner, ein Zwei-Zentner-Mann, hatte ihn ziemlich in die Mangel genommen. Cavelli hatte sich danach ganz und gar nicht mehr in der Lage gefühlt zu arbeiten und war mit schmerzenden Knochen früh ins Bett gegangen. Um Viertel vor fünf war er dann wach geworden, als er unter seinem offenen Schlafzimmerfenster die vertrauten morgendlichen Schritte des Clavigero und seiner zehn Gehilfen auf dem Weg zu den Vatikanischen Museen vernommen hatte. Ab fünf Uhr morgens begannen sie, mit den 2797 Schlüsseln, die sie bei sich trugen, alle Türen, die benötigt wurden, aufzuschließen, wobei sie siebeneinhalb Kilometer zurücklegten. Zwölf Stunden später, wenn das Museum geschlossen war, wiederholte sich das Schauspiel dann in entgegengesetzter Richtung. Cavelli mochte diese einzigartige Weise, geweckt zu werden.

Mühsam entzifferte er die verblasste Schrift des in Leder gebundenen uralten Buches vor sich und machte Notizen. Schnell stellte er fest, dass er dringend noch einen zweiten Espresso brauchte. Er war eben in die Küche gegangen, als sein Telefon auf dem Schreibtisch läutete. Das konnte nur »falsch verbunden« sein, niemand rief ihn so früh am Morgen an. Leider kamen diese Fehlanrufe recht häufig vor, da seine Nummer bis auf eine Ziffer identisch war mit der Nummer der Vatikanbank. Schnell lief er zum Telefon – das Läuten war um diese Uhrzeit entschieden zu schrill – und hob ab.

»Cavelli?«

Einige Sekunden später waren zwei Dinge klar, nämlich, dass der Anrufer sich keineswegs verwählt hatte und dass es sich um den seltsamsten Anruf seines Lebens handelte.

XXII

Dritter Tag des Konklave, 5 Uhr 15 morgens

Mit einem unguten Gefühl in der Magengrube schritt Cavelli eilig über die Kieswege Richtung Lourdesgrotte und fragte sich zum wiederholten Male, was er hier machte. Sicher, der Anrufer war ihm bekannt. Kardinal Monti wohnte im selben Haus wie er, man kannte sich vom Sehen und war sich sympathisch, aber über mehr als ein freundliches Geplauder im Treppenhaus war es eigentlich nie hinausgegangen. Und nun hatte ihn dieser gebeten, unverzüglich zur Grotte zu kommen, und das möglichst, ohne von jemandem gesehen zu werden. Dies war eindeutig kein Scherz; Kardinal Monti hatte schwer geatmet, und in seiner Stimme war großer seelischer Druck zu hören gewesen. Diese Bitte, so ungewöhnlich sie auch sein mochte, abzulehnen, war Cavelli einfach nicht möglich. Für Nachfragen war ohnehin keine Zeit gewesen. Nach der Versicherung, dass es sich hierbei um eine Angelegenheit größter Dringlichkeit handele, sowie der Nennung des Treffpunkts hatte Monti sofort aufgelegt.

Cavelli blieb stehen und sah sich um; es schien niemand in der Nähe zu sein. Sicherheitshalber wählte er einen Umweg. Er lief durch das kleine Wäldchen, was ihm einen guten Sichtschutz gewähren würde, und ging dann hinter dem großen Gebäude der Rundfunkdirektion von Radio Vaticano entlang, bis er zu dem Platz vor der Grotte gelangte. Kardinal Monti war nirgendwo zu erblicken. Schnell überquerte er den Platz und betrat die Grotte. Den telefonischen Angaben folgend, wandte er sich nach links und ging so weit wie möglich ins Innere. Von außen war er nun nicht mehr zu sehen. Hier sollte er warten. Mehrere Minuten stand Cavelli so da. Es war einer jener seltenen Momente, wo er bedauerte, kein Raucher zu sein. Mit einer Zigarette hätte das Ganze nicht so verloren gewirkt. Gelegentlich fiel ein Wassertropfen von der felsigen Decke und schlug mit einem leisen Hall auf den Boden, ansonsten herrschte Stille. Cavelli sah auf seine Armbanduhr. Neunzehn Minuten nach fünf. War es vielleicht doch ein Scherz gewesen? Einer seiner Studenten? Ihm fielen auf Anhieb zwei oder drei von ihnen ein, die für so was in Frage kamen. Nein, unwahrscheinlich. Nicht nur hätten sie sich dafür eine Reihe von schwer zu beschaffenden Informationen besorgen, sondern auch um fünf Uhr früh aufstehen müssen. Insbesondere Letzteres war absolut auszuschließen. Fröstelnd schlug er den Kragen seines Jacketts hoch. Es war kalt hier drin. Er spürte einen leichten Groll in sich aufsteigen. Zehn Minuten würde er warten und nicht eine Sekunde länger.

Dann vernahm er auf dem Kies vor der Grotte Schritte, die langsam näherkamen.

XXIII

Im hellen Gegenlicht sah Cavelli die hochgewachsene Gestalt des Kardinals auf sich zu kommen. Seine Stimme war leise, aber akzentuiert.

»Ich danke Ihnen, dass Sie gekommen sind, Signor Cavelli.« Sein Atem hinterließ kleine Wolken in der kalten Luft.

Cavelli nickte und gab ein zustimmendes Geräusch von sich. Monti drehte sich um und spähte zum Eingang hinüber, als suche er etwas. »Man darf uns hier nicht sehen und wir haben nur sehr wenig Zeit. Ich habe behauptet, ich bräuchte frische Luft, aber ein Gardist folgt mir auf Schritt und Tritt. Doch hier kommt er nicht nach, weil er denkt, ich bete. Ich habe nach unserem Telefonat einen Spaziergang zum Johannesturm gemacht, damit Sie sich nicht begegnen, und jetzt bin ich scheinbar zu einem zweiten Gebet hier.«

Cavelli nickte unbehaglich angesichts dieses Redeschwalls. »Verstehe.«

»Ich weiß nicht, an wen ich mich sonst wenden könnte.« Monti sprach so hastig, dass er viele Worte verschluckte. »Ich kann niemandem vertrauen, Sie sind der einzige, mit dem ich Kontakt aufnehmen kann und der nicht offiziell zum Vatikan gehört. Außerdem waren Sie ein Freund von Kardinal Fontana*. Er hat große Stücke auf Sie gehalten und ich auf ihn.«

---

* Mehr darüber erfahren Sie in »Don Cavelli und der tote Kardinal«.

»Ja, das ist wahr.« Cavelli versuchte, sich seine Verwirrung nicht anmerken zu lassen. Für einen Moment kamen die Erinnerungen an Fontana wieder hoch und die schrecklichen Umstände, die zu seinem Freitod geführt hatten. Was sollte das alles?

»Es geht etwas Merkwürdiges vor im Konklave«, fuhr Monti fort. »Etwas Übles. Bereits zwei Kardinäle haben ihre Wahl zum Papst nicht angenommen. Verstehen Sie? Die Wahl abzulehnen, das hat es seit beinahe tausend Jahren nicht gegeben. Und jetzt gleich zweimal hintereinander? Das *kann* einfach nicht sein.«

»Nun, das ist sicher ungewöhnlich, aber ...«

Kardinal Monti hob eilig seine Hand. »Lassen Sie mich ausreden, wir haben keine Zeit. Was genau da vorgeht, weiß ich nicht, ich weiß allerdings mit Sicherheit, dass es fünf Kardinäle gibt, die Befehle von außerhalb erhalten.«

Cavelli verzog ungläubig das Gesicht. »Sind Sie da wirklich sicher, Eminenz? Wie können Sie das wissen?«

Monti biss sich auf die Lippe und sah ihm direkt in die Augen. »Ich bin einer der fünf.«

Cavelli starrte den Kardinal an. »Was sagen Sie da? Aber wie ...?«

»Wir haben keine Zeit für Erklärungen.« Monti nestelte ein paar zusammengefaltete Papiere aus seiner Soutane und drückte sie Cavelli in die Hand. »Ich muss gehen. Nehmen Sie die. Alles, was Sie wissen müssen, habe ich hier aufgeschrieben.« Und bevor Cavelli etwas erwidern konnte, wandte er sich zum Gehen. Nach zwei Schritten drehte er sich noch einmal um: »Warten Sie zehn Minuten, bevor Sie die Grotte verlassen.«

Cavelli stand wie vom Donner gerührt. Was war das gewesen? Er blickte auf die Papiere in seiner Hand, unschlüssig, was er damit tun sollte. Dann steckte er sie fast widerwillig in die Innentasche seines Jacketts und sah auf die Armbanduhr.

Zehn Minuten später trat er ins Freie. Es war weit und breit niemand zu sehen. Der Brief brannte in seiner Tasche, am liebsten wäre er so schnell er konnte zu seinem Haus gerannt, doch er zwang sich, langsam zu gehen.

Der schichtführende Schweizer Gardist, der mit seinem Team die fünftausend Kameras in den Vatikanischen Gärten überwachte, die nur abgeschaltet wurden, wenn der Papst sich dort aufhielt, griff zum Telefon, um seinen Vorgesetzten über einige ungewöhnliche Vorkommnisse zu informieren.

XXIV

Dritter Tag des Konklave, 5 Uhr 40 morgens

Sehr geehrter Signor Cavelli,
zweifellos wird es Ihnen seltsam erscheinen, dass ich mich an Sie wende, denn schließlich kennen wir uns kaum. Wenn ich es dennoch tue, dann nur, weil ich nicht weiß, wen sonst ich um Beistand bitten könnte. Während des Konklave sind uns Kardinälen keinerlei Kontakte zur Außenwelt gestattet, und es wird auch dafür gesorgt, dass wir gar nicht anders können, als uns daran zu halten. Natürlich ist es gestattet, uns untereinander zu besprechen, doch aus Gründen, auf die ich gleich kommen werde, ist dies für mich kein gangbarer Weg. Sie, lieber Signor Cavelli, sind also der einzige Nichtkleriker, mit dem Kontakt aufzunehmen ich in der Lage bin. Dies, gepaart mit dem Umstand, dass mein verstorbener Freund Kardinal Fontana große Stücke auf Sie gehalten hat, veranlasst mich, Sie um Rat und Hilfe zu bitten, wobei ich gleich vorausschicken muss, dass ich nicht im Mindesten weiß, welcher Gestalt diese sein könnten.

Doch der Reihe nach. Leider können Sie die Situation, in der ich mich befinde, nicht verstehen, ohne meine Vorgeschichte zu kennen. Ich muss Sie daher um etwas Geduld ersuchen, ich will mir Mühe geben, mich kurz zu fassen:

Ich entstamme ärmlichen Verhältnissen, und meine sehr frommen Eltern konnten es sich nur mit Müh und Not leisten, mich auf die Universität zu schicken. Ich sollte Theologie studieren. Zu meiner Schande muss ich gestehen, dass ich mich zwar einschrieb, aber häufig den Vorlesungen fernblieb, viel mehr hatten es mir die politischen Seminare angetan, insbesondere diejenigen, in denen es um den Kommunismus ging, der damals – es waren die Siebziger Jahre – in aller Munde war. Ich schäme mich heute, es zu sagen, aber in jenen Tagen hieß mein Gott Karl Marx. Meine große Sympathie für diese Weltanschauung, die sich übrigens auch in exzellenten Noten niederschlug, blieb offenbar nicht unbemerkt. Eines Tages sprachen mich nach einer Vorlesung zwei gutgekleidete Herren an, die sich als Vertreter einer internationalen Gesellschaft zur Förderung hochbegabter Studenten vorstellten. Heute weiß ich, dass diese Gesellschaft nur eine Tarnorganisation war, hinter der ganz andere Kräfte standen, aber in meiner Naivität war ich natürlich begeistert von der Aussicht auf ein Stipendium; würde es doch meine armen Eltern entlasten und mich von dem schlechten Gewissen befreien, dass ich mit ihrem vom Munde abgesparten Geld etwas studierte, das sie, hätten sie davon gewusst, aus tiefstem Herzen abgelehnt hätten. Auch schmeichelte es natürlich nicht wenig meiner Eitelkeit, einer der – wie man mir versicherte – wenigen Auserwählten zu sein. Eine Weile lang lief alles, wie ich es mir vorgestellt hatte. Ich sollte vielleicht noch erwähnen, dass ich im Rahmen des Stipendiums auch politische Schulungen in diesem »Institut« zu besuchen hatte, wobei mir heute klar ist, dass es diesen Leuten nicht nur darum ging, mir Wissen zu vermitteln, oder genauer gesagt, mich weiter kommunistisch zu indoktrinieren, sondern mindestens ebenso sehr darum, alles über mich zu erfahren. Nach und nach kristallisierte sich heraus, dass ich künftig nur noch Theologie und Sprachen studieren würde. Damals dachte ich, dies sei meine eigene Idee, aber die Wahrheit ist, dass man mir diese Gedanken geschickt eingepflanzt hatte. Fortan würde ich im Dienste des Kommunismus einen der gefährlichsten Feinde desselben bekämpfen: die Katholische Kirche. Allerdings nicht von außen, sondern von innen heraus.

Ich will Sie nicht mit Einzelheiten langweilen, nur so viel: Ich studierte Theologie und wurde Priester. Anfangs brannte ich darauf, antikatholisch aktiv zu werden, doch man bremste mich, die Zeit sei noch nicht reif, man habe Größeres mit mir vor. Zwar forderte man mich des Öfteren auf, Indiskretionen zu begehen und mehr oder wenig vertrauliche Interna der Kirche an meine Gönner weiterzugeben, und ich tat es gern und bedenkenlos – ein Umstand, der sich später noch rächen sollte –, aber das war alles. Erst sollte ich Karriere machen, und das tat ich auch. Nicht nur aufgrund meiner Leistungen, sondern immer wieder machte ich die Erfahrung, dass sich mir Türen öffneten, die anderen verschlossen blieben. Meine Gönner hatten offenbar Kontakte in die höchsten Kreise von Politik und Vatikan. Mit 41 war ich Bischof und mit 53 der jüngste Kardinal Italiens.

Aber ich sollte mich als schlechte Investition für diese Leute erweisen. Wie sagte schon Winston Churchill: »Wer mit 20 nicht Revolutionär ist, hat kein Herz, wer es mit 40 immer noch ist, keinen Verstand.« Die Schwärmerei für den Kommu-

nismus verließ mich mit fortschreitender Lebenserfahrung, und die Katholische Kirche, in die ich mich als Feind eingeschlichen hatte, wurde von Tag zu Tag mehr zu meinem Leben. Meine Gönner hielten über all die Jahre weiter mit mir losen Kontakt, und ich ließ mir nicht anmerken, dass ich innerlich längst mit ihnen gebrochen hatte. Zu groß war meine Furcht, dass sie mich verraten und ich alles verlieren würde, was ich mir in meinem Leben aufgebaut hatte. Ich bin nicht stolz auf meine Selbstsucht, aber so war es nun einmal, wir sind alle nur Menschen! Jedenfalls glaubte ich, dass ich die ganze Situation glänzend beherrschte und dass es ewig so weiter gehen könne. Bis vor 3 Tagen glaubte ich das. Doch dies war eine Illusion, aus der ich am Vorabend des Konklave jäh gerissen wurde, als unter der Tür meiner Suite in Santa Marta ein Brief hindurchgeschoben wurde. (Von wem, weiß ich nicht.) Denn nun war die Stunde der Wahrheit gekommen. Unmissverständlich wurde mir deutlich gemacht, dass ich den Befehlen des Absenders zu folgen hätte, falls ich nicht wünschte, dass meine Karriere und meine Ehre vollständig zerstört würden.

Man befahl mir, im Konklave nur für die Kandidaten mit der jeweils geringsten Aussicht auf Erfolg zu stimmen. Offenbar plant man, die Wahl des neuen Papstes zu beeinflussen und dabei alle natürlichen Favoriten auszuschalten. Da ich nur eine Stimme habe, die letzten Endes kaum ins Gewicht fällt, liegt es auf der Hand, dass weitere Kardinäle beeinflusst werden. Gestern Nacht fiel mir halb im Traum ein Gespräch ein, dass ich wohl vor gut 15 Jahren mit einem meiner Gönner geführt habe. Dabei erfuhr ich, mehr beiläufig, dass es ursprünglich 100 von uns gegeben hat und dass es außer mir noch 4 weitere bis ganz nach oben geschafft hätten. Wer die anderen 4 sind, habe ich nie erfahren, und ich muss befürchten, dass sie im Gegensatz zu mir immer noch für diese Leute aktiv und heute in hohen Positionen innerhalb des Vatikan tätig sind, wahrscheinlich sogar als Kardinäle. Nun werden Sie auch verstehen, Signor Cavelli, warum ich mich niemandem außer Ihnen anvertrauen kann, wobei ich mir natürlich auch bewusst bin, dass ich damit mein Schicksal in Ihre Hände lege, doch ich weiß mir keinen anderen Rat. Auch was zu tun ist, weiß ich nicht, doch in dem ersten Brief wurden mir weitere Briefe mit Anweisungen angekündigt. Auch verlangt man von mir genaue Berichte über die Vorgänge im Konklave, also, welche Kardinäle wie viele Stimmen bekommen haben. Ich habe überlegt, falsche Angaben zu machen, doch das ist zu riskant, da es ja noch 4 weitere Abtrünnige gibt. Wenn diese wahrheitsgemäß berichten, wird man sofort wissen, dass man mir nicht länger vertrauen kann. Diese Berichte soll ich in meinem Zimmer auf den Boden legen, mit einem dünnen Faden versehen, der unter der Tür hindurchführt, sodass ihn der Bote zu sich ziehen kann, ohne dass die Tür geöffnet wird. Man hat an alles gedacht, sogar der Faden lag dem ersten Brief bei. Ich will irgendwie versuchen, herauszubekommen, wer der Überbringer bzw. der Abholer ist, denn – vielleicht habe ich das nicht klar genug zum Ausdruck gebracht – ich weiß weder, wer diese Leute in Wirklichkeit sind, noch gibt es für mich eine Adresse, an die ich mich wenden könnte, um Kontakt mit ihnen aufzunehmen. Wenn ich den Boten der Briefe entdecke, könnte das ein erster Ansatzpunkt sein. Diesen Brief werde ich versuchen, Ihnen in der Lourdesgrotte auszuhändigen. Gebe Gott, dass es mir gelingt und dass Sie willens sind, mir, aber viel mehr noch der Kirche, zu helfen.

Falls dies der Fall ist, treffen Sie mich in 24 Stunden erneut dort.

Möge der Herrgott unseren Seelen gnädig sein!

M.

XXV

Dritter Tag des Konklave, abends

Kardinal Villarini lag in der Badewanne seiner Suite im Domus Santa Marta und gönnte sich eines seiner geliebten Schaumbäder. Wie meist mit ein wenig schlechtem Gewissen, da er es als etwas dekadent empfand, aber ein bisschen Luxus durfte auch er sich erlauben, beruhigte er sich. Sein Kopf war zurückgelegt, seine Augen geschlossen. Er genoss den vornehmen Lavendelgeruch und dachte an die vergangenen Stunden im Konklave.

Nachdem im Nachmittagskonklave des gestrigen Tages nun auch ein zweiter Favorit seine Wahl zum Heiligen Vater abgelehnt hatte, war offene Ratlosigkeit unter den Kardinälen ausgebrochen. Der Kardinaldekan hatte am Morgen eine geradezu beschwörende Rede über das Thema Pflicht und Gehorsam gegenüber dem Willen Gottes gehalten und an das demütige Motto Johannes Pauls II. erinnert: »Totus Tuus« – »Ganz der Deine«. Er hatte übermüdet ausgesehen, und aus seinem Blick sprach so viel Flehendes, dass er schon beinahe mitleiderregend gewirkt hatte. Beruhigend hatte er hinzugefügt, dass es nur natürlich sei, vor diesem gewaltigsten aller Ämter in Furcht zurückzuschrecken, dass aber ebenso natürlich sei, dass jeder, der es auf sich nehme, des göttlichen Beistands gewiss sein könne.

Eine weihevolle Stille war eingetreten, die aber jäh zerstört wurde, als sich nun auch Kardinal Casaroli erhob, um – wenn auch in sehr viel ungelenkerer Form – fast das Gleiche zu sagen wie der Kardinaldekan. Dies war nun gänzlich überflüssig, aber wie hieß es schon in Matthäus 12,34: *Wes das Herz voll ist, des geht der Mund über.* Wenn dieser Satz je auf jemanden gepasst hatte, dann auf Kardinal Casaroli, dessen Äußeres schon geradezu klischeehaft an einen wohlbeleibten Mönch erinnerte, wie man sie gelegentlich in der Käse- oder Weinreklame sieht. Gutmütig und schlicht. Infolgedessen hatte seine Rede, die bei jedem anderen unfreiwillig komisch oder gar ärgerlich gewesen wäre, in ihrer Naivität eine geradezu herzerwärmende Wirkung auf viele der anwesenden Kardinäle gehabt. Anschließend hatte es einen weiteren Wahlgang gegeben, bei dem Kardinal Vacchelli die meisten Stimmen bekommen hatte. Allerdings hatten zwei Stimmen zu einer Zweidrittelmehrheit gefehlt, woraufhin der Kardinaldekan einen weiteren Wahlgang verkündete. Einen Wahlgang, der Vacchelli zweifellos über die Zweidrittelhürde tragen würde. An dieser Stelle hatte sich – zum Entsetzen der versammelten Kardinäle – Vacchelli erhoben und mit gesenktem Kopf darum gebeten, davon abzusehen, für ihn zu stimmen. Im nächsten Moment hatte er einen Schwächeanfall erlitten. Man hatte einen Arzt gerufen und die Versammlung aufgelöst.

Am Nachmittag war man ein weiteres Mal in der Sixtina zusammengekommen. Erneut waren Vorschläge für Kandidaten vorgebracht worden. Wenn auch zögerlicher als zuvor.

Und zum ersten Mal war auch Villarini unter den Vorgeschlagenen gewesen.

Er ließ den erhabenen Moment, als der Name Villarini durch die Sixtinische Kapelle hallte, noch einmal vor dem inneren Geist Revue passieren.

Sein Name.

Villarini …

Dann der erste Wahlgang. Fünf Kardinäle hatten zur Wahl gestanden. Villarini hatte nur neunundzwanzig Stimmen erhalten.

Neunundzwanzig von einhundertneunzehn. Darunter seine eigene. Nicht gerade viel, aber dennoch mehr als jeder der vier anderen.

Beim zweiten Wahlgang hatte er zweiundsiebzig Stimmen erhalten. Jetzt fehlten nur noch wenige Stimmen zur Zweidrittelmehrheit. Und die – daran konnte nicht der allergeringste Zweifel bestehen – würde er im morgigen Konklave erhalten.

Und *er* würde nicht ablehnen.

Niemals hätte er damit gerechnet, vorgeschlagen zu werden. Aber war es nicht allen Päpsten der Neuzeit so ergangen? Waren nicht alle von ihrer Berufung vollkommen überrascht gewesen? Waren dies tatsächlich göttliche Wunder, die ohne jegliches Zutun der Erwählten zustande kamen? Bis heute hatte er daran gezweifelt.

Jetzt aber war er selbst Gegenstand dieses Wunders geworden.

Lorenzo Villarini, Papst Pius XIII. Morgen würde es geschehen.

Was genau er als Papst tun würde, wusste er noch nicht, aber eines war sicher. Es galt, dem Amt wieder mehr Würde zu verleihen. Seit der Amtszeit von Johannes XXIII. war das Zeremoniell immer weiter gestutzt worden. Die Abschaffung des Seda gestatoria, des Thronsessels, mit dem der Papst umhergetragen wurde, das Verzichten auf das Küssen des Pantoffels und des Rings, Straßenschuhe statt der offiziellen roten und so vieles mehr. In falsch verstandener Bescheidenheit hatten sich die letzten Päpste immer volksnaher und menschlicher gegeben, weil sie – wie sie sagten – eben nur Menschen waren. Was für ein grandioses Missverständnis. Gerade in ihrer Bescheidenheit waren sie besonders unbescheiden gewesen. Denn als die Menschen, die sie waren, hatten sie nicht weniger Ehre als frühere Päpste zu erwarten, sondern gar keine. Sie selbst waren völlig unbedeutend. Gewaltig war nur das Amt, und ausschließlich dieses durfte und musste geehrt werden. Wer das verkannte, war nicht bescheiden, sondern hatte nicht verstanden, dass er nur die sterbliche Hülle einer unsterblichen Idee war. Was für eine Anmaßung. Er würde das ändern. Die Päpste, die zwischen 1870 und 1929, also zwischen dem Ende des Kirchenstaates und der Unterzeichnung der Lateranverträge mit Mussolini, regierten, hatten sich als Gefangene im Vatikan bezeichnet. Kein Katholik außerhalb der Leonischen Mauer hatte sie je zu Gesicht bekommen. Ihrem Nimbus hatte das keineswegs geschadet. Im Gegenteil, diese Männer waren weit mehr verehrt und respektiert worden als die modernen Päpste, die jede Hand schüttelten, die sich ihnen entgegenstreckte, und die sich bei Staatsbesuchen mit albernen folkloristischen

Hüten fotografieren ließen. Nein, Pius XIII. würde kein Papst zum Anfassen sein.

Eine Weile schwelgte er noch in seligen Gedanken, dann stieg er aus der Wanne, hüllte sich in seinen prächtigen Morgenmantel mit dem gestickten Goldmonogramm auf der Brusttasche und putzte sich die Zähne. *Die letzte Nacht in Freiheit*, dachte er mit dem lustvoll tragischen Gefühl, von morgen an und für alle Zeit eine Persönlichkeit der Welthistorie zu sein. Auf dem Weg zu seinem Bett bemerkte er einen hellen Fleck auf dem Boden, den er ohne seine Brille jedoch nicht klar erkennen konnte. Er trat näher und sah, dass es sich um einen großformatigen Briefumschlag handelte. Er bückte sich ächzend, innerlich die Organisatoren des Konklave verfluchend, die den Brief nicht am Empfang abgegeben, sondern unter der Tür hindurchgeschoben hatten. Diese jungen Leute hatten offenbar keine Vorstellung von den Höllenqualen, die einem Mann seines Alters der Rücken bereiten konnte. Er packte den Umschlag und richtete sich vorsichtig wieder auf. Bis auf ein KARDINAL VILLARINI in Großbuchstaben mit schwarzem Kugelschreiber in der oberen linken Ecke und dem Wort RISERVATISSIMA für streng vertraulich, von einem Rand zum anderen, war der Umschlag unbeschriftet. Er setzte sich auf die Bettkante und riss ihn auf. Es konnte nur etwas Gutes sein. Das fühlte er ganz deutlich. Enthielt dieser Umschlag vielleicht den zeremoniellen Ablauf, der nach einer Papstwahl stattzufinden hatte? *Sehr umsichtig*, dachte er anerkennend; nun konnte er alles nochmal in Ruhe durchgehen und sich einprägen, sodass es morgen keine peinlichen Unsicherheiten von seiner

Seite geben würde. Er versuchte, seine Ungeduld zu bezähmen und den Inhalt nicht hektisch und unwürdig herauszuzerren, zog die in dem Umschlag enthaltene blaue Mappe ruhig hervor und öffnete sie. Der Text auf dem Deckblatt ließ ihn irritiert die Stirn runzeln, er bestand nur aus einem einzigen Wort, das in die Mitte der Seite gedruckt war: »Ablehnen«.

Ungeduldig legte er das Blatt zur Seite, um sich dem weiteren Inhalt der Mappe zu widmen.

Fotos. Großformatig in Hochglanz und Farbe. Widerlich und obszön. Was war das? Das konnte nicht sein. Woher kamen diese Fotos? Alles an ihnen war falsch. So war es nicht gewesen. Ja, es war eine Sünde, sicherlich, er war schwach geworden, *einmal* schwach geworden. Natürlich galt das Zölibat unumstößlich, und doch hatte Gott diese schöne junge Frau in sein Leben treten lassen, die ihn, den über Siebzigjährigen, aufrichtig geliebt hatte. Und er hatte sie geliebt. Wie hätte all dies geschehen können, wenn Gott es nicht so gewollt hätte? War nicht die Liebe die höchste und mächtigste aller Kräfte auf Erden? Wie konnte das falsch sein? Es hatte nur ein knappes halbes Jahr angedauert, dann hatte Melinda überraschend Nachricht davon erhalten, dass ihre Mutter schwer erkrankt sei. Daraufhin hatte sie ihr Theologiestudium in Rom abgebrochen und war schweren Herzens nach Sao Paulo zurückgekehrt. Aber es verging kein Tag, an dem er nicht an sie dachte. Es war die schönste Zeit seines Lebens gewesen. Glücklich und rein.

Und jetzt diese Fotos in seinen Händen. Gestochen scharf und pornographisch. Ein widerlicher alter Mann, der sich lüstern mit einer Frau vergnügte, die seine Enkelin sein könnte. So war es doch nicht gewesen. Oder etwa doch? Der Anblick der Fotos erfüllte ihn mit Scham. Dann fiel sein Blick wieder auf das Blatt Papier:

»Ablehnen«.

Er stöhnte auf. Wenn diese Fotos in die Öffentlichkeit gerieten, insbesondere *nach* seiner Wahl zum Papst … Das würde den Skandal des Jahrhunderts auslösen.

Ablehnen.

Das Wort wirbelte in seinem Kopf herum wie eine Staubwolke. Die anderen Kardinäle. Jetzt wurde ihm klar, warum sie abgelehnt hatten. Jemand hatte sie erpresst. Womöglich mit ähnlichen Bildern. Und nun war er an der Reihe. Wie konnte das sein? Er war so vorsichtig gewesen. Alle Treffen mit Melinda hatten in einem Hotelzimmer stattgefunden. Wie hatte da eine Kamera sein können? Niemand wusste von diesen Treffen. Niemand außer ihm und Melinda.

Melinda!

Nein, das konnte einfach nicht sein, es durfte nicht sein. Der Kardinal saß still da und rührte sich nicht, während ihm Tränen über das Gesicht rannen. Nach einer kleinen Ewigkeit stand er auf und verbrannte den Umschlag und seinen Inhalt im Waschbecken. Er kehrte zurück ins Zimmer, kniete sich vor das Kreuz an der Wand und betete.

»Gegrüßet seist du, Maria, voll der Gnade …«

Dann erhob er sich, nahm ohne Hast das kleine Obstmesser vom Tisch, mit dem er sich jeden Morgen seinen Apfel schälte, und ging ins Bad zurück. Das Badewasser war inzwischen kühl geworden. Er ließ etwas ablaufen und drehte den

Heißwasserhahn auf und sah auf dem Wannenrand sitzend zu, wie sich die Wanne langsam füllte.

Er entschied sich dafür, den Morgenmantel anzubehalten. Dann stieg er in die Wanne, schob den linken Ärmel hoch und setzte das Messer an.

Ich hätte noch Lavendel nachgießen sollen, war sein letzter Gedanke auf dieser Welt.

XXVI

Vierter Tag des Konklave, 6 Uhr morgens

Cavelli schlenderte durch den noch im Morgennebel liegenden Vatikanischen Garten und versuchte dabei auszusehen wie immer. In seinem Leben mochte er etliche tausend Male hier spaziert sein, doch heute war es erstmalig mit einer Art schlechten Gewissens, seine Gedanken rasten und fanden nirgendwo einen Haltepunkt.

Der Brief.

Cavelli wusste nicht, was er davon halten sollte. Belustigung, Ratlosigkeit und – Angst. Das waren die wechselnden Gefühle, die der Brief von Kardinal Monti in ihm auslöste.

War der Kardinal geistig verwirrt, war er unter dem Druck des Konklave zusammengebrochen und redete sich selbst irgendwelche Verschwörungstheorien ein? Einen verwirrten Eindruck hatte er allerdings nicht gemacht. Oder schätzte er die Lage einfach nur irrtümlich falsch ein? Das war schon eher möglich.

Oder hatte er recht und jemand versuchte tatsächlich, die Wahl des neuen Papstes zu beeinflussen? Cavellis Bauchgefühl neigte widerstrebend zu dieser Variante. Aber wie sollte das vor sich gehen? Mit fünf Stimmen von insgesamt hundertzwanzig war der Einfluss nahezu bedeutungslos. Und was bezweckten diese Leute? Vor allem aber: Wer *waren* diese Leute, die offenbar über großen Einfluss und viel Geld verfügten? Und wie weit waren sie bereit zu gehen, wenn sie entdeckten, dass sie Gegner hatten? Doch war Cavelli überhaupt ein Gegner? Dazu hätte er einen Plan haben müssen, und den hatte er nicht einmal ansatzweise. Die halbe Nacht hatte er wach gelegen und über den Brief des Kardinals nachgegrübelt. Während seiner Vorlesung am nächsten Morgen hatte er komplett neben sich gestanden, was mehrfach irritierte Blicke einiger der aufmerksameren Studenten hervorgerufen hatte. Und nun befand er sich erneut auf dem Weg zur Grotte. Warum nur? Was trieb ihn denn an? Neugier? Pflichtgefühl? Auf was ließ er sich da ein?

Ich lasse mich auf gar *nichts ein,* dachte er, während er sich der Grotte näherte. *Ich mache einen Spaziergang. Und falls da ein Brief sein sollte, lese ich ihn. Das ist auch schon alles.*

Mit einem flauen Gefühl betrat er das Felsengewölbe.

XXVII

Vierter Tag des Konklave, 10 Uhr 15

Paolo verzog angestrengt das Gesicht. Wem sah dieser Mann bloß ähnlich? Er kam nicht drauf. Missmutig versetzte er der riesigen Metallschublade einen Stoß, woraufhin sie mit einem lauten Scheppern zwischen all den anderen Schubladen verschwand. Jetzt konnte man sie nur noch an ihrem vorne angebrachten Nummernkärtchen unterscheiden. Kardinal Villarini war nun C 5.

Paolo fingerte das zerknitterte Päckchen filterloser Zigaretten aus der Brusttasche seines grauen Kittels und zündete sich eine an. Nur so war die Kälte hier zu ertragen. Dann schlurfte er zu seinem Spind und öffnete ihn. Irgendwo musste er noch die Visitenkarte von dieser Reporterin haben. Fiona Sowieso. An den Nachnamen konnte er sich wieder mal nicht erinnern. An die Frau allerdings umso besser. Einmal war sie da gewesen, bei ihm hier unten in seinem Reich. Ein rothaariges Teufelsweib mit einer Figur wie Monica Bellucci und einer Riesenklappe wie Adriano Celentano. Mit der hätte er gern mal … aber das konnte er vergessen. Er wusste, dass er meilenweit entfernt davon war, in ihrer Liga zu spielen. Aber dies war nun zumindest eine Gelegenheit, mal wieder mit ihr zu telefonieren, ihr einen

Moment lang wichtig zu sein, denn das, was er wusste, würde sie mit Sicherheit ebenfalls wissen wollen. Zumal sie für brauchbare Tipps aus der Leichenhalle der Polizei gar nicht mal so schlecht zahlte. Und ein Kardinal, der sich während des Konklave die Pulsadern aufschnitt – das war doch eindeutig was für die Titelseite. Da war die Visitenkarte, er nahm sie, ging zum Telefon und wählte die Nummer. Jetzt fiel ihm auch ein, an wen ihn sein Gast mit dem wächsernen Gesicht erinnerte. An den einbalsamierten Leichnam Johannes XXIII., der in einem gläsernen Sarg im Petersdom lag. Genauso sah Villarini jetzt auch aus. Paolo verzog genüsslich die Lippen, ja, er hatte hier wirklich einen ganz besonderen Leckerbissen für die schöne Dame.

XXVIII

Fünfter Tag des Konklave

TOD IM KONKLAVE

Exklusiv von Fiona Silvestri
Mit großer Sorge blickt man hinter den Bronzetoren des Vatikan auf die Vorgänge während des derzeitigen Konklave. Erst am Dienstag war Kardinal Sassi unter nicht geklärten Umständen ums Leben gekommen. Zwar beharrt das Pressebüro des Vatikan auf seiner offiziellen Sprachregelung, dass es sich bei der Todesursache um einen Herzinfarkt gehandelt habe, verschweigt jedoch pikante Details, wie zum Beispiel, dass bei der polizeilichen Untersuchung des Leichnams Papierreste im Mund des Kardinals gefunden wurden. Mochte man Überlegungen, dass die Todesursache möglicherweise doch nicht so natürlich war, wie der Vatikan glauben machen will, bislang noch als absurde Spekulationen abtun, werfen die Entwicklungen der letzten vierundzwanzig Stunden ein gänzlich neues Licht auf die Vorgänge hinter den heiligen Mauern. Wurde doch gestern nun auch Kardinal Villarini tot in der Badewanne

seiner Suite im Domus Santa Marta aufgefunden. Eine von der Polizei angeordnete Obduktion hat ergeben, dass Villarini verblutet ist. Während manche im Vatikan befürchten, dass ein Fluch auf diesem Konklave liegt, wird in gut unterrichten Kreisen schon von Mord gesprochen. Natürlich bislang nur inoffiziell.
Weitere Artikel zu den Vorgängen im Vatikan erscheinen in Kürze.

Cavelli ließ den *Corriere del Giorno* sinken und kippte den Rest seines doppelten Espresso herunter, dessen Säuerlichkeit darauf schließen ließ, dass er in diesem Straßencafé nicht frisch gebrüht wurde, sondern aus einer großen Kanne auf einer Warmhalteplatte stammte. Er ärgerte sich über sich selbst. Es war ein Fehler gewesen, diesen Artikel zu lesen. Er las schon lange keine Zeitung mehr, weil ihm das meiste, was darin stand, die Laune verdarb; und jenes Revolverblatt *Corriere del Giorno* schon gar nicht. Dieses Exemplar allerdings hatte der Gast vor ihm offenbar liegengelassen und die Schlagzeile hatte ihn neugierig gemacht. »Tod im Konklave«.

Sicher, zwei tote Kardinäle in so kurzer Abfolge, und das auch noch während des Konklave, das klang erst einmal ungewöhnlich.

Andererseits waren die meisten der Herren über siebzig und das Konklave stellte durchaus eine ungewöhnliche Belastung dar, von einer Sensation konnte da zumindest bei dem einen keine Rede sein. Allerdings waren da diese Papierreste in Kardinal Sassis Mund gefunden worden. Hatte der Kardinal sterbend versucht, peinliche Dokumente zu vernichten? Oder gab es eine harmlose Erklärung? Entsprach es überhaupt der Wahrheit? Der Selbstmord von Kardinal Villarini war allerdings schon eine andere Sache. Doch auch hier wieder die Frage: Hatte er überhaupt stattgefunden? Irgendwelche Belege dafür lieferte der Artikel nicht, und auch von den Menschen in seinem Umfeld hatte Cavelli nichts dergleichen gehört. Was ihn am meisten ärgerte, waren die Unterstellungen, die in diesem Artikel enthalten waren – natürlich alle so formuliert, dass sie nicht justiziabel waren. Dem Vatikan wurde nicht nur vorgeworfen, irgendwelche Verbrechen zu vertuschen, sondern auch – und das erfüllte Cavelli geradezu mit Wut –, dass es dort jede Menge geistig Minderbemittelte gäbe, die an Flüche glaubten. Cavelli wusste definitiv, dass dies nicht der Fall war. Von journalistischer Sorgfalt und Ethik hatte diese Signora Silvestri offenbar noch nie etwas gehört!

Aber was regte er sich eigentlich so auf? Ihm konnte es egal sein, er wohnte nur im Vatikan, er war kein Kleriker und arbeitete nicht einmal dort. Aber dennoch.

Nicht zum ersten Mal musste sich Cavelli eingestehen, dass er sehr viel katholischer war, als er es selbst wahrhaben wollte. Der Vatikan war seine Heimat, und die Menschen in diesem kleinen Land, eher ein Dorf, waren seine Landsleute. Wer sie angriff, griff auch ihn an. Dies *war* persönlich. Und auch, was ihm Kardinal Monti berichtete, war persönlich. Es war persönlich bis in sein Innerstes, und darum würde er auch sein Möglichstes tun, zu helfen, wenn er auch nicht wusste, wie.

Er rief sich den zweiten Brief des Kardinals ins Gedächtnis. Monti hatte darin auch das erste Schreiben, das er erhalten hatte, beigelegt, wohl zur Untermauerung seiner Behauptungen. Außerdem hatte er berichtet, dass ein weiterer Kardinal die Wahl zum Papst abgelehnt hatte, und war sich in verschiedenen Vermutungen ergangen, die jedoch alle rein spekulativ waren. Zum Schluss dann doch noch etwas Konkreteres: Offenbar war Kardinal Monti am Abend zuvor nicht zum gemeinsamen Abendessen der Kardinäle gegangen, sondern hatte sich in seiner Suite ans Fenster gestellt und durch einen Spalt in den Vorhängen nach unten gesehen. Zehn Minuten, nachdem das Essen begonnen hatte, war wieder ein Brief unter seiner Tür hindurchgeschoben und sein Bericht mittels der erwähnten Schnur nach draußen gezogen worden. Monti hatte beobachtet, dass die jeweils selbe Person kurz zuvor Santa Marta betreten und wenige Minuten nach dem Auftauchen des Briefes wieder verlassen hatte. Bei dieser Person hatte es sich um den zweiten Stellvertreter des Camerlengo, Monsignore Rinanzo, gehandelt.

Einen Beweis dafür, dass dieser auch der Briefbote gewesen war, stellte das natürlich noch nicht dar, aber es war der einzige Strohhalm, nach dem man zum gegenwärtigen Zeitpunkt greifen konnte.

Cavelli überlegte, ob er den Mann kannte. Dem Namen nach natürlich, aber ein Gesicht konnte er damit nicht verbinden. Er legte den Kopf zurück und schloss die Augen.

Wo beginnen?

Camerlengo De Gennaro kannte er recht gut, und er war auch schon öfter in seinem Büro gewesen. Auch dessen erster Sekretär Andreani war ihm wohlbekannt. Er wusste zwar, dass es einen zweiten gab, und auch, dass er ihn sicher schon gesehen hatte, aber wie zum Teufel sah der noch gleich aus? Im Geiste betrat er den Governatoratspalast, stieg die Treppe hinauf in den dritten Stock, ging den breiten Flur entlang und betrat das Vorzimmer des Camerlengo.

Nichts. Er konnte sich einfach nicht erinnern.

Cavelli bemerkte, dass sein Magen knurrte. Zeit fürs Mittagessen. Er winkte den Kellner heran und bezahlte. Die Zeitung nahm er mit und stopfte sie an der nächsten Ecke in einen öffentlichen Mülleimer. Zumindest dieses Exemplar würde keiner mehr lesen. Er trat zur Seite, um einige Priester vorbei zu lassen, die offenbar gerade aus dem Vatikan kamen und in ihrer Mittagspause eine Trattoria in der Nähe aufsuchen wollten. Cavelli hob im Vorbeigehen lächelnd die Hand und nickte, einige kannte er vom Sehen. Mit einem von ihnen unterhielt er sich sogar fast jedes Mal, wenn man sich begegnete, weil er erstaunlich witzig war, wenn man nicht offiziell mit ihm sprach. Aber eigentlich traf das mehr oder weniger auf die meisten Kleriker zu, die er kannte. Privat waren sie normal und umgänglich. Nur dieser eine nicht, der ebenfalls gerade vorbeigekommen war. Immer ernst, immer eilig, immer humorlos und im Beachten der Vorschriften päpstlicher als der Papst. Cavelli verzog die Mundwinkel, er empfand eine natürliche Antipathie gegenüber … Monsignore Rinanzo. Wie angewurzelt blieb er stehen. Natürlich, dies war das Gesicht, das zu dem Namen gehörte. Kein Wunder, dass er es verdrängt hatte. Aus einem Impuls heraus machte Cavelli kehrt und folgte dem Grüppchen die Straße hinunter.

Nach und nach verschwand man in den üblichen Lokalen, wo man Stammgast war. Bald war es keine Gruppe mehr. Die restlichen Priester gingen einzeln oder zu zweit und in unterschiedlichem Tempo. Nur Rinanzo war allein. Mit einem Mal kam sich Cavelli lächerlich vor. So, so, Monsignore ging also Mittagessen. Wie verdächtig! Wollte sich Cavelli an den Nebentisch setzen und beobachten, ob er Linguini oder Saltimbocca aß? Doch ob es nun daran lag, dass der Zufall ihm Rinanzo auf dem Silbertablett serviert hatte oder dass ihm nichts Besseres einfiel, was er tun konnte, er ging ihm weiter nach, jetzt aber in größerem Abstand.

Inzwischen hatte sich die Gruppe aufgelöst, alle waren in dem einen oder anderen Ristorante verschwunden, nur nicht Monsignore Rinanzo, der sich nun dem Ende der Straße näherte.

Hatte er ein Stammlokal, das etwas weiter entfernt vom Vatikan lag? Das wäre zumindest sehr ungewöhnlich, denn die Mittagspause im Vatikan war mit nur einer Stunde nicht gerade lang, und Cavelli wusste, dass man es ganz und gar nicht gerne sah, wenn sie auch nur geringfügig überschritten wurde. Rinanzo war stehen geblieben, er öffnete zwei Knöpfe seiner Soutane, zog eine Sonnenbrille hervor und setzte sie mit pedantischer Sorgfalt auf. Selbst seine Bewegungen hatten etwas Humorloses. Dann bog er nach rechts ab, überquerte die Straße und ging den breiten Fußweg zwischen Engelsburg und Tiber entlang. *Warum geht er so?*, fragte sich Cavelli. *Es wäre viel kürzer gewesen, gleich an der Porta Sant'Anna abzubiegen und über den Petersplatz zu gehen.* Wollte Rinanzo im Pulk der Kollegen den Eindruck erwecken, wie alle anderen zum Mittagessen zu gehen, obwohl er ein ganz anderes Ziel ansteuerte? Vor dem Eingangstor der Burg bog er erneut nach rechts ab und betrat die Brücke über den Fluss. Die zahllosen Händler ignorierend, die dort ihre Decken mit billigem Plunder ausgebreitet hatten, eilte er nun deutlich schneller als zuvor voran. Offenbar wollte er die Straße am Ende der Brücke noch überqueren, bevor die Fußgängerampel auf Rot schaltete, doch als er dort angekommen war, rasten bereits die Autos in beide Richtungen, sodass er nun warten musste. Cavelli blieb bei einem der Händler stehen und tat so, als würde er dessen angeblich handgeschnitzten Holzteller betrachten, während er aus dem Augenwinkel zur Ampel hinüberschielte und der Händler ihm mit routinierter Euphorie die Vorzüge seiner Teller anpries. Endlich wurde die Ampel grün, und Cavelli beeilte sich, Monsignore Rinanzo zu folgen, bevor es erneut rot werden würde. Er hörte noch, wie ihm der Händler einen Schwall unflätiger Verwünschungen hinterherrief. Rinanzo ging ein Stück die Straße geradeaus und bog dann in eine kleine Seitengasse ab. Cavelli rannte los, so schnell er konnte, und bremste erst direkt vor dem Beginn der Gasse ab. Langsam umrundete er die Ecke und kam gerade noch recht, um zu sehen, wie Rinanzo erneut in einer Seitengasse verschwand. Wieder rannte Cavelli los, und wieder kam er eben noch rechtzeitig, um Monsignore Rinanzo um eine weitere Ecke gehen zu sehen. Das Spiel wiederholte sich ein weiteres Mal, aber als Cavelli erneut um die Ecke bog, sah er Rinanzo etwa zwanzig Meter weiter vor einem Schaufenster stehen. Cavelli verlangsamte noch mehr und hielt nach einigen

Schritten ebenfalls vor einem Schaufenster, allerdings auf der anderen Straßenseite. In der Spiegelung der Scheibe konnte er in einiger Entfernung Rinanzo ausmachen, der weiter unverwandt die Auslagen betrachtete. Cavellis Blick ging zu dem Schild über dem Schaufenster:

ИƎDOMTUAЯB

Es dauerte einen Moment, bis er es als »Brautmoden« entziffert hatte. Was zum Teufel betrachtete Monsignore Rinanzo dort? Nach etwa einer Minute hatte er offenbar genug gesehen. Sehr langsam ging er weiter. Dann bog er erneut ab. Cavelli lief los, bog ebenfalls ab und befand sich nun auf einem sehr kleinen schattigen Platz, in dessen Mitte ein kleiner Springbrunnen plätscherte. Monsignore Rinanzo war nirgendwo zu sehen. Mit einem Schlag wurde Cavelli klar, was Rinanzo am Schaufenster betrachtet hatte.

Ihn.

XXIX

Sechster Tag des Konklave

Es hatte fast die ganze Nacht gedauert, bis Zhang eine dünne Mappe mit allen verfügbaren Informationen über Don Cavelli vor sich liegen hatte, nachdem am Abend zuvor Monsignore Rinanzo eine Botschaft hinterlassen hatte. Leider müsse er befürchten, dass ihn dieser Mann, den er vom Sehen und dem Namen nach kannte, verfolgt habe.

Zunächst waren Zhangs Leute jede verfügbare Akte, die sie über die Mitarbeiter des Vatikan hatten, durchgegangen. Ohne Erfolg. Ein Don namens Cavelli arbeitete dort nicht. Erst sehr spät war man auf die naheliegende Idee verfallen, einen der im Vatikan akkreditierten chinesischen Journalisten anzurufen. Der hatte gelacht und sich etwas selbstgefällig darüber ausgelassen, dass dieser Mann ein Spezialfall war, etwas für Vatikanexperten wie ihn. Don sei lediglich die Kurzform des Vornamens Donato, und aufgrund irgendwelcher mittelalterlicher Urkunden habe er Wohnrecht im Vatikan. Er arbeite jedoch als Professor an der *Sapienza – Università di Roma*. Außerdem sei er, ebenfalls aufgrund alter Rechte, extrem wohlhabend. Schnell hatten Zhangs Mitarbeiter die Informationen überprüft gehabt. Cavelli stand im Telefonverzeichnis des Vatikan, war laut Homepage der Sapienza tatsächlich dort als ordentlicher Professor tätig und arbeitete – auch das hatte man festgestellt – für ein symbolisches Gehalt von einem Euro pro Jahr. Offenbar, um nicht der italienischen Steuerpflicht zu unterliegen. Lehrfach: Geschichte des Papsttums. Auch ein brauchbares Foto hatte man sich aus dem Lehrverzeichnis heruntergeladen. Zhang betrachtete das Bild gründlich. Cavelli mochte nach den Fältchen um die Augen herum etwa Mitte vierzig sein, wirkte aber mit seinem leicht lockigen schwarzen Haar und seinem halb schüchternen, halb dreisten Lächeln bedeutend jünger. Man hätte ihn sich gut als den unbekümmerten Helden eines dekadenten Abenteuerfilms aus Hollywood vorstellen können. Zhang war schon geneigt, die Sache als Zufall und falschen Alarm eines übervorsichtigen Monsignore Rinanzo einzustufen, als man ihm das Ergebnis von ein wenig *außerlegaler* Computerschnüffelei vorlegte. Den aktuellen Stand von Donato Cavellis zwei Konten in Rom und dem bei der Vatikanbank. Zhang musste zweimal hinsehen, um sicherzugehen, dass er sich nicht verguckt hatte. Die Summe, die dort schwarz auf weiß zu lesen war, wirkte in ihrer astronomischen Höhe schon beinahe irreal. Er verzog nachdenklich den Mund. Das änderte die Lage; damit wurde dieser Cavelli zu einem Element im Spiel, das man nicht ignorieren durfte.

Zhang zündete sich eine Zigarette an und griff zum Telefon.

XXX

Um kurz nach sechs am Morgen war die Piazza di Popolo noch völlig leer. Die touristischen Menschenmassen, die bald kommen würden, lagen noch in ihren Hotelbetten und schliefen. Cavelli liebte es, wenn er *sein* frühmorgendliches Rom beim Joggen fast für sich allein hatte. Er überquerte zügig den Platz, vorbei an dem großen Obelisken, und spurtete dann, immer zwei Stufen auf einmal nehmend, die große Treppe hinauf, die zum Villa-Borghese-Park führte. Noch eine letzte Steigung, dann war er da.

Auch hier war um diese Uhrzeit noch nichts los. Nachmittags waren Tausende im liebsten Freizeitareal der Römer unterwegs, doch selbst dann wirkte es aufgrund seiner riesigen Ausdehnung nicht voll. Cavelli lief die breite Allee entlang, die durch den ganzen Park führte. Zum wer weiß wievielten Male ließ er die Ereignisse des Vortages im Geiste Revue passieren: Monsignore Rinanzo hatte offenbar bemerkt, dass er von Cavelli verfolgt wurde, und ihn daraufhin abgehängt. Schlecht. Aber immerhin war nun klar, dass der Monsignore etwas zu verbergen hatte. Das musste natürlich nicht unbedingt mit den Vorgängen im Konklave zusammenhängen, aber wenn man Kardinal Montis Beobachtung hinzuzählte, dass Rinanzo kurz vor der Briefübergabe das Domus Santa Marta betreten und es kurz danach wieder verlassen hatte, dann war das schon etwas. Wie nannte man das noch in amerikanischen Krimis? Richtig, »hinreichender Tatverdacht«. Damit war zumindest ein erster Anhaltspunkt in dieser Sache gefunden, die ansonsten leider noch vollständig im Nebel lag. Cavelli wich einer telefonierenden Radfahrerin mit Kinderanhänger aus. Dummerweise hatte Rinanzo ihn entdeckt und – was noch fataler war – höchstwahrscheinlich auch erkannt. Cavellis Namen wusste er vielleicht nicht, aber dass er irgendwie zum Vatikan gehörte, war ihm mit Sicherheit bewusst. Damit war Cavelli als Verfolger Rinanzos verbrannt. Er würde Hilfe brauchen, aber wen konnte er …

Ein seltsam beunruhigendes Gefühl, das sich in Cavelli schon seit einigen Momenten aufgebaut hatte, trat nun in sein Bewusstsein. Irgendetwas stimmte nicht. Als jemand, der in Rom aufgewachsen war und sich täglich auf dem Petersplatz und anderen Orten aufhielt, wo es von Taschendieben nur so wimmelte, besaß Cavelli ein instinktives Gespür dafür, wenn Menschen versuchten, Normalität vorzutäuschen. Fast immer waren es die Blicke, die sie verrieten. Die meisten Menschen waren entweder mit sich selbst beschäftigt und interessierten sich nicht für das, was um sie herum geschah, oder das andere Extrem: Sie waren so in die Bewunderung irgendwelcher Bauwerke vertieft, dass sie ständig in Gefahr waren, vor ein Auto zu laufen. Und dann gab es eben noch Typen wie diesen großen Burschen, dessen Gesicht von einer dunklen Kapuze verdeckt wurde und der in etwa fünfzig Meter Entfernung vor ihm mit den Händen in den Taschen links am Wegesrand stand. Leute, die nicht in die Umgebung passten. Entweder, weil sie auf unauffällige Weise die Menschen um sich herum beobachteten, oder weil sie, wie dieser Mann, auf etwas warteten und gleichzeitig versuchten, unsichtbar zu sein. Diesen Mann umgab eine fast körperlich zu greifende Aura der Gewalt. Cavelli registrierte, dass außer ihnen beiden weit und breit niemand zu sehen war. Es gab an dieser Stelle des Weges keine Abzweigungen. Cavelli würde direkt an ihm vorbeilaufen müssen. Auch ein Ausweichen nach rechts war nicht ratsam; diese Typen waren wie wilde Hunde, sie konnten Angst riechen und wurden davon nur noch aggressiver. Oder sah Cavelli schon Gespenster? Wahrscheinlich wartete der Mann einfach auf einen Freund und hatte miese Laune, weil der sich verspätete.

Zwei Augenblicke später hatte Cavelli ihn erreicht und er war schon fast an ihm vorbei, als er aus dem Augenwinkel sich etwas rasend schnell auf seinen Kopf zubewegen sah. Er schaffte es gerade noch, den Kopf etwas zur Seite zu beugen, doch es war schon zu spät; mit nur wenig verminderter Gewalt traf ihn die Faust des Mannes am Schädel. Etwas schien in Cavellis Kopf zu explodieren, und die Wucht des Schlages riss ihn von den Beinen. Er stürzte seitlich auf den nassen Asphalt, wobei er sich die Hand aufriss und fast die Schulter auskugelte. Im Nu war der Mann über ihm und holte mit dem Fuß aus, um ihm einen Tritt in die Nieren zu verpassen, aber offenbar hatte er nicht damit gerechnet, dass sein Opfer noch in der Lage sein würde, sich zu wehren. Mit einer schnellen Bewegung brachte Cavelli seinen Rumpf aus der Gefahrenzone, kam auf das linke Knie, packte den Fuß seines Gegners noch in der Luft und drehte ihn mit aller Kraft so weit er konnte herum. Obwohl der Mann laut aufschrie, konnte Cavelli das Reißen der Bänder hören, und im nächsten Moment schlug der Angreifer wuchtig auf den Boden auf. Jetzt war es Cavelli, der über ihm war. Mit dem rechten Bein und dem linken Arm nahm er ihn in einen Haltegriff, von dem er wusste, dass es daraus kein Entkommen gab. Der unpassend süßliche Shampoogeruch aus den Haaren des Mannes drang ihm unangenehm ins Bewusstsein. Dann hielt er ihm mit der rechten Hand Mund und Nase zu. Der Mann begann sich daraufhin wie ein Tobsüchtiger zu wehren. Er strampelte und wand sich, versuchte, Cavelli in die Hand zu beißen und mit der freien Hand seine Augen zu treffen. Vergeblich, nach knapp einer halben Minute verließ ihn das Bewusstsein, und sein Körper erschlaffte.

Keuchend richtete sich Cavelli auf. Er betrachte den bewusstlosen Mann. Mitte dreißig, ein Dutzendgesicht ohne besondere Merkmale. Doch, *eine* Besonderheit gab es schon: Dem Mann fehlten an der linken Hand zwei Finger. Erst im allerletzten Moment bemerkte Cavelli den Schatten hinter sich. Ein scharfer Schmerz im Hinterkopf, und er sah, wie der Boden schnell näher kam. Dann eine Stimme an seinem Ohr, nicht einmal unfreundlich: »Bleiben Sie lieber zu Hause, Signor Cavelli, dort sind Sie in Sicherheit.«

Ihm wurde schwarz vor Augen.

XXXI

Das Boot schwankte ganz fürchterlich. War Cavelli in einen Sturm geraten? Wieder und wieder wurde das Boot von den Wellen hin- und hergeworfen, sodass er fürchtete, jeden Moment zu kentern. Dann würde ihn die raue See verschlucken und auf den tiefsten Meeresgrund ziehen, das wusste er. Sein linkes Auge fühlte sich merkwürdig an, und im Mund schmeckte er Blut. Man sollte ihn einfach in Ruhe lassen und nicht unaufhörlich an ihm herumrütteln. Vorsichtig blinzelte er aus dem rechten Auge ins Helle. Über sich sah er das Gesicht einer Frau mit sehr kurzen blonden Haaren, die etwas sagte. Er brauchte einige Augenblicke, bis er begriff, dass es eine Polizistin war. Offenbar sprach sie mit ihm, aber er hatte Mühe, es zu verstehen. Vorsichtig kam Cavelli in eine sitzende Position. Er fühlte nach seinem Auge. Auch da war Blut, aber das war wohl lediglich aus der Wunde an der Stirn gesickert. Das musste passiert sein, als er auf das Pflaster aufgeschlagen war. Er registrierte erleichtert, dass ihm nicht schwindelig war, und stand vorsichtig auf. Jetzt sah er auch einen zweiten Polizisten, der gerade in sein Funkgerät sprach. Von den beiden Angreifern war weit und breit nichts zu sehen. Auf dem Boden lag sein Schlüsselbund, der ihm offenbar während des Kampfs aus der Tasche gefallen war. Er wollte sich danach bücken, aber die Polizistin kam ihm schnell zuvor und reichte ihn Cavelli mit einem Blick, als hege sie Zweifel daran, dass er der rechtmäßige Besitzer sei. Dann fragte man ihn, ob er einen Arzt benötige und ob er Anzeige erstatten wolle. Beides verneinte er. Dann wurde er aufgefordert, den Vorfall zu schildern und Angaben zu den Angreifern zu machen. Cavelli beschrieb den Mann, den er gesehen hatte, und vergaß auch nicht, das Fehlen der zwei Finger zu erwähnen. Die beiden Polizisten wechselten einen seltsamen Blick, den Cavelli nicht einordnen konnte, dann durfte er gehen. Langsam machte er sich auf den Rückweg. Die Gedanken schwirrten ihm im Kopf herum. War es ein Fehler gewesen, keine Anzeige zu erstatten? Wahrscheinlich würde es sowieso nichts bringen. Für die Polizei war das eines von hunderten täglichen Kleindelikten, sie hatte gar nicht die Möglichkeit, ihnen allen nachzugehen. Und die Wahrheit würde man ihm sowieso nicht glauben. Also wozu?

Der zweite Angreifer hatte ihn mit Namen angesprochen. Das war eindeutig eine Warnung gewesen, sich aus der Sache herauszuhalten. Augenscheinlich ohnehin die beste Idee, zumal Cavelli außer der Tatsache, dass Monsignore Rinanzo darin verwickelt war, keinerlei Ansatzpunkte hatte, und nun noch dieser Einschüchterungsversuch.

Der gab den Ausschlag.

Cavelli hatte es noch nie gemocht, wenn man versuchte, ihm Vorschriften zu machen.

ZWEITES BUCH

XXXII

Carlo Manunzio öffnete die Schublade seines Büroschreibtisches, holte ein Päckchen Cigarillos hervor und zündete sich einen an.

Gelassenheit.

Das war es, was er in den nächsten Minuten auszustrahlen beabsichtigte. Er schloss seine Augen und dachte an das Wort *Gelassenheit*. Eine Technik, die er aus einem Rhetorikseminar hatte, bei der man sich zuvor auf das eine entscheidende Schlüsselwort konzentrierte, das man mit seiner Rede rüberzubringen beabsichtigte. *Gelassenheit!*

Nein.

Souveränität.

Noch besser.

Er zog an dem feuchten Mundstück des Cigarillos und stieß wütend den Rauch in die Luft.

Hatte er das eigentlich nötig? Er war der leitende Chefredakteur des *Corriere del Giorno*. Wenn sich also jemand auf dieses Gespräch mental vorbereiten sollte, dann diese Reporterin, die er jederzeit achtkantig rauswerfen konnte, wenn es ihm beliebte. Was hatte diese Silvestri bloß an sich, was ihn so verunsicherte? Zum einen natürlich ihr Aussehen. Aber da war noch etwas. Diese Selbstsicherheit, die an Impertinenz grenzte, eine dreiste Respektlosigkeit.

Und ihr Mundwerk. Die Silvestri hatte auf alles eine Antwort. Sofort! Immer! Die Frau war eiskalt und gnadenlos. Darum hatte er sie eingestellt. Sie war die geborene Reporterin, eine, die sich wie ein Kampfhund in ein Thema verbiss und nicht mehr losließ, bis sie genug für ihren Artikel zusammenhatte. Er schätzte sie als Reporterin.

Aber nicht als Angestellte.

Da fühlte er sich in ihrer Gegenwart unbehaglich.

Er wollte dieses Gespräch lieber nicht führen. Doch ihm blieb keine Wahl. Er dachte an den Mann im Parkhaus, der gestern Abend neben seinem Auto auf ihn gewartet hatte. An das Handyvideo, das man ihm vorgespielt hatte.

Nein, es musste sein.

Er nahm einen weiteren Zug, dann drückte er auf den Knopf der Gegensprechanlage: »Schicken Sie Signorina Silvestri jetzt rein.«

Er setzte sich in seinem kunstledernen Drehsessel zurecht.

Souveränität.

Die Tür öffnete sich.

Nein. Beiläufigkeit. Das ist es. Keine große Sache draus machen. Business as usual.

Er beugte den Kopf und begann, ostentativ die Papiere zu studieren, die vor ihm auf dem Schreibtisch lagen. Ohne Hinzusehen winkte er Fiona Silvestri mit einer knappen Handbewegung heran. »Nehmen Sie Platz«, murmelte er in einer recht überzeugenden Zerstreutheit, ohne den Blick von den Papieren zu lassen. In seinem Gesichtsfeld tauchten ein paar schwarz bestrumpfte Beine in High Heels auf, die gleich darauf zielbewusst den Stuhl gegenüber seinem

Schreibtisch ansteuerten. Ein Chanelwölkchen drang in seine Nase.

Souveränität.

Er ergriff einen großformatigen Umschlag und warf ihn auf die gegenüberliegende Seite seines Schreibtisches.

»Der Müllskandal. Die Stadtverwaltung mauert. Klemmen Sie sich mal dahinter. Hab so das Gefühl, dass das noch ein ganz dickes Ding wird.«

Fiona Silvestri verzog spöttisch ihre rot geschminkten Lippen. »Keine Zeit, ich bin an was Größerem dran.«

Manunzio konnte nicht verhindern, dass er scharf einatmete. *Beiläufigkeit!*

»Ach ja, diese Konklavekiste, ja?« Er machte eine wegwerfende Handbewegung. »Nette kleine Story, hat mir gefallen, wie Sie das aufgezogen haben, aber Sie haben da bereits mehr rausgeholt, als dran war. Gut gemacht, aber jetzt ist das Ding durch und wir wenden uns wieder handfesteren Themen zu.«

Er sah sie auffordernd an und verfluchte sich bereits im nächsten Moment innerlich dafür. Er hätte sich wieder seinen Papieren zuwenden sollen, dann hätte seine Ablehnung wie etwas Endgültiges gewirkt. Stattdessen sah er die Silvestri an, als warte er auf ihre Genehmigung. Und genauso war es ja auch.

»Nein.« Fiona Silvestri schlug die Beine übereinander, wobei ihr enger Rock ganz kurz den Blick auf ihre halterlosen Strümpfe freigab. Die meisten Männer machte das nachgiebiger, nur aus diesem Grund trug sie die unbequemen Dinger ja. Auch Manunzio war nicht völlig gleichgültig gegenüber ihrer attraktiven Erscheinung. Wenn nur dieser zynische Zug um ihre Mundwinkel nicht gewesen wäre, der verdarb alles.

»Ich bleibe da dran. Da steckt weit mehr dahinter, das hab ich im Gefühl.«

Manunzio verzog das Gesicht, als hätte er Essig getrunken. »Ich glaube, da liegen Sie falsch. Ein Herzinfarkt, ein Selbstmord während des Konklave. Schöner Zufall, aber nicht mehr. Wie gesagt, Sie haben alles rausgeholt …« Er sah fast flehentlich zu ihr hinüber.

Die Silvestri grinste unwiderstehlich dreist. »Nun, wir werden ja sehen.« Sie erhob sich. Manunzio starrte sie an wie das Kaninchen die Schlange. Wenn sie das Büro jetzt verließ, war es zu spät. Er schluckte, seine Gedanken rasten. Die Silvestri war jetzt an der Tür.

»Stopp!«

Er wunderte sich selbst über den Befehlston, in dem das aus ihm herausgekommen war.

»Stopp, bitte«, fügte er wesentlich sanfter hinzu. Wieder dieser spöttische Blick der Silvestri.

»Ja?«

Manunzios Kehle wurde trocken. »Setzen Sie sich«, krächzte er.

Sie tat es in unnachahmlicher Weise; als erwiese sie ihm eine unverdiente Gnade.

Manunzio presste die Lippen zusammen und stieß die Luft durch die Nase aus. »Hören Sie, Signorina Silvestri, diese Konklavesache – ich möchte nicht, dass Sie sich in Gefahr begeben.«

Die Silvestri lächelte beinahe nachsichtig. »Das freut mich zu hören. Obwohl …«, sie zögerte nachdenklich, »als ich die Serie über die Camorra gemacht habe, hatten Sie weniger Bedenken.«

»Trotzdem, das hier ist etwas anderes, glauben Sie mir.«

»Ich denke, ich kann schon auf mich aufpassen.«

»Daran zweifle ich nicht, Signorina Silvestri, aber dennoch – « Er suchte nach Worten. »Ich wünsche nicht, dass Sie da weitermachen. Basta!«

»Warum so heftig?« Die Silvestri zündete sich eine dünne Zigarette an. »Sie halten die Sache also für zu gefährlich?«

»Allerdings.«

»Und was lässt Sie das denken?«

»Ich … ich will Sie nicht mit den Details belasten, aber glauben Sie mir bitte.«

Sie stieß eine Rauchwolke in die Luft. »Belasten Sie mich ruhig. Ich liebe Details.« Sie sah ihn aufmunternd an.

»Bitte!« Manunzio schien kurz davor, in Tränen auszubrechen. »Verstehen Sie doch!«

Silvestris Lächeln wurde nur noch breiter.

Die Atmosphäre in dem Raum war zum Schneiden; etwa eine halbe Minute sagte niemand etwas. Dann sackte Manunzio in sich zusammen wie eine Bauchrednerpuppe, aus der man die Hand gezogen hatte.

»Wir werden bedroht, verstehen Sie? Ernsthaft bedroht.«

Die Silvestri zuckte mit den Achseln. »Wäre nicht das erste Mal.«

»Ich spreche nicht von anonymen Drohbriefen oder ähnlichem.«

Manunzio starrte sein Gegenüber beschwörend an, als bete er darum, nicht weitersprechen zu müssen.

Sein Gebet wurde nicht erhört. Er schluckte und senkte die Augen, bevor er mit leiser Stimme fortfuhr: »Gestern Abend im Parkhaus, da war ein Mann an meinem Auto. Er muss auf mich gewartet haben. Dieser Mann, er war … er hat mir ein Handyvideo gezeigt. Von meinem Haus, meine Frau auf dem Weg in die Galerie, wo sie arbeitet, meine Töchter, in der Schule, im Kindergarten.«

Die Silvestri verzog geringschätzig den Mund: »Bluff! Eindrucksvoll, aber Bluff.«

Manunzio schüttelte heftig den Kopf. »So würden Sie nicht reden, wenn Sie den Mann gesehen hätten. Ein Söldner, ein Mörder. An der einen Hand fehlten ihm mehrere Finger, und die Augen! Tote Augen waren das. Verstehen Sie jetzt? Hände weg von dieser Story. Das müssen Sie mir versprechen, Signorina Silvestri. Sie müssen!« Er sah sie an, als wolle er sie mit seinem Blick hypnotisieren.

Die Silvestri nahm einen letzten Zug und drückte ihre Zigarette in dem wie das Colosseum geformten Kunststoffaschenbecher auf Manunzios Schreibtisch aus. »Ganz wie Sie wünschen.« Sie erhob sich und nickte Manunzio knapp zu.

Dann verließ sie das Büro so gelassen, wie sie gekommen war.

Mit undurchdringlichem Gesicht bestieg Fiona Silvestri den Fahrstuhl und drückte den Knopf für die zweite Etage, wo ihr Büro lag. Der Lift setzte sich surrend in Bewegung. Sie schloss für einen Moment die Augen für ein Stoßgebet zu Franz von Sales, dem Schutzheiligen der Journalisten: »Danke für die beste Story meines Lebens! Danke!« Der Fahrstuhl hielt, und sie machte sich auf den Weg zu ihrem Büro. Es gab viel zu tun.

XXXIII

»Wenn ich ... nein anders: Gesetzt den Fall, jemand würde ... aus welchen Gründen auch immer ...«

Cavelli stockte.

Enzo sah ihn verständnislos durch seine weiße Kunststoffbrille an, sagte aber nichts.

Cavelli lockerte seine Krawatte, öffnete das Fenster und ließ etwas kühle Luft in sein mit Büchern und Papieren vollgestopftes Büro, das am Ende des Gangs im obersten Stockwerk des Geschichtsflügels der Sapienza lag. Hier, direkt unter dem Dach, war die Hitze im Sommer unerträglich, weshalb Cavelli es sarkastisch auch als die Bleikammern bezeichnete, in denen unter anderem ja schon Casanova bei Gluthitze im Sommer und Eiseskälte im Winter geschmachtet hatte.

Cavelli unternahm einen zweiten Anlauf. »Nehmen wir an, eine hypothetische Person wollte eine andere hypothetische Person verfolgen, ohne jedoch dabei persönlich anwesend zu sein. Wäre das – rein hypothetisch – möglich?« Cavelli wischte sich den Schweiß von der Stirn und sah zu Enzo. Sein blauhaariger Assistent war nicht nur ein pfiffiges Kerlchen, das eigenständig mitdachte und ihm jede Menge Arbeit ersparte, sondern sogar so eine Art Genie am Computer. Eine Welt, das gab Cavelli unumwunden zu, die nicht wirklich die seine war. Zwar verfügte er durch Enzos Hilfe zusätzlich zu seiner dienstlichen inzwischen auch über eine private Mailadresse – DonCavelli@Protonmail.com – und konnte den Computer in seinem Büro mittlerweile nicht nur gut genug bedienen, um Mails zu schreiben, sondern auch, um über Google Webseiten aufzurufen, aber sobald der Computer nicht tat, was er sollte, war Cavelli hilflos. Sein treuer Enzo hingegen drückte wie ein virtuoser Pianist nur ein paar Tasten, und schon funktionierte wieder alles wie am Schnürchen. Cavelli hatte einmal sogar selbst miterlebt, wie Enzo seinen innerlich komplett zerstörten Computer, der jegliche Bewegung des Mauszeigers verweigerte, durch das Drücken einer streng geheimen Tastenkombination wieder repariert hatte.

Enzo zuckte mit den Schultern. »Klar ist das möglich. Sie müssen den Mann tracken.«

Cavelli hob die Hand. »Erstens: Eine hypothetische Person müsste das tun.« Er hatte nicht die Absicht, den guten Enzo in irgendetwas reinzuziehen. »Zweitens: Was ist tracken?«

Enzo nahm einen Schluck aus seiner Red-Bull-Dose, bevor er antwortete. »Oder verfolgen, wenn Sie so wollen. Mittels eines Programms auf dem Smartphone der Person.«

Cavelli verstand nicht das Geringste.

»Ich verstehe, und wieso sollte dieses Programm das der hypothetischen Person mitteilen? Das ist doch ganz sicher nicht im Sinne der Person, der das Smartphone gehört.«

Enzo grinste. »Weil der Assistent der hypothetischen Person der anderen hypothetischen Person eine Message mit einem ziemlich teuflischen Anhang schicken würde. Wenn man den öffnet, meldet das Smartphone in Echtzeit den

Standort. Und man kann auch auf Kamera und Mikrophon zugreifen.«

Cavelli biss sich auf die Lippe. »Hören Sie, Enzo, ich will nicht, dass Sie Schwierigkeiten bekommen und …«

Enzo grinste. »Keine Sorge, Professor, niemand bekommt hier Schwierigkeiten. Außer vielleicht diese hypothetische Person. Also die zweite, nicht die erste.«

Cavelli blieb vorsichtig. »Also gut, gesetzt den Fall, es käme dazu, wie würde das konkret ablaufen?«

Enzo machte eine wegwerfende Geste. »Ich lad mir ein paar Tools und Programme runter, modifiziere sie für unsere speziellen Zwecke, bastele eine Datei, die wie ein regulärer Anhang, zum Beispiel ein Foto, aussieht, die aber den Tracker enthält, und schicke sie der Person über Whatsapp.«

»Whatwas?«

»Egal, Professor, jedenfalls, wenn sie da draufklickt, haben wir vollen Zugriff.«

»So einfach?«

»So einfach. Ich brauche nur die Mobilfunknummer der Person.«

»Mobilfunk? Geht nicht auch E-Mail?«

»Nein, denn dann öffnet er den Anhang vielleicht an seinem PC, und dann wissen Sie immer, wo *der* steht. Nützt Ihnen das was?«

»Nein.«

»Eben darum brauchen wir die Mobilfunknummer.«

»Aber die hab ich nicht, und ich wüsste auch keinen unverfänglichen Weg, da ranzukommen.«

»Also keine Mobilfunknummer?«

»Nein.«

»Dann geht's nicht.«

»Gar nicht? Aber ein Computergenie kennt doch Mittel und Wege.«

Enzo stöhnte. »Ja, die kenn ich, und für die brauch ich die Mobilfunknummer, ohne die geht nichts.«

»Okay.« Cavelli versuchte, sich seine Enttäuschung nicht allzu sehr anmerken zu lassen. »Kein Problem, war ja ohnehin nur eine hypothetische Frage, Enzo.«

»Sicher, Professor« versicherte Enzo gelangweilt und gähnte mit der beneidenswert arglosen Respektlosigkeit, zu der ihn seine Jugend befähigte.

XXXIV

Zunächst hatte Fiona Silvestri ihren Kontaktmann in der polizeilichen Leichenhalle angerufen, doch Pablo konnte leider nicht mit guten Nachrichten dienen; es gab keinen weiteren toten Kardinal, ja nicht einmal einen Priester oder einen einfachen Angestellten des Vatikan. Dann hatte sie ein bisschen unter den Vatikanista, den auf den Vatikan spezialisierten Journalisten, herumtelefoniert. Einige hatten ein Faible für sie. Aber auch bei denen war nichts zu holen gewesen. Alle waren vollauf damit beschäftigt, die ewig gleichen Standardartikel über das Konklave zu schreiben und Spekulationen über den nächsten Papst anzustellen.

Was nun? Fiona sah aus dem seit Jahren nicht geputzten Fenster und zündete sich die wer weiß wievielte Zigarette an diesem Tag an. Heftig stieß sie den Rauch aus. Es war zum Verrücktwerden! Da saß sie an der besten Story, auf die sie jemals gestoßen war, und nun kriegte sie nach einem vielversprechenden Start keinen Fuß mehr in die Tür. Lustlos rief sie an ihrem Laptop die Webseite des Polizeitickers auf. Man konnte ja nie wissen. Ungeduldig klickte sie sich nach unten durch. Das war alles unbrauchbar. Sie drückte die Zigarette aus, klappte den Laptop zu und steckte sich die nächste Zigarette in den Mund. Ihre Hand erstarrte auf dem Weg zu ihrem silbernen Feuerzeug. Da war etwas gewesen. Sie hatte es nur so schnell überflogen, dass sie es nicht bewusst registriert hatte. Eilig klappte sie den Laptop wieder auf und begann, noch einmal alle Meldungen durchzulesen, diesmal gründlicher. Es war die vierte von oben: Ein Jogger war im Villa-Borghese-Park von zwei Männern überfallen worden. Dann folgte die Personenbeschreibung des einen Täters, sie endete mit den Worten. »An der linken Hand fehlen ihm zwei Finger.« Fiona sog gierig an ihrer nicht angezündeten Zigarette. Das war garantiert kein Zufall. Erst die Warnung an Manunzio in der Tiefgarage und jetzt das. In beiden Fällen handelte es sich um denselben Mann. Kein gewöhnlicher Krimineller, sondern jemand, der verhindern wollte, dass die Hintergründe dieses Konklave ans Licht kamen. Der Mann, den er überfallen hatte, musste ebenfalls darin verstrickt sein. Wenn sie jetzt noch herausbekam, *wer* da überfallen worden war, hatte sie eine Spur. Erneut griff sie zum Telefon, diesmal, um Carlo anzurufen. Carlo hatte eine Frau, vier Kinder, war verrückt nach Fiona und arbeitete im Dezernat VI – Raub und Mord.

XXXV

»Bitte nicht, Don, nicht heute, mir fällt hier die Decke auf den Kopf!« Beatrice Kingsley warf in gespielter Verzweiflung die Arme dramatisch in die Höhe. Wie Cavelli war sie Professor an der Sapienza (allerdings in den Fächern Englisch und italienische Literatur) und außerdem eine der faszinierendsten Gestalten an dieser Universität. Hinter vorgehaltener Hand hieß es, sie habe ihr liebliches Gesicht von Gott und ihre sündhafte Sanduhrfigur vom Teufel. Das war natürlich nur ein Gerücht, wenn auch ein überaus plausibles. Sicher hingegen war, dass sie ihren Nachnamen von dem ebenfalls an der Sapienza unterrichtenden Londoner Englischprofessor Terry Kingsley hatte, der selten seine britische Contenance verlor, es sei denn, er bildete sich in Bezug auf Beatrice ein, Grund zur Eifersucht zu haben; dann konnte man zusehen, wie sich dieser Gentleman in Cordhosen und Tweedjackett binnen weniger Augenblicke in einen sizilianischen Irren verwandelte. Cavelli war einer der wenigen, bei denen er eine Ausnahme machte. Don gehörte quasi zum Familienmobiliar. Er hatte Beatrice und Terry damals einander vorgestellt, und bis zum Tode von Cavellis Ehefrau Elena hatten sie viel als Quartett unternommen. Ausflüge, Theater, gesellige Abende und dergleichen. Nach dem Unfall – den Fahrer des Wagens, der Elena mitten in Rom überfahren hatte, hatte man nie ermitteln können – lag Cavelli nicht mehr viel an Geselligkeit. Wahrscheinlich war es auch vorher schon so gewesen und er hatte es nur nicht gemerkt, weil Elena als treibende Kraft genug davon für zwei gehabt hatte. Noch immer gab es kaum einen Tag, an dem er sie nicht vermisste. Nur Beatrice riss ihn gelegentlich aus seinem Trott und brachte ihn dazu, etwas zu unternehmen, denn im Gegensatz zu Terry, der sich für nichts außer seine Bücher begeistern konnte, kam bei Cavelli der Appetit beim Essen, und jedes Mal fragte er sich hinterher, warum er so was nicht viel öfter unternahm. Gelegentlich fragte er sich auch, was passiert wäre, wenn er Beatrice vor Elena kennengelernt hätte. Ein gefährlicher Gedanke, der zu nichts führte und den er schnell wieder verdrängte.

Ungerechterweise war Beatrice nicht nur mit äußerlichen Vorzügen gesegnet, sondern auch noch die scharfsinnigste Person, die Cavelli kannte. Sie hatte das Talent, komplizierteste Sachverhalte in Sekundenschnelle auf einen verblüffend einfachen Nenner zu bringen, wobei sie allerdings bei Personen, die nicht so schnell folgen konnten (also praktisch alle), schon mal etwas unwirsch werden konnte. Cavelli war an einem Punkt, wo es ihn nach Beatrices Scharfsinnigkeit verlangte. Doch kaum hatte er ihr Dozentenzimmer betreten und wohl etwas zu umständlich für Beatrices Geschmack – dabei hatte er das Wort »hypothetisch« in weiser Voraussicht tunlichst vermieden – begonnen, sein Problem darzulegen, war sie ihm schon über den Mund gefahren. »Bitte nicht, Don, nicht heute, mir fällt hier die Decke auf den Kopf! Wenn ich noch eine dieser dilettantischen Literaturklausuren durchsehen muss, bring ich mich um!« (Auch ein Hang zur Theatralik war Beatrice durchaus nicht abzusprechen.) Sie zog aus dem Stapel bereits korrigierter Arbeiten einige Papiere und hielt sie anklagend in die Luft. »Zitat: Shakespeares großer Gegenspieler Philip Marlowe …«

Cavelli zog scharf die Luft zwischen den Zähnen ein. »Au, das tut weh!« Er schwieg und zog ein unglückliches Gesicht.

»Ich sag dir was, Don, ich muss hier raus. Wir setzen uns jetzt in deine rote Rostlaube und du kutschierst uns zur Villa d'Este. Da machen wir einen schönen Spaziergang, damit ich mal wieder richtig durchatmen kann, und du darfst mir von deinem Problem erzählen. Deal?«

»Deal!«

XXXVI

Cavellis Wagen war zwar in der Tat alt, allerdings keineswegs – wie Beatrice sehr wohl wusste – eine Rostlaube, sondern ein durch einen Mechaniker von Cavellis Vertrauen tadellos in Schuss gehaltener roter Ferrari 1960 California Spider LWB Competizione. Für ihn und viele andere das schönste Cabriolet, das je gebaut worden war. Deshalb hatte er auch nicht lange gezögert, es zu erwerben, als sich eine seltene Gelegenheit bot, und sich auch von dem astronomischen siebenstelligen Preis nicht abschrecken lassen. Cavelli liebte es, den Wagen auf der Autobahn zu fahren; im staugeplagten Innenstadtverkehr von Rom war der Ferrari ein Tiger in einem engen Käfig, aber außerhalb der Stadt überkam einen das Gefühl, in einem präzise gesteuerten Minijet zu sitzen. Die gut dreißig Kilometer bis nach Tivoli, dem Stammsitz der Familie d'Este, vergingen buchstäblich wie im Fluge, für kurze Zeit waren Cavellis Sorgen weit weg. Der laute Fahrtwind machte jede Unterhaltung fast unmöglich, und so genossen Beatrice und er einfach die Fahrt und die Mittagssonne.

Bald darauf erreichten sie Tivoli. Den zum Palast eines ehemaligen Benediktinerklosters gehörenden Garten hatte im sechzehnten Jahrhundert ein Kardinal, der zugleich auch ein Sohn Lucrezia Borgias gewesen war, anlegen lassen. Dreißig Jahre später hatte sein Nachfolger, Kardinal Alessandro d'Este die Gartenanlage erheblich erweitern lassen, wobei nur erste Künstler wie Gianlorenzo Bernini eingesetzt wurden. Hier in diesem Park mit seinen Grotten, Statuen, Nymphäen, Wasserspielen, über fünfhundert Fontänen, Hanggärten, Laubengängen und einer Wasserorgel befand man sich in einem Paralleluniversum, in dem die normale Welt nicht mehr ganz real erschien.

Vor einer Felswand, aus der mehrere Wasserfälle entsprangen, blieben sie stehen. Beatrice schloss die Augen und atmete den intensiven Duft der Blumen ein.

»Dann erzähl mal, Don.«

Cavelli berichtete von Anfang an, von den Treffen mit Monti und dessen Briefen, wie er Monsignore Rinanzo gefolgt war und schließlich von dem Überfall im Park, bei dem der Angreifer ihn mit Namen angesprochen und gewarnt hatte. Beatrice, die anfangs noch amüsierte Zwischenbemerkungen eingeworfen hatte, war am Ende ernst geworden. Eine Weile sagte sie nichts, dann: »Und was willst du nun von mir wissen, Don?«

»Ich habe mit … ist ja egal mit wem, ich habe mit jemandem gesprochen, ob es eine technische Möglichkeit gäbe, diesem Rinanzo zu folgen. Er ist der Schlüssel zu alldem, oder zumindest der einzige Ansatzpunkt, den ich bisher sehe. Man sagte mir aber, dass ich dazu die Handynummer brauche, die ich aber nicht habe, und nun bin ich auf der Suche nach einer Möglichkeit, irgendwie an diesen Menschen heranzukommen. Ideen?«

Beatrice sah ihm direkt in die Augen. »Ja, Don. In der Tat. Lass es. Nach allem, was du mir erzählt hast, läuft da eine ganz große Sache, von langer Hand vorbereitet und mit mächtigen Leuten im Hintergrund. Mafia, P2, Opus Dei, CIA, was weiß ich! Aber eins weiß ich, das sind Profis, die vor nichts zurückschrecken. Egal wie sehr du dich diesem Kardinal Monti verpflichtet fühlst, weil er dich um Hilfe bittet, oder meinetwegen auch gegenüber dem Vatikan – mit solchen Leuten legt man sich nicht an, wenn man noch halbwegs bei Verstand ist, Don. Lass es!« Und bevor Cavelli etwas entgegnen konnte, fügte sie mit kühler Logik hinzu: »Außerdem wäre es sinnlos. Denn was kannst du schon ausrichten? Du weißt nicht, wer *die* sind, und du weißt nicht, was sie vorhaben. Du hast weder irgendwelche Vollmachten noch jemanden, der dich unterstützt. Du kannst nur verlieren. Das Ganze ist ein Himmelfahrtskommando, oder um es weniger heroisch auszudrücken«, sie legte den Kopf schief und blickte ihn mit ihren braunen Augen in einer Mischung aus Ironie und Fürsorge an, »unfassbar dämlich.«

Cavelli sah sie ungläubig an. Sollte das etwa schon der Rat seiner brillanten Freundin Beatrice gewesen sein? »Lass es, Don«? Das konnte nicht real sein. Aber offenbar doch, denn die Fontänen um sie herum sprudelten unermüdlich weiter, als wenn nichts gewesen wäre. Beatrice hakte sich bei ihm ein, und wortlos gingen sie ein Stück weiter. Der Kies knirschte unter ihren Schuhen, und Cavelli versuchte, seine Gedanken zu ordnen. Wenn er es nüchtern betrachtete, hatte sie wahrscheinlich recht. Ganz sicher sogar. Obwohl es ihn innerlich krank machte, das zugeben zu müssen. Es war offenbar eine gigantische Sauerei im Gange, die schon jetzt beträchtliche Schäden verursacht hatte und zweifellos noch weit größere von gar nicht absehbaren Ausmaßen hervorrufen würde, und er sollte nichts dagegen tun können oder genauer gesagt nichts dagegen tun dürfen? Das war einfach zum …

»Don«, riss ihn Beatrice aus seinen Grübeleien. »Dreh dich nicht um, aber wir werden verfolgt.«

»Was, von wem?« Er wandte suchend den Kopf zur Seite.

»Nicht umdrehen, hab ich gesagt! Da ist ein Mann, der uns schon längere Zeit beobachtet.«

Cavelli widerstand mühsam der Versuchung, sich umzudrehen. »Bist du sicher? Vielleicht nur ein Möchtegernverehrer, der dich anstarrt.«

Beatrice schüttelte den Kopf. »Nein, Don, die sehen anders aus. Die dreisten grinsen mich offen an, und die schüchternen versuchen ungeschickt zu verbergen, dass sie starren. Dieser hier gehört zu einer anderen Kategorie. Er ist schon die ganze Zeit hinter uns, immer gerade so in Sichtweite, aber nie sieht er direkt zu uns rüber.«

»Unfassbar, offenbar überwachen die mich.« Cavellis Miene hatte sich verdüstert.

»Wenn wir Glück haben. Hier im Park gibt es viele einsame Ecken, wer weiß, was er vorhat.« War da ein Anflug von Panik in Beatrices Stimme? »Lass uns bitte gehen, Don, die Sache ist nun endgültig kein Spaß mehr.«

Cavelli umrundete eine Statue, offenbar andächtig ins Studium dieses Kunstwerks vertieft. Jetzt konnte er den Mann sehen. Zumindest für einen kurzen Augenblick, denn gerade in dem Moment, als er in Cavellis Blickfeld kam, drehte er sich weg, sodass sein Gesicht nicht mehr zu sehen war. Nichts an dem Mann war auffällig. Nichts an ihm lud dazu ein, sich an ihn zu erinnern. Wenn einem das erst mal bewusst war, war diese Unauffälligkeit wiederum geradezu auffällig. Cavelli beendete seine Statuenumrundung.

»Okay, aber ganz langsam. Wir sind nur ein harmloses Paar, das sich keiner Gefahr bewusst ist.«

»Ist gut, Don, ist gut, aber lass uns jetzt *bitte* gehen!« Sie hatte sich wieder eingehakt, und mit der anderen Hand hielt sie seinen Oberarm fest umklammert. Beide versuchten fröhlich und entspannt zu wirken, während sie den nun endlos wirkenden Rückweg antraten. Der Mann folgte ihnen in großem Abstand, machte aber keinerlei Anstalten, etwas zu unternehmen.

Erst auf dem Parkplatz gestatteten sie sich, etwas schneller zu gehen. Als Cavelli den Schlüssel im Zündschloss drehte und der Motor kraftvoll ansprang, hatte er spontan das Gefühl, nie ein schöneres Geräusch gehört zu haben. Während sie vom Parkplatz rollten, sah er im Rückspiegel den Mann ohne Eile in einen silbernen Toyota steigen. Auf der Beifahrerseite, offenbar hatte ein zweiter Mann auf dem Parkplatz die Stellung gehalten. Keiner von beiden war der Mann, der ihn im Borghese-Park angegriffen hatte. Cavelli war sich nicht sicher, ob dies eine gute oder schlechte Nachricht war. Kurz erwog er, die beiden auf der Autobahn abzuhängen. Der Toyota hatte keine Chance gegen den Ferrari, aber was würde das bringen? Diese Leute wussten, wer er war und wo er wohnte. Es galt, harmlos zu wirken. Langsam fuhr er die Autobahnauffahrt hinauf und blieb resigniert auf der rechten Spur, bis er den silbernen Toyota im Rückspiegel auftauchen sah.

XXXVII

»Guten Abend, Signor Cavelli.«

Nach Fiona Silvestris Erfahrung war freundliche Überrumplung oft die beste Taktik.

»Ja bitte?« Die Stimme am anderen Ende der Leitung klang höflich, aber vorsichtig. Das war gleich doppelt vielversprechend. Höfliche Menschen legten nicht gleich auf, und bei vorsichtigen Menschen lag der Grund für diese Vorsicht oft darin, dass sie etwas wussten, was sie lieber geheim halten wollten. Fiona zögerte. Sie hatte sich keine genaue Taktik zurechtgelegt. Wie immer ließ sie sich im Gespräch von ihren Instinkten leiten und improvisierte je nach Verlauf des Gesprächs. Der Tonfall des Mannes ließ befürchten, dass er gegenüber der Presse nicht unbedingt mitteilsam sein würde.

»Hier ist Commissario Fiona Rinaldi, ich bearbeite die Überfälle im Villa Borghese. Ihren und zwei weitere, und ich brauche noch ein paar Informationen.«

»Ich fürchte, ich kann Ihnen nicht mehr sagen, als ich schon Ihren Kollegen gesagt habe, aber bitte: Fragen Sie.«

»Danke, Signor Cavelli, Sie haben ausgesagt, dass«, sie wartete einen Moment, damit es so klang, als müsse sie sich erst in einer Akte zurechtfinden, und bemühte sich, einen gelangweilt-überarbeiteten Tonfall anzunehmen, »… ausge-sagt, dass, Moment … dass der Angreifer Mitte dreißig war, von mittlerer Größe, normale Figur?«

»Ja, das stimmt.«

»… und dass dem Mann zwei Finger fehlten.«

»Ja.«

Zweimal »ja«. Je öfter sie ihn dazu bringen konnte, »ja« zu sagen, desto schwerer würde es ihm fallen, später »nein« zu sagen. Ein uralter Vertretertrick, aber er funktionierte nach wie vor ausgezeichnet. Nach dem dritten »ja« konnte man dann anfangen, »ungemütlich« zu werden. Jetzt fehlte nur noch eins.

»Und Sie waren am Joggen, als es passierte?«

»Das ist richtig.«

»Sehen Sie, und das ist etwas merkwürdig.« Sie wartete, ob Cavelli nachfragen würde. Er tat es.

»Wieso merkwürdig?«

»Männliche Jogger passen nicht in das Beuteschema von Kriminellen. Nichts zu holen und mögliche Gegenwehr, da gibt es bessere Opfer.«

Im Hörer blieb es still, fast zehn Sekunden lang.

»Verstehe«, antwortete Cavelli schließlich.

»Ich möchte Sie daher fragen, ob es vielleicht irgendeinen anderen Grund für den Überfall auf Sie geben könnte.« Fiona bemühte sich, arglos zu klingen, während ihr Verstand raste. *Dreimal ja, du kannst einfach nicht nein sagen!*

Wieder eine lange Pause, doch dann eine schnelle Antwort. Zu schnell, viel zu schnell.

»Nein, nicht dass ich wüsste.«

Verdammt!

Fiona beschloss, ihre Taktik zu wechseln.

»Signor Cavelli, Sie wissen schon, dass es strafbar ist, die Justiz zu behindern, oder? Wenn Sie relevante Informationen zurückhalten, dann …« Sie ließ den Satz drohend in der Luft hängen. Das mit der Behinderung der Justiz kannte sie aus amerikanischen Fernsehserien; in Italien existierte dieser Straftatbestand nicht, aber solange dieser Cavelli das nicht wusste, konnte sie gut damit leben. Sie hörte, wie am anderen Ende scharf die Luft eingezogen wurde.

»Wie sagten Sie noch, war Ihr Name, Commissario?«

Das lief nicht gut.

»Rinaldi.«

»Und welches Revier, sagten Sie?«

Ganz und gar nicht gut. Fiona entschied sich, alles auf eine Karte zu setzten.

»Okay, Signor Cavelli, Sie haben mich erwischt.« Sie ließ ein helles Lachen hören. »Hier ist Fiona Silvestri vom *Corriere del Giorno*. Wir wissen, was zur Zeit im Konklave vor sich geht, und wir wissen auch, was Sie getan haben, Signor Cavelli.«

Keine Antwort. In der Leitung rauschte es. Dann schließlich: »*Corriere del Giorno*, haben *Sie* diesen ekelhaften Artikel verfasst?«

»Schade, dass Sie das so sehen, wir versuchen nur, Licht in die …«

»Sie sollten aufhören, spekulativen Unsinn zu verbreiten, besonders, wenn Sie gar nichts wissen.«

»Darum will ich ja mit Ihnen sprechen, Signor Cavelli, damit auch Ihre Sicht der Dinge zum …«

»Merken Sie nicht, dass Sie alles nur schlimmer machen?«

»Alles? Was alles?«

»Ich habe Ihnen und Ihrem Blatt nichts zu sagen. Ich weiß nichts. Und wenn ich etwas wüsste, wären Sie die Letzten, denen ich das erzählen würde.«

»Signor Cavelli …«

In der Leitung erklang das Freizeichen. Fiona seufzte und stellte das Aufnahmegerät ab.

Das war nicht so gelaufen, wie sie gedacht hatte, aber für ihren nächsten Artikel würde es sich schon hinbiegen lassen. Und manchmal war ein Schuss ins Dunkle der beste Weg, um den Gegner aus der Reserve zu locken.

XXXVIII

Dass ein Reporter in die Redaktion stürmt und quer durch den Raum brüllt »Stoppt die Druckerpressen!«, ist ein unterhaltsames Klischee, das praktisch nur in Filmen vorkommt. Was aber durchaus mitunter geschieht, ist, dass ein Journalist noch nach Redaktionsschluss etwas an seinem Artikel ändern muss. Sei es, weil es neue Entwicklungen in der Sache gibt, sei es, dass er im letzten Moment noch Fehler entdeckt hat. Besonders der zweite Fall verursacht in der Druckabteilung für gewöhnlich einiges Augenrollen, was umso heftiger ausfällt, je dichter dieser Vorgang am Zeitpunkt der Drucklegung liegt, oder wenn der Artikel plötzlich kürzer oder, noch schlimmer, länger wird.

Entsprechend kleinlaut klang auch Fiona Silvestri, als sie Silvio, dem traditionell übel gelaunten Chef der Druckabteilung, elf Minuten vor dem Druck gestehen musste, dass in ihrem Artikel noch etwas zu korrigieren sei. »Es ändert sich aber nichts am Umfang, ich muss nur ein paar falsche Zahlen korrigieren.«

»Dann mach halt«, brummte Silvio missmutig, »Aber rapido, wenn ich bitten darf.«

»Du bist mein Retter, Silvio! Es wäre sowas von peinlich für mich geworden«, flötete sie, während sie die alte Datei gegen die neue austauschte. Den Artikel, den sie jetzt einfügte, hatte sie in zehn Minuten geschrieben und dann weitere fünfzehn Minuten damit verbracht, einen zweiten Artikel über den Müllskandal zu schreiben, der nicht nur dieselbe Überschrift hatte, sondern auch dieselbe Zeilenzahl. Diesen zweiten Artikel hatte sie dann Manunzio vorgelegt, der ihn, froh darüber, dass seine Starreporterin offenbar tatsächlich vernünftig geworden war, sofort abgezeichnet hatte. Wenn er morgen früh entdecken würde, was stattdessen erschienen war, würde er zweifellos vor Wut an die Decke gehen, aber er würde sich schon wieder einkriegen. Es war einfach besser, um Entschuldigung als um Erlaubnis zu bitten. Später, da war sich Fiona sicher, würde er ihr dankbar sein. Und wenn nicht, war ihr auch das herzlich egal.

XXXIX

Siebter Tag des Konklave, 6 Uhr morgens

»Sie machen alles nur noch schlimmer!«

Was geht vor im Vatikan?

Exklusiv von Fiona Silvestri

Auch am fünften Tag nach dem Tod zweier Kardinäle (wir berichteten) lässt man sich im Vatikan nicht dazu herab, die Öffentlichkeit zu informieren, und versucht stattdessen, die Medien mundtot zu machen. Zitat auf die Bitte nach einem Interview: »Sie machen alles nur noch schlimmer!« Währenddessen verdichten sich die Hinweise auf hochgradig beunruhigende Entwicklungen, in die offenbar auch Personen außerhalb der Leonischen Mauern verwickelt sind. Nicht nur versucht man mit allen Mitteln, den Corriere del Giorno davon abzubringen, zu berichten, und schreckt dabei auch vor konkreten Morddrohungen in der Tiefgarage nicht zurück, nein, erst gestern wurde von denselben Leuten ein Anschlag auf Donato Cavelli verübt, einen Vatikanischen Bürger, der aber dort – zumindest offiziell – gar keine Tätigkeit ausübt.

Weitere Artikel zu den Vorgängen im Vatikan erscheinen in Kürze.

Der Tag war erst sechs Stunden alt, und schon jetzt stand fest, dass es kein guter Tag für Zhang werden würde. Nachdem er den Artikel im *Corriere del Giorno* gelesen hatte, war ihm übel geworden und er hatte seine Ingwertropfen nehmen müssen. Dies war nun die dritte Fehlentwicklung im Projekt *Ferne Morgenröte*. Erst war dieser Donato Cavelli auf Rinanzo aufmerksam geworden, wie auch immer das zustande gekommen war, aber wahrscheinlich hatte sich Rinanzo irgendwie ungeschickt auffällig verhalten, dann hatte die Reporterin Wind von der Sache bekommen und einen Artikel verfasst, und nun das. Nur die ersten beiden Ereignisse hatten außerhalb von Zhangs Einfluss gelegen; dass nun auch dieser zweite Artikel erschienen war, würde man ihm zur Last legen. Er hatte, so würde man argumentieren können – obwohl seine Vorgesetzten es natürlich nicht nötig hatten, irgendwie zu argumentieren, wenn sie ihn hinrichten lassen wollten –, die Situation falsch eingeschätzt. Die Einschüchterung des Chefredakteurs Manunzio war offenbar nicht nachdrücklich genug vorgetragen worden. Der Mann hatte sich erdreistet, einen zweiten Zeitungsartikel veröffentlichen zu lassen.

Zhang verzog den Mund zu einer schmerzlichen Grimasse. Es war immer sein Prinzip gewesen, unsichtbar zu agieren, keine konkreten Anhaltspunkte zu hinterlassen. Diesen Cavelli im Park zusammenschlagen zu lassen, war vertretbar gewesen, Überfälle auf Jogger kamen nun mal vor, und dieser Mann hatte kein Amt inne. Aber der Chefredakteur einer Zeitung? Das erregte Aufsehen. Natürlich würde er nicht so plump sein, direkt etwas gegen Manunzio zu unternehmen. Zhang bevorzugte die Methode Stalins. Der hatte diejenigen seiner Gegner, die in der Öffentlichkeit standen, wie beispielsweise als Volkshelden verehrte Generäle, nie verhaften lassen, sondern war stattdessen gegen deren Familien vorgegangen. Davon bekam die Öffentlichkeit nichts mit. Nun würde wohl Manunzios ältere Tochter einen Autounfall haben, eine Botschaft, die bei Manunzio die erwünschte Reaktion auslösen sollte. *Trotzdem, elegant ist das nicht,* dachte Zhang betrübt.

Das Telefon auf seinem Schreibtisch summte, das konnte so früh am Morgen nichts Positives bedeuten. Mit einem unguten Gefühl nahm er das Gespräch an. Zwei Minuten später wusste er, dass ihm ein weiterer Fehler unterlaufen war. Er hatte angenommen, darauf verzichten zu können, Manunzios Familie auch nachts überwachen zu lassen. Nun teilte ihm das zuständige Einsatzteam mit, dass es gerade vor dem Manunzio-Haus Stellung bezogen hatte und sämtliche Wagen der Familie verschwunden waren. Die Manunzios waren untergetaucht.

Jetzt galt es zu retten, was zu retten war, und die Autorin dieser Artikel selbst ins Visier zu nehmen, Fiona Silvestri. Das war natürlich noch weniger unauffällig. Und was war mit diesem Cavelli? Wieso wurde er in dem Artikel erwähnt? Hatte er sich an die Presse gewandt? Fragen über Fragen. Zhang überkam für einen Moment das Gefühl, als würde ihm alles entgleiten. Nein, es war ganz und gar kein guter Vormittag.

XXXX

Ein Olympionike trainiert jahrelang für ein paar Minuten, oft auch nur Sekunden, in denen sich alles entscheidet. Wird er schnell genug laufen, hoch genug springen, weit genug werfen, um eine Medaille, möglichst eine goldene, zu gewinnen, oder wird er es knapp verfehlen und als ein Niemand die Heimreise antreten?

Der *Wächter* hatte weit mehr getan. Sein ganzes Leben lang – vielleicht abgesehen von Kindheit und Jugend, aber selbst darüber war er sich nicht mehr ganz sicher – hatte er sich auf jenen einen Moment vorbereitet. Allerdings ging es auch um unendlich viel mehr als eine belanglose Medaille. Für einige Augenblicke würde alles in seiner Hand liegen. Wenige Sekunden lang würde er in das Rad der Geschichte greifen, wie es ein Cäsar, ein Napoleon, ein Lenin getan hatten. Doch persönliche Macht würde er nicht dabei gewinnen. Ganz im Gegenteil, sein Handeln würde der Demut entspringen.

Die Demut war wichtig. Und die Urteilskraft.

Wenn es so weit war, würde er binnen Sekunden entscheiden müssen. Aber dies war nicht Mathematik, es würde kein eindeutiges Richtig oder Falsch geben. Es war eine Ermessensentscheidung. Die Folgen, falls er sich irrte, lagen außerhalb alles Vorstellbaren.

XXXXI

Camillos Position war gut gewählt. Er hatte sowohl die Eingangstür im Blick als auch große Teile des Wohnzimmers, während er selbst vor Entdeckung nahezu sicher war. Seit neun Stunden war er nun dort, als um wenige Minuten nach sechs Uhr morgens die Tür lautlos geöffnet wurde und die zwei Männer die Wohnung betraten, zunächst im Schlafzimmer verschwanden, kurz darauf wieder herauskamen und dann systematisch begannen, alle Zimmer zu durchsuchen, wobei sie stets darauf achteten, sich nicht an einem der Fenster zu zeigen. Camillo registrierte dies leidenschaftslos. Wenn er einen Sinn für Humor gehabt hätte, wäre es ihm vielleicht amüsant vorgekommen, wie die forschenden Blicke dieser beiden Männer wieder und wieder über ihn glitten, ohne etwas zu bemerken, doch er hatte keinen.

In Momenten wie diesen verfluchte Fiona Silvestri den Moment, als sie sich für einen weißen Porsche entschieden hatte. So viel Vergnügen es auch machte, diesen Wagen zu fahren, so ungeeignet war er, wenn es darauf ankam, nicht aufzufallen. Noch war es kein Problem; während die Morgensonne langsam über der Stadt aufging, stand sie mit dem Porsche in einer Seitenstraße, etwa vierhundert Meter von dem Wohnblock entfernt, in dem sich ihr Apartment befand, und betrachtete auf dem Bildschirm ihres Laptops alles, was Camillo in der Wohnung filmte. Eigentlich waren Camillo und seine Brüder dazu geschaffen worden, dass besorgte Eltern heimlich die Babysitter ihrer Kinder im Auge behalten konnten, aber Fiona fand, dass sich der niedliche Teddybär mit dem unauffälligen Kameraauge auch ganz hervorragend als Alarmsystem gegen Einbrecher einsetzen ließ.

Vielleicht hatte sie die Brisanz dieser Angelegenheit anfangs unterschätzt. Nicht die mediale Brisanz, das Ganze war eine Sensation, das hatte sie im Gespür, aber die Brisanz der Gefahr. Als Chefredakteur Manunzio sie mitten in der Nacht angerufen und wüst beschimpft hatte wegen ihres, wie er es nannte, *hinterhältigen Verrats*, der ihn zwinge, mit seiner Familie Rom bis auf Weiteres zu verlassen, war ihr doch für einen Moment mulmig geworden. Aber eben nur einen Moment. Im Gegensatz zu dieser Pfeife Manunzio hatte sie während ihrer Artikelserie über die Camorra, vier Jahre zuvor, gelernt, mit der Angst zu leben. Und noch etwas hatte sie gelernt: Gegenmaßnahmen zu ergreifen. Camillo war eine davon gewesen. Eine weitere war das Hausboot auf dem Tiber, in dem sie damals gelebt hatte. So würde sie es auch dieses Mal machen. Eine einfach geniale Idee. Wer auf der Suche nach ihr war, konnte sich Zugang zu den Hotelanmeldungen verschaffen und vielleicht auch ihre Freunde und Verwandten beschatten, aber ein Hausboot galt nicht als Wohnung, sondern als Fahrzeug, niemand kam darauf, nach so etwas zu suchen.

Auf dem Bildschirm beobachtete sie, wie die beiden Männer die Wohnung verließen. Behutsam drehte sie den Zündschlüssel, fuhr langsam an und bog in die Straße, in der sie wohnte, ab. In etwa hundert Meter Entfernung sah sie zwei Männer ohne Eile aus ihrem Haus kommen, die Straße überqueren und in einen dunklen Toyota steigen, dessen Schnauze in dieselbe Richtung zeigte wie ihr Porsche. Das war ein günstiger Anfang, so würde sie nicht wenden müssen, was ziemlich auffällig gewesen wäre. Während der Toyota aus der Parklücke fuhr, ließ Fiona zwei Wagen an sich vorbeifahren, dann folgte sie dem Toyota mit etwa fünfzig Meter Abstand. Sie konnte nur hoffen, dass die Fahrt nicht allzu lange andauern würde; früher oder später würde man auf den weißen Porsche aufmerksam werden. Da es sich, nach der Art zu urteilen, wie die beiden die Wohnung durchsucht hatten, um Profis handelte, wohl eher früher. Nach fünf Minuten hatten beide Wagen die Innenstadt erreicht. Der Verkehr wurde zähflüssig, und obwohl Fionas Klimaanlage auf der höchsten Stufe lief, geriet sie zunehmend ins Schwitzen. Zumindest schien man sie bisher nicht bemerkt zu haben.

Jetzt bog der Toyota rechts ab. Als Fiona ebenfalls um die Ecke bog, sah sie, wie auf der Beifahrerseite einer der beiden Männer ausstieg und eine U-Bahn-Treppe hinuntereilte. Dann setzte sich der Toyota wieder in Bewegung. Nervös presste sie die Lippen zusammen. Hier war weit und breit nirgendwo ein freier Parkplatz in Sicht, damit erübrigte sich die Frage, wem von beiden sie nun folgen würde. Sie schaltete die Warnblinkanlage ein und ließ zwei Wagen vorbei. Das erhöhte natürlich die Wahrscheinlichkeit, dass man sie an einer Ampel abhängte, aber dafür minimierte es das

Risiko, entdeckt zu werden. An der Kreuzung bog der Toyota nach rechts ab. Fiona preschte über die inzwischen rot gewordene Ampel und verhinderte mit einer Vollbremsung gerade noch, in eine Gruppe Jugendlicher zu rauschen, die gerade die Straße überquerten, was ihr einige üble Beschimpfungen einbrachte. Einer der jungen Männer schlug mit der Faust auf ihre Kühlerhaube, was eine hässliche Delle hinterließ. *Fünfhundert Euro, mindestens,* schoss es Fiona durch den Kopf. So viel würde die Reparatur kosten, wenn nicht weit mehr. Egal, das würde sie alles dem verdammten Manunzio auf die Spesenrechnung setzen, und am Ende würde er es mit Freude bezahlen. An der nächsten Ecke sah sie den Toyota erneut nach links abbiegen, wodurch er nun den Straßenblock einmal umrundet hatte und sich wieder in der Straße befand, von der er ursprünglich gekommen war. Hatten die Männer bemerkt, dass sie verfolgt wurden oder war man einfach nur vorsichtig? Fiona schaffte es bei Gelb über die Ampel und bog ebenfalls ab. Der Toyota war inzwischen fünfzig Meter weiter und stand blinkend in der zweiten Reihe. Fiona blieb nichts übrig, als es ihm gleich zu tun. Während sich der römische Verkehr hupend und fluchend den Weg um den Porsche herum bahnte, versuchte Fiona, den Toyota im Auge zu behalten. Worauf wartete der Fahrer? Hatte er sie bemerkt? Oder wollte er nur … In diesem Moment wurde auf der Beifahrerseite die Tür des Porsches aufgerissen. Der Mann, den sie in die U-Bahnstation hatte verschwinden sehen, beugte sich hinein, packte sie mit einer Hand am Arm, in der anderen Hand blitzte ein Messer auf und bewegte sich auf ihre Kehle zu. Ohne sich zu besinnen, trat Fiona mit aller Kraft aufs Gaspedal, der Porsche machte einen Satz nach vorn und streifte einen geparkten Renault, wodurch der Mann in der Beifahrertür eingeklemmt wurde. Fiona hörte Knochen brechen und Schreie. Auch Fiona schrie auf, als die Klinge aus der Hand des Mannes auf ihren Oberschenkel fiel.

Einen Wimpernschlag später krachte sie in einen geparkten Lieferwagen, und der Airbag schoss ihr ins Gesicht. Es war unglaublich schmerzhaft, viel mehr, als sie je gedacht hätte. Einige Momente war sie benommen. Sie spürte, wie ihr Blut aus der Nase lief. Als sie die Augen, die sie bei dem Aufprall instinktiv geschlossen hatte, wieder öffnete, sah sie zu ihrem Entsetzen, wie der Fahrer des Toyota ausstieg und nun auf sie zukam. Ohne zu wissen, was sie tat, löste sie den Sicherheitsgurt, riss panisch am Türgriff, bis sich die Wagentür endlich öffnete, und lief los, hinein in die Straße, aus der sie gekommen war. Sie erblickte ein leeres Taxi und sprang hinein. »Fahren Sie los!«, brüllte sie den Fahrer an, der nicht im Mindesten überrascht zu sein schien und sofort Gas gab. Durch die Rückscheibe sah Fiona den Fahrer des Toyota kleiner werden.

XXXXII

Wer vom ersten Sekretär des Camerlengo gebeten wird, auf ein kurzes Gespräch in seinem Büro im Governatoratspalast vorbeizuschauen, der geht besser hin. Wie freundlich diese Einladung auch vorgebracht sein mag (und Monsignore Andreani klang meist überaus freundlich), es ist ein Befehl. Ein Befehl, der nach Auffassung mancher Kleriker vom Stellvertreter des Stellvertreters des Stellvertreters Gottes kam, wobei während der Sedisvakanz der Posten des obersten dieser Stellvertreter nicht einmal besetzt war. Wer in dieses Büro gerufen wurde und nicht bereits wusste, worum es sich handelte, zitterte innerlich.

Cavelli ahnte allerdings nur zu gut, weshalb Monsignore Andreani ihn zu sprechen wünschte. Den ganzen Morgen hatte das Telefon in seiner Wohnung nicht aufgehört zu läuten. Jede Zeitung und jeder Fernsehsender wollte ein Interview mit ihm machen oder, falls das nicht möglich sei, zumindest ein kurzes zitierfähiges Statement zu den Vorgängen im Konklave bekommen. Cavelli hatte bald begriffen, dass, obwohl er sich am Telefon geweigert hatte, mit der Silvestri zu sprechen, offenbar ein weiterer Artikel im *Corriere del Giorno* veröffentlicht worden war und dass sie ihn darin offenbar trotzdem erwähnt hatte. Schnell war klar, dass diese Leute nicht so schnell aufgeben würden, und er hatte den Hörer neben das Telefon gelegt, von wo aus dieser ihn nun anklagend ansah und die ganze Wohnung mit einer unbehaglichen Spannung erfüllte.

Und jetzt diese Botschaft vom ersten Sekretär des Camerlengo. Schriftlich, zugestellt durch eine Mitarbeiterin der Telefonzentrale – natürlich, bei Cavelli war ja immer besetzt –, ob er doch so gut sein möchte, kurz herüberzukommen – wenn es ihm recht wäre, gleich. Natürlich würde es um den Zeitungsartikel gehen. Für eine Sekunde war Cavelli gewillt, Andreani alles zu sagen, was er wusste. Sollte der doch sehen, wie in dieser komplizierten Situation zu verfahren war. Was ging es Cavelli denn überhaupt an? Aber gleich darauf musste er an Kardinal Montis Worte denken, daran, dass er innerhalb des Vatikan nicht wisse, wem zu trauen sei und wem nicht.

Als Cavelli zehn Minuten später im dritten Stock des Governatoratspalasts durch die hohe Doppeltür das Bureau Secretario betrat, erhob sich Andreani mühsam hinter seinem Schreibtisch. Andreani mochte Mitte vierzig sein, wirkte aber bedeutend älter, und zwar aus dem einfachen Grund, weil er es so wollte. Obwohl er ein sehr disziplinierter Mann war, der sich tadellos schlank gehalten hatte und von dem bekannt war, dass er schon zweimal einen Marathonlauf absolviert hatte, wirkte er, was Körperhaltung, Bewegung und Mimik betraf, wie ein Mann in den Siebzigern. Offenbar war er der Ansicht – vielleicht nicht einmal ganz zu Unrecht –, dass im Vatikan Alter mit Rang und Autorität einherging. Jedenfalls konnte man sich Andreani gut als späteren Papst vorstellen, von seinem ganzen Gebaren her würde er sich nicht umstellen müssen.

»Mein lieber Signor Cavelli, wie schön, dass Sie es ermöglichen konnten.« Er kam Cavelli lächelnd ein paar Schritte entgegen. *Zuckerbrot und Peitsche*, dachte Cavelli unwillkürlich. *Jetzt ist erst mal das Zuckerbrot dran.* Andreani schüttelte seine Hand und sah ihm dabei prüfend in die Augen. Der Geruch von Atkinson-Rasierwasser stieg Cavelli in die Nase. Angeblich eines von mehreren subtilen Zeichen, an denen sich Opus-Dei-Mitglieder erkannten, aber vielleicht mochte Andreani den Geruch auch einfach nur. »Nehmen Sie Platz.« Er deutete nicht auf den Stuhl gegenüber seinem Schreibtisch, sondern auf eine gepolsterte Sitzgruppe, die man zweifellos noch unter Paul VI. angeschafft hatte und die damals durchaus modern gewesen war. Offenbar wollte Andreani das Ganze nicht *ufficiale*, sondern *ufficione* regeln, also informell. Während sich Cavelli setzte, ließ er sich auch selbst ächzend in einen der niedrigen Sessel fallen. Dann blickte er Cavelli väterlich an.

Was fanden bloß alle an diesem Cavelli? Insbesondere manche Nonnen schienen ja geradezu fasziniert von dem Mann zu sein. Das war vollkommen unverständlich! Andreani verscheuchte den Gedanken und räusperte sich vorsichtig. »Nun, Sie wissen natürlich, worum es geht, Signor Cavelli.« Wieder ein Lächeln. »Dieser Artikel im, äh, *Corriere del Giorno*.« Er sprach den Namen der Zeitung in einer Weise aus, als wenn er ihn am ausgestreckten Arm mit spitzen Fingern halten würde. »Wir sind ein wenig, nun sagen wir … *verwundert*, wie Sie sich wohl vorstellen können.«

»Natürlich, genau wie ich«, erklärte Cavelli treuherzig. »Ich hatte noch keine Gelegenheit, den besagten Artikel selbst zu lesen, aber was immer darin steht, kann nicht stimmen oder ist zumindest stark übertrieben. Wahr ist, ich bin gestern beim Joggen im Park überfallen worden und …«

»Heilige Mutter Gottes!« Andreani hob entsetzt die Hände in die Höhe. »Ihnen ist doch hoffentlich nichts passiert!«

»Bis auf den Schreck ist mir nichts passiert. Und das ist auch schon alles. Wie dieser Reporter darauf kommt, mich in irgendeinen Zusammenhang mit irgendwelchen angeblichen Vorgängen im Konklave zu bringen – nun ja, Sensationspresse halt. Die schreiben, was sie wollen, ob's wahr ist oder nicht.« Cavelli hielt inne, er merkte, dass er für einen, der nichts wusste, zu viel redete.

»Ich verstehe, ich verstehe.« Andreani strich sich unbehaglich über einen nicht vorhandenen Kinnbart.

Hinter Cavellis Rücken wurde quietschend eine Schiebetür geöffnet. »Ich bin gleich wieder verschwunden«, hörte er eine leise männliche Stimme sagen. Andreani nahm es mit einem kurzen Nicken zur Kenntnis. »Die Sache ist die – uns ist zu Ohren gekommen, dass Sie sich während des Konklave mit einem Kardinal getroffen haben.«

Mit lautem Getöse sprang der Kopierer hinter ihm an. Eine willkommene Unterbrechung, die Cavelli ein paar Sekunden zum Nachdenken bringen würde. Mit überraschter Miene drehte er sich um. Am Kopierer stand Monsignore Rinanzo mit einem großen Bündel Papiere. Cavelli fühlte sich, als wenn man ihm einen Schlag in die Magengrube versetzt hätte. Was machte Rinanzo hier? Richtig, er teilte sich ein Büro mit Andreani, es war nicht ungewöhnlich, dass er hier war, trotzdem: Die umständlich langsame Art, mit der er seine Papiere kopierte und dabei ostentativ vermied, zu ihnen hinüberzusehen, ließ vermuten, dass er nicht zum Kopieren gekommen war.

Cavelli schaffte es, ruhig zu bleiben. »Wer behauptet das?«

Andreani machte eine bedauernde Geste, öffnete eine dünne Mappe, die vor ihm auf dem Kaffeetisch bereitgelegen hatte, und schob sie zu Cavelli hinüber. Einige großformatige Schwarzweißfotos mit Zeitstempel wurden sichtbar. »Das haben unsere Kameras an zwei Tagen während des Konklave in den Gärten aufgenommen.« Er tippte auf verschiedene Bilder. »Das hier ist Kardinal Monti, und das sind ja wohl Sie, oder etwa nicht? Also, ich höre.« Andreani blickte Cavelli mit kaltem Blick in die Augen. Die Zeit des Zuckerbrots war vorbei, und die Peitsche war ausgepackt worden.

»Nun, es handelte sich um Gespräche privater Natur, nichts, was den Vatikan interessieren müsste.«

Andreanis Stimme klang ehrlich entrüstet. »Diese Gespräche – privat oder nicht – haben während des Konklave stattgefunden. Es existiert ein heiliges Verbot, das den Kardinälen jegliche Gespräche untersagt. Ein heiliges Verbot, verstehen Sie das, Signor Cavelli?«

Cavelli gab sich zerknirscht. »Ich bin auch ehrlich erschüttert, dass sich Kardinal Monti nicht daran gehalten hat, aber das müssten Sie dann mit ihm besprechen, für mich gilt dieses Verbot ja nicht.«

Andreani starrte ihn durchbohrend an, bevor er mit metallener Stimme antwortete, jedes einzelne Wort akzentuierend: »Sie sind hier nur geduldet, Signore, nur geduldet, vergessen Sie das nicht!«

Cavelli spürte förmlich, wie ihm das Adrenalin durch die Adern jagte. Entschlossen erwiderte er Andreanis Blick. »Keineswegs, Monsignore Andreani. Meine Familie hat das Recht, hier zu leben. Ich hab 'nen Zettel von Julius II., der das bezeugt. Gültig bis zum Jüngsten Tage. Und solange der nicht eintritt, können Sie mir gar nichts!«

Cavelli erhob sich, nickte den beiden Monsignori knapp zu und verließ ohne ein weiteres Wort das Büro.

XXXXIII

Mit flackernden Augen überflog Zhang das Dokument, das ihm ein subalterner Mitarbeiter der Botschaft soeben in einem versiegelten Umschlag gegen Quittung ausgehändigt hatte. Die Sätze verschwammen vor seinen Augen »... *werden hiermit sämtliche Abteilungen des Ministeriums angewiesen ... Projektnummer ... jede mögliche Unterstützung ... unbegrenzte Geldmittel ... Priorität bei der Satellitennutzung ...*«

Zhang sank erleichtert auf seinen Bürostuhl. Er hatte nichts anderes erwartet, aber dennoch ...

Er zündete sich eine Zigarette an und las das Schreiben ein zweites Mal.

Erst jetzt fiel es ihm auf. Die Unterschrift. Es war die des persönlichen Referenten des stellvertretenden Ministers.

Das war bei einer solch weitreichenden Anweisung nicht üblich. Der stellvertretende Minister mochte hinter *Ferne Morgenröte* stehen, doch falls es schief ging, würde er nicht den Kopf hinhalten, der alte Fuchs.

Zhang lächelte. Er hätte es an dessen Stelle genauso gemacht.

XXXXIV

An den Toren, die in den Vatikan führen, kann man von Zeit zu Zeit ein seltsames Schauspiel beobachten: Jesus begehrt Einlass.

Manchmal genügt ein »Nein« des diensthabenden Gardisten, manchmal, wenn Jesus sich nicht so leicht abwimmeln lässt, schickt man nach einem von vier Monsignori, die speziell mit solchen Gesprächen Erfahrung haben. Sollte auch dieser nichts ausrichten können, ist man gezwungen, die italienische Polizei zu rufen, welche dann den jeweiligen Jesus – seltener auch eine Jungfrau Maria – mitnimmt und dann nach den jeweiligen Vorschriften für den Umgang mit psychisch gestörten Personen verfährt. Für die Touristen, die Zeugen eines solchen Schauspiels werden, natürlich immer ein gefundenes Fressen und Höhepunkt jedes Rombesuchs.

Cavelli hatte sich auf den Weg zur Porta Sant'Anna gemacht, um sich die aktuelle Ausgabe des *Corriere del Giorno* zu besorgen. Was zum Teufel stand da bloß über ihn drin? Als er näherkam, bemerkte er, dass sich am Tor ein kleiner Pulk von Einlasssuchenden gebildet hatte. Das war selten, denn üblicherweise handhabten die Gardisten den Einlass souverän und effizient. Außer eben, wenn Jesus erschien, dann kam es schon mal zu einem Stau. War es heute wieder mal so weit? Cavelli kniff die Augen zusammen, um besser sehen zu können. Dann erkannte er, was die Ursache des Staus war, und sofort beschleunigte er seinen Schritt.

»Don!«

Beatrice hatte ihn entdeckt und winkte ungeduldig zu ihm herüber.

In wenigen Sekunden hatte Cavelli das Tor erreicht.

»Man will mich nicht reinlassen, Don.«

»Ist die Dame Ihr Gast, Signor Cavelli?«

»Warum ist dein verdammtes Telefon immer besetzt, Don?«

Beatrice und der Gardist redeten durcheinander, sodass Cavelli einen Moment brauchte, bevor er dem Gardisten antworten konnte. »Ja, die Dame ist mein Gast, Sie können sie durchlassen.«

Der Hellebardier ließ Beatrice passieren und salutierte. Würdevoll schritt Beatrice an ihm vorbei. »Was ist los bei dir, Don?«, zischte sie leise, während sie die Auffahrt hochgingen und einige Meter weiter den Wachtposten am inneren Tor passierten. »Warum ist immer besetzt? Und du gehst auch nicht an dein Handy! Ich war schon ganz krank vor Sorge.«

»Den ganzen Morgen rufen Medienfritzen bei mir an«, verteidigte sich Cavelli. »Ich hab den Hörer daneben gelegt, aber das Handy hab ich dabei, da müsstest du eigentlich …« Er zog sein Smartphone aus der Seitentasche seines Leinenjacketts und blickte auf das Display, das ihm anklagend entgegenblinkte: *Elf verpasste Anrufe.* Alle von derselben Nummer. Verärgert über sich selbst stöhnte Cavelli auf. Das passierte ihm nicht zum ersten Mal. Für seine Vorlesungen stellte er das Handy auf lautlos und vergaß dann regelmäßig, es wieder rückgängig zu machen. Er machte eine entschuldigende Geste zu Beatrice. »Tut mir leid, also, was ist passiert?«

»Nicht hier, lass uns drinnen reden.«

»Wie du willst.« Cavelli grüßte zwei Nonnen, die ihren Weg kreuzten.

»Ich werde nie darüber hinwegkommen, wie du hier behandelt wirst. Dieses respektvolle Salutieren. Es ist fast so, als ob du richtig dazu gehörst.«

Cavelli lächelte mit einer Spur von Nachsicht. »Ich gehöre richtig dazu, Beatrice. Ich hab nur kein Amt.« Er drückte gegen die nur nachts verschlossene Haustür und ließ Beatrice das Treppenhaus betreten.

»Sag dem Papst mal, dass es inzwischen Fahrstühle gibt«, knurrte sie etwas außer Atem, als sie drei Stockwerke höher in Cavellis Wohnung kamen.

»Mach ich, also, was ist los?«

»Das ist los.« Sie zog eine zusammengefaltete Zeitung aus ihrer Handtasche und knallte sie auf den Tisch. Cavelli wurde blass, als er die Schlagzeile sah:

»Sie machen alles nur noch schlimmer!«
Was geht vor im Vatikan?
Exklusiv von Fiona Silvestri

»Das hab ich gesagt.« Schnell überflog er den Artikel. Dann sah er entsetzt zu Beatrice auf, die ihn wütend anfunkelte.

»Wie kannst du nur so dumm sein, mit der Presse zu reden, Don? Diese Leute haben dich überfallen und gewarnt, sie verfolgen dich. Dieser Artikel wird ihnen garantiert nicht gefallen!«

»Ich habe aber gar nichts gesagt. Außer diesen einen Satz.«

»Und das war genau ein Satz zu viel, Don.«

»Verdammt! Diese Reporterin hat mich angerufen, und ich hab ihr gesagt, dass ich nichts weiß. Das war alles.«

»Und woher weiß sie dann von dem Überfall auf dich?«

»Keine Ahnung. Von mir jedenfalls nicht.«

»Okay«, bemerkte Beatrice etwas versöhnlicher. »Aber das ist nicht gut, Don, das ist ganz und gar nicht gut. Was werden diese Leute unternehmen, wenn sie glauben, dass du mit der Presse sprichst?«

Cavelli spürte, wie sein Mund trocken wurde.

XXXXV

Monsignore Andreani und Monsignore Rinanzo hatten keine Geheimnisse voreinander, zumindest war Monsignore Andreani dieser Ansicht. Daher schloss er vertrauliche Dokumente auch nicht weg, wenn er in die Mittagspause ging.

Rinanzo kauerte auf einem der niedrigen Sessel und studierte angespannt die Fotos, die immer noch auf dem kleinen Teetisch lagen. Dieser Cavelli und Kardinal Monti. Was hatten die beiden in der Lourdesgrotte besprochen? Und von wem war die Initiative dafür ausgegangen? Rinanzo tippte auf Monti. Aber warum hatte Monti gerade mit Cavelli Kontakt aufgenommen? Und wie? Moment! Gab es da nicht ein …

Ein kurzer Anruf bei der Telefonzentrale verschaffte ihm Gewissheit. Von der Lourdesgrotte aus war tatsächlich in Cavellis Wohnung angerufen worden. Sorgfältig legte er die Fotos wieder so hin, wie er sie vorgefunden hatte. Dann ging er zurück in sein Büro, schloss die gläserne Schiebetür und schrieb zwei Nachrichten. Die eine würde er heute Abend im Beichtstuhl deponieren, und die andere würde bald Kardinal Rubino auf dem Boden seiner Suite im Domus Santa Marta vorfinden. Diesmal war keine Zeit, zu warten, bis Rubino beim Abendessen saß. Es bestand also die Möglichkeit, dass Rinanzo entdeckt werden würde, aber das musste er jetzt riskieren, es durfte keine Zeit verloren werden.

Er wischte sich mit der Hand über die schweißnasse Stirn, langsam setzte die innere Unruhe ein, die er so gut kannte und fürchtete. Er sah auf die Uhr. Noch zwei Stunden bis zu seinem nächsten Rendezvous mit der gestrengen Geliebten.

XXXXVI

Hat Gott uns verlassen?

Was für ein frevlerischer Gedanke für Katholiken, insbesondere, wenn es sich um Kardinäle handelte. Doch genau diese Frage schien den Geist des Konklave erfasst zu haben. Zum wievielten Male hatten sich die Kardinäle nun in der Sixtinischen Kapelle eingefunden? Es waren nur wenige Tage, doch es fühlte sich an wie Wochen. Fünf Kardinäle hatten inzwischen ihre Wahl zum Papst abgelehnt und auf die Frage nach ihren Beweggründen nur mit tiefem Schweigen geantwortet. Warum? Warum nur? Fühlten sie sich unwürdig, Papst zu sein? Natürlich taten sie das. Es gab niemanden, der dafür nicht Verständnis gehabt hätte. Wie hatte es Benedikt XIV. einst formuliert: »Ich bin wie die Statuen auf dem Petersdom: Von Weitem nicht übel, man darf sie sich nur nicht von Nahem ansehen.« Dies galt für jeden einzelnen von ihnen. Doch durfte das ein Grund sein abzulehnen? Bis ins neunte Jahrhundert musste ein Papst zuvor nicht Priester gewesen sein, und sogar bis ins neunzehnte Jahrhundert konnten Laien zu Kardinälen berufen werden. Doch diese Zeiten waren vorbei. Sie alle hatten einen jahrzehntelangen Weg hinter sich. Einen Weg, der sie Schritt für Schritt und Stufe um Stufe voran bis in dieses heilige Konklave geführt hatte. Hier konnte es kein Zurück mehr geben. Nicht für einen Kardinal, für einen Blutprinzen, der geschworen hatte, den Glauben notfalls mit seinem Blut zu verteidigen. Die Zeit der Schwäche, die Zeit inneren Zweifels – wer kannte sie nicht nur allzu gut? –, sie hatte in dieser Kapelle zu enden.

Sicher, die Zeiten, in denen während der Sedisvakanz auf den Straßen Roms Anarchie geherrscht hatte und die Villen der Patrizier geplündert wurden, waren lange Vergangenheit, doch die über eine Milliarde Gläubigen in aller Welt hatten ein Anrecht darauf, dass man sie nicht länger als unbedingt erforderlich im Ungewissen ließ.

Die ersten neunzig Minuten des nachmittäglichen Konklave hatte man im Gebet verbracht. Zunächst gemeinsam unter Führung des Kardinaldekans, dann jeder für sich im Stillen. Man betete um nichts weniger als ein Zeichen. Auch Kardinal Rubino. Zumindest schien es so, wie er da mit sorgenvoller Miene und verschränkten Fingern, an seinem Tisch saß, geradezu inbrünstig vertieft in das Gespräch mit Gott.

Doch in seinem Kopf war kein Platz für diese lächerliche ausgedachte Figur mit dem weißen Rauschebart. Er hatte sich zu konzentrieren. Bisher war alles so abgelaufen, wie man es ihm vorausgesagt hatte, doch dies war kein Grund, leichtfertig zu werden. Noch konnte alles misslingen. War Verlass auf die anderen vier? Bisher war er davon ausgegangen, doch nun standen Zweifel im Raum. Der Brief, der vor einer Stunde unter seiner Tür hindurchgeschoben worden war, hatte Informationen enthalten, die beunruhigend klangen. Kardinal Monti hatte mindestens zweimal unerlaubt das Santa Marta verlassen und sich in den Gärten mit einem

Mann namens Cavelli getroffen, der daraufhin dem Briefboten – auch Rubino wusste nicht, um wen es sich dabei handelte – gefolgt war. Außerdem waren in der Presse offenbar Artikel erschienen, in denen zwar keine Details genannt wurden, die aber zumindest behaupteten, dass beim Konklave nicht alles mit rechten Dingen zuging. Zweifellos würden daraufhin entsprechende Maßnahmen ergriffen werden. Doch waren diese ausreichend, um Monti zu stoppen? Was plante er? Und warum? Dies alles war wie eine Schachpartie in Dunkeln. Allerdings wie bei einer Partie, bei der die meisten Beteiligten nicht wussten, dass man die Regeln geändert und sie zu Bauern degradiert hatte. Am Ende schließlich war es nicht mehr geheim zu halten, aber dann würde es zu spät sein. Alles würde sich dann ändern. Alles!

Vorausgesetzt, es wurden keine gravierenden Fehler gemacht. Warum saß Monti immer noch im Konklave, wenn doch klar war, dass er ein eigenes Spiel spielte? Warum waren die Auftraggeber noch nicht gegen ihn vorgegangen? Die Antwort auf diese Frage war, wie er sich nach einigem Nachdenken schließlich eingestehen musste, ebenso eindeutig wie unangenehm: weil sie während des Konklave nicht an Monti herankommen konnten. Folglich lag es nun an ihm, Rubino, etwas zu unternehmen. Noch heute Nacht. Natürlich durfte er sich dabei in keiner Weise kompromittieren. Nein, dieses Problem würden andere für ihn lösen, und er wusste auch schon, wer das sein würde.

XXXXVII

Zhang hatte über eine Stunde lang mit Peking telefoniert. Zu seinem nicht geringen Ärger wurde die ihm offiziell zugesagte Priorität bei der Satellitennutzung von der zuständigen Stelle anders interpretiert. Zwar könne er Zugriff auf Satelliten bekommen, allerdings keineswegs auf die militärisch notwendigen, die beispielsweise für die Überwachung der amerikanischen Raketensilos zuständig waren, sondern nur auf die gerade verfügbaren, die je nach Bedarf mal hier mal dort eingesetzt wurden. Zhang kochte innerlich. Verstanden diese Idioten denn nicht, wie wichtig seine Mission war? Aber weder mit Argumenten noch Drohungen ließ man sich umstimmen. Das Maximale, was man ihm schließlich zugestand, war *ein* Überflug pro Stunde von je einer Minute über den Vatikan. Das bedeutete, dass er in jeder Stunde neunundfünfzig Minuten blind sein würde. Oder anders gesagt, die Chancen, dass er alles, was von Bedeutung war, verpasste, standen neunundfünfzig zu eins. Eine miserable Quote, aber was blieb ihm übrig. Zähneknirschend akzeptierte er, was er kriegen konnte.

XXXXVIII

Die heiligen drei Könige.

Warum kam Kardinal Friso jetzt gerade dieses Bild in den Sinn? Weil sie drei Kardinäle, also drei heilige Männer, waren? Zu einem bestimmten Zeitpunkt an einen bestimmten Ort gerufen? Ja, so war es. Dort allerdings endeten die Gemeinsamkeiten. Nicht ein Stern am Himmel hatte sie hergeleitet, sondern Briefe auf dem Teppich, die man unter ihren Zimmertüren hindurchgeschoben hatte. Und der Person, wegen der sie gekommen waren, würden sie nicht Weihrauch und Myrrhe bringen, sondern den Tod.

Die unheilvollen drei Könige.

Kardinal Friso hatte das Gefühl, neben sich zu stehen. War das real? All die Jahre hatte er es recht gut vermocht, seine zwei Leben auseinanderzuhalten. Das große Leben als respektierter und allseits geschätzter Kardinal und das kleine Leben, das sich nur sporadisch einmischte, wie ein lästiger Schnupfen; die Briefe, die er in tote Briefkästen legte und von denen er sich einredete, dass sie keinen Schaden anrichteten. Diese Leute benutzten nicht ihn, er benutzte sie. Was hatte er mit ihrer Hilfe für eine brillante Karriere gemacht, und was hatten sie dafür bekommen? Belanglose Informationen ohne jede Bedeutung.

Doch seit dem Konklave hatte sich alles geändert. Ein weiteres biblisches Bild kam ihm in den Sinn. Der Teufel. Friso hatte ihm seine Seele verkauft für Macht und Reichtum in diesem Leben, und nun war der Tag der Abrechnung gekommen. Zu früh, viel zu früh! Man hatte von ihm verlangt, im Konklave nach *ihren* Befehlen abzustimmen. Und er hatte sich eingeredet, dass es auf seine eine Stimme ja ohnehin nicht ankomme und dass in ein paar Tagen alles sein würde wie früher. Doch das würde es nicht. Niemals mehr. Diese Illusion war nun endgültig zerstört. Er und die beiden anderen waren dabei, die letzte Grenze zu überschreiten.

Hier standen sie nun. Drei Kardinäle im vollen Ornat. Auf einem Flur vor einer Zimmertür. Alle etwas schnaufend, denn wie in den Briefen an sie gefordert, hatten sie nicht den Fahrstuhl genommen, sondern das Treppenhaus.

Treffen sich drei Kardinäle im Fahrstuhl …

Was war los mit ihm? Dies war ganz und gar nicht witzig. Friso rief sich innerlich zur Ordnung. Dies war ernst. Todernst. Vorsichtig blinzelte er zu Sangalli und Lucarino. Das waren also die anderen. Oder zumindest zwei von ihnen. Es hieß, es gäbe fünf. Der vierte war natürlich der Mann, in dessen direktem Auftrag sie hier waren, ihr Anführer, den sie nicht kannten, und der fünfte war der Mann, vor dessen Zimmertür sie nun standen, der Mann, den sie – Friso erschauerte bei dem Gedanken daran – ermorden würden: Kardinal Monti.

Sangalli nestelte neben ihm an seiner Soutane und zog schließlich einen Schlüssel hervor. Friso wusste instinktiv, dass es sich um den Generalschlüssel handelte. Wie hatte Sangalli ihn erhalten? Friso wusste es nicht, und es war ihm mehr als recht so. Hielt man Sangalli für vertrauenswürdiger als ihn? Oder für skrupelloser? Beides wäre zutreffend. Auf jeden Fall, so befand Friso, machte die Gewalt über den Schlüssel Sangalli offiziell zum Hauptverantwortlichen dieser kleinen Truppe.

»Ich will dir die Schlüssel des Himmelreichs geben: Was du auf Erden binden wirst, soll auch im Himmel gebunden sein, und was du auf Erden lösen wirst, soll auch im Himmel gelöst sein.«

So hatte Jesus zu Petrus gesprochen, und bis heute zierten zwei Schlüssel die Vatikanische Flagge. Was konnte es in diesen Mauern für ein stärkeres Symbol für die absolute Befehlsgewalt geben? Man war hier geradezu besessen davon. *Cum clave – Konklave.* Wieder rief Friso sich zur Ordnung. Sangalli würde wissen, was zu tun war; er, Friso, war nur ein ausführendes Organ, ein Helfer, ein winziges Rädchen im großen Getriebe, mehr nicht. Nicht verantwortlich für … Falls es überhaupt so weit kommen würde. Eine beruhigende innere Stimme versicherte ihm unablässig, dass sich die Ermordung Montis im letzten Moment als unnötig erweisen würde. Der Mann würde Vernunft annehmen, oder das Ganze würde sich als ein großes Missverständnis herausstellen. Oder war dies womöglich eine Prüfung? Stellte man sie drei auf eine Probe, wie Gott einst Abraham auf die Probe gestellt hatte, indem er ihm befahl, seinen Sohn Isaak zu opfern? Erst in allerletzter Sekunde, Abraham hatte den Opferdolch bereits über Isaaks Brust gehoben, hatte Gott seinen Befehl widerrufen. Würde es auch heute so sein? Die Wege des Herrn waren unerforschlich. Friso sah auf seine Armbanduhr. Viertel nach vier. Die Zeit des tiefsten Schlafs. Die Zeit, in der die Geheimpolizei in Diktaturen an die Türen ihrer Opfer klopfte. Falls sie überhaupt klopfte.

Außer ihnen und dem Sicherheitspersonal war jetzt im Vatikan niemand mehr wach. Gleich würde es geschehen. Oder auch nicht.

»Arme oder Beine?«

»Wie bitte?« Friso schreckte aus seinen Gedanken hoch.

Sangalli sah ihn unter seinen langen Augenlidern müde an.

»Arme oder Beine? Ich drücke ihm das Kissen aufs Gesicht. Wollen Sie seine Arme festhalten oder die Beine?«

Friso spürte, wie sich sein Magen verkrampfte, wobei er nicht wusste, was schlimmer war: einen sterbenden und sich verzweifelt wehrenden Mann festzuhalten oder der Tonfall Sangallis, der sanft war, als hätte er ihn nur bei Tisch gefragt, ob er vom Huhn die Brust oder den Schenkel bevorzuge.

»Beine«, presste er mit trockener Kehle hervor. So würde er zumindest so weit wie möglich von dem ganzen »Vorgang« entfernt sein. Sangalli nickte gleichmütig. Dann, während Lucarino sich nervös umsah, schob er leise den Schlüssel ins Schloss und wartete, bis das automatische Licht im Flur erlosch. Erst dann drehte er ihn langsam herum. Lautlos öffnete er die Tür und verharrte dann bewegungslos. Im Zimmer war es dunkel, und kein Laut war zu hören. *Gut so,* dachte Friso. *Vielleicht bekommt Monti es gar nicht mit, wenn es geschieht. Er wacht nur einfach nicht mehr auf. Ist das nicht die Weise, in der wir alle irgendwann das Zeitliche segnen möchten? Doch nur den Wenigsten ist diese Gnade vergönnt.* Sangalli bedeutete den anderen beiden, ihm zu folgen, und leise betraten sie das Zimmer. Vorsichtig schloss Lucarino die Tür. Durch das Fenster fiel ein wenig Mondlicht. Nicht so viel, um Details sehen zu können, aber genug, um zu erkennen, dass dieses Zimmer genauso geschnitten war wie ihre eigenen, das erleichterte die Sache. Langsam näherten sich Sangalli und Lucarino Montis Bett. Friso folgte in einigem Abstand mit zusammengepressten Lippen. *Bring es einfach hinter dich, es ist wie ein Sprung ins kalte Wasser, einige Momente unangenehm, aber das vergeht schnell, und dann ist es, als wenn gar nichts gewesen wäre.*

Noch vier Schritte, noch drei.

Wenigstens fiel kein Licht auf das Bett. Er würde Montis Gesicht nicht sehen müssen.

Noch zwei Schritte.

Dann ein Geräusch. Geblendet schloss er die Augen. Im Türrahmen des hell erleuchteten Badezimmers stand Kardinal Monti in Pyjama und Morgenmantel und starrte verblüfft zu ihnen hinüber. Fast zehn Sekunden rührte sich niemand. Dann trat Monti einen Schritt zurück, schloss die Badezimmertür, und man konnte hören, wie ein Riegel gedreht wurde.

Frisos Herz krampfte sich zusammen. Sie waren verloren. Was, wenn Monti nun um Hilfe schrie? So oder so, ihr Plan war gescheitert.

Gut so. War dies das Wunder, auf das er gehofft hatte? Nun würden sie einfach wieder gehen, denn in dieser Situation war nichts mehr auszurichten.

Und dann? Monti hatte sie gesehen. Aber auch erkannt? Sie hatten im Dunkeln gestanden. Und er, Friso, sogar noch etwas weiter hinten als die anderen.

Zudem waren sie zu dritt und Monti allein. Mochte er doch behaupten, was er wollte, wer würde ihm schon glauben?

Ja, dies war das ersehnte Wunder. Wenn Monti sich den anderen offenbarte, wenn er behauptete, drei ehrenwerte Kardinäle seien nachts in sein Zimmer eingebrochen, würde man ihn für verrückt halten. Damit würde auch alles, was er sonst sagen konnte, unglaubwürdig werden. Sie waren gerettet und niemand würde sterben müssen. Wie wunderbar. Die Wege des Herrn waren in der Tat unerforschlich.

Dann vernahm er das Splittern von Holz. Lucarino hatte sich mit seinem nicht unbeträchtlichen Gewicht gegen die Badezimmertür geworfen. Die Tür stand nun offen und gab den Blick auf ein leeres Badezimmer frei. Die Vorhänge des weit geöffneten Fensters flatterten im Wind.

Monti musste in seiner Verzweiflung das Undenkbare getan haben und im vierten Stock aus dem Fenster geklettert sein. Lucarino setzte sich als erster in Bewegung, aber ein scharfes »Halt!« von Sangalli ließ ihn innehalten, noch bevor er das Fenster erreicht hatte. Verständnislos sah Lucarino ihn an, doch Sangalli deutete nur in Richtung des offenen Fensters. »Die Kameras«, sagte er leise.

Friso atmete erleichtert auf. Richtig, die tausende von Kameras im Garten, daran hatte er gar nicht gedacht, aber sie verboten natürlich jede Verfolgung, ja, sie konnten es sich nicht einmal erlauben, aus dem Fenster zu sehen, um festzustellen, ob Kardinal Monti bei seiner Fassadenkletterei zu Tode gestürzt war.

Allerdings standen die Chancen dafür recht gut. Friso und Lucarino sahen zu Sangalli hinüber, ob er etwas anordnen würde, aber der stand den Kopf gesenkt einfach da und dachte nach. Dann fügte er sich in das Unvermeidliche. Er verzog resigniert das Gesicht und verließ die Suite. Die anderen beiden folgten ihm, und wenige Minuten später waren sie wieder auf ihren Zimmern. Was nun zu tun war, würde an höherer Stelle entschieden werden.

IL

Kardinal Monti wartete mehrere Minuten, bis er es wagte, den weißen Plastikvorhang zur Seite zu schieben; dann stieg er, am ganzen Leibe zitternd, aus der Dusche. Er hastete zur Zimmertür und vergewisserte sich, dass sie geschlossen war. Zusätzlich drehte er den Schlüssel herum. Seine Gedanken wirbelten durcheinander. Hier war er nicht mehr sicher, er musste verschwinden. Augenblicklich! Er legte sein Ohr an die Tür und lauschte. Nichts. Dann öffnete er die Tür ein wenig und lugte durch den Türspalt. Es schien niemand in der Nähe zu sein. Ohne einen richtigen Plan verließ er das Zimmer und schlich den Flur entlang. Vor dem Fahrstuhl zögerte er. Dann entschied er sich für das Treppenhaus. Erst während er langsam die Stiegen hinunterging, wurde ihm bewusst, dass er im Morgenmantel war. So würde er an der Wache am Eingang auf keinen Fall vorbeikommen. Dann fiel ihm etwas ein. Der Notausgang. Er ließ sich nicht von außen öffnen und wurde daher auch nicht bewacht. Durch ihn würde er verschwinden. Langsam ging er weiter, wobei er versuchte, keine Geräusche zu verursachen.

Dreißig Sekunden später erreichte er den Ausgang. Er legte den Sicherheitsriegel um, wodurch ein verplombter Draht zerrissen wurde, und stieß die Tür auf. Ein schriller Alarm ließ ihn zusammenschrecken, und er rannte los, so schnell er konnte. Er blieb nicht eher stehen, als bis er hinter einer hohen Hecke Schutz fand. Keuchend versuchte er, zur Ruhe zu kommen. Er spürte, wie sein Herz raste. Zumindest schien er nicht verfolgt zu werden. Noch nicht. Der erste Teil seines Plans war geglückt, erst jetzt bemerkte er, dass sein Plan keinen zweiten Teil hatte. Wohin konnte er sich wenden? Instinktiv machte er sich auf den Weg zur Lourdesgrotte. Er zwang sich, ruhig zu atmen, und mit jedem Schritt wurde er zuversichtlicher. Gleich würde er Signor Cavelli anrufen, und der würde Rat wissen.

So gut es ging, versuchte er sich im Schatten zu halten und die durch Scheinwerfer illuminierten Stellen des Gartens zu meiden.

In der Ferne konnte er die Sirenen der Vatikanischen Feuerwehr hören, die offenbar zu dem vermeintlichen Brandherd raste, dem Gebäude, in dem sämtliche Kardinäle schliefen. Kurz flackerte in Monti der Gedanke auf, was es für das Papsttum bedeuten würde, wenn es wirklich einmal zu einem solchen Brand kommen sollte, bei dem es keine Überlebenden gab. Schnell schüttelte er die schauderhafte Vision ab. Obwohl er schon oft in den Gärten gewesen war, fiel ihm die Orientierung schwer. Nachts sah alles so anders aus. War er hier nicht schon gerade gewesen?

Endlich erreichte er den Eingang der Grotte. Hastig sah er um sich; noch immer schien ihm niemand zu folgen. Vorsichtig tastete er sich an der Wand entlang ins Innere der komplett dunklen Grotte. Der modrige Geruch war jetzt noch stärker als am Tage, oder kam ihm das nur so vor? Waren da Geräusche? Nein, es waren nur seine eigenen Schritte, die ein leises Echo verursachten. Wo war dieses verfluchte

Telefon? Zunehmend panisch werdend, tastete er bald hier, bald dort danach. Schließlich berührten seine Hände ein Objekt aus Plastik. Er fand den Hörer und presste ihn ans Ohr. Dann stellte er sich den Ziffernblock bildlich vor, denn er würde blind wählen müssen. Seine Finger tasteten den Block ab. Irgendetwas war seltsam, aber er ignorierte es. Wie lautete die Telefonnummer von Cavelli? Bisher hatte er sie immer von seinem Zettel abgelesen, doch der steckte wohlverwahrt, aber unerreichbar in einer kleinen Innentasche seiner Soutane. Er konzentrierte sich. Es waren nur fünf Ziffern. Er hatte schon immer ein Gefühl für Zahlen gehabt. Unterbewusst waren sie in seinen Erinnerungen gespeichert, das wusste er. Wenn ihm nur die erste Ziffer einfiele, dann würde der Rest folgen. Langsam begann er, alle Ziffern im Geiste durchzuprobieren. Ja, das war sie, Cavellis Nummer. Sein Zeigefinger tastete nach der 8, doch auf halbem Wege erstarrte seine Hand in der Luft. Jetzt wusste er, was das Seltsame war: Aus dem Hörer kam kein Freizeichen. Das Telefon war tot. Jemand musste es abgeschaltet haben.

L

Bereits nach wenigen Minuten hatte die Vatikanische Feuerwehr Entwarnung gegeben. Nirgendwo im Domus Santa Marta war ein Brand ausgebrochen. Dessen ungeachtet standen immer noch etliche Kardinäle in Pyjamas und Morgenmänteln mit beunruhigten Mienen im Foyer und redeten leise durcheinander. Schließlich erschien auch Camerlengo De Gennaro und gab das Wenige bekannt, was er inzwischen in Erfahrung gebracht hatte. Es bestünde keinerlei Gefahr, es habe nur jemand, wahrscheinlich unabsichtlich, von innen einen Alarm ausgelöst. Ein spürbares Aufatmen ging durch die Gruppe und man begann bereits, dem Fahrstuhl zuzustreben, als Kardinal Sangalli sich räusperte und das Wort ergriff: »Leider fürchte ich, dass die Sache doch etwas ernster ist und schnelles Handeln erfordert. Einer unserer Brüder benötigt dringend Hilfe.«

Sangalli hatte nun die ungeteilte Anwesenheit aller Anwesenden, aber er sprach in erster Linie zum Camerlengo.

»Einige von uns«, er machte eine vage Geste zu Friso und Lucarino, »haben nach dem Abendessen noch zusammengesessen und über das Konklave debattiert. Auch Kardinal Monti war dabei. Zuerst schien alles in Ordnung zu sein, doch im Verlauf des Gesprächs begann er, sich seltsam zu verhalten. Er behauptete, es gäbe eine teuflische Verschwörung, um die Wahl des Papstes zu beeinflussen, das wisse er ganz genau, und schließlich äußerte er sogar die Überzeugung, dass wir ihn ermorden wollten. Wir haben ihn dann beruhigt und ihm zugeredet, ins Bett zu gehen und sich auszuruhen, was er dann schließlich auch getan hat. So dachten wir zumindest. Doch das war offenbar ein schwerer Fehler, wir haben die Sache nicht ernst genug genommen, haben sein Verhalten der Übermüdung oder einem Gläschen Wein zu viel zugeschrieben, statt besser gleich einen Arzt zu rufen. Jetzt irrt er da draußen herum. Wenn ihm etwas zustößt, ist es allein unsere Schuld.« Er senkte mit beschämter Miene den Kopf, während Friso und Lucarino betreten dazu nickten.

Der Camerlengo hatte mit wachsendem Entsetzen zugehört. »Ich lasse die Garde die Gärten absuchen, gebe Gott, dass wir ihn finden, bevor es zu spät ist.«

Sangalli wandte sich an die Umstehenden. »Beten wir darum.«

LI

Der Anruf war vor einigen Stunden auf Cavellis Handy angekommen. Es war diese Reporterin Silvestri gewesen. Sie hatte aufgeregt geklungen, fast schon hysterisch, hatte behauptet, dass sie nur knapp einem Anschlag auf ihr Leben entgangen sei, sich nun versteckt halte, dass auch er in großer Gefahr sei, und die einzige Chance, die sie beide hätten, sei »alles« zu veröffentlichen. Cavelli müsse endlich sagen, was er wisse.

Es hatte echt geklungen, aber das hatte es bei ihrem ersten Anruf auch. Von Beatrice, die ihr Ohr mit an das Handy gelegt hatte, waren wilde Zeichen gekommen, das Telefonat zu beenden. Schließlich hatte er der Silvestri in höflichen, aber unmissverständlichen Worten klargemacht, dass er nicht helfen könne, die Verbindung getrennt und die Nummer blockiert.

Vielleicht sagte sie ja die Wahrheit und hatte auch recht mit ihrer Auffassung, dass sie alle erst nach einer Veröffentlichung außer Gefahr waren. Aber genauso gut konnte dies eine Falle sein. Vielleicht arbeitete sie längst – oder von Anfang an – für die Leute, die hinter all dem steckten. Nichts zu unternehmen, schien Cavelli im Moment sicherer zu sein, als das Falsche zu tun. Allerdings helfen würde ihm Nichtstun auch nicht. Seit Stunden hatte er mit Beatrice diskutiert, wie nun am besten vorzugehen sei, aber ihre Überlegungen drehten sich im Kreis und führten nirgendwo hin. Dabei hatten sie kaum bemerkt, wie die Stunden vergingen und es dunkel wurde. Erst der Alarm, der plötzlich von der anderen Seite der Gärten losschrillte, und die zwei Löschfahrzeuge, die kurz darauf mit Sirenengeheul durch die Nacht rasten, hatten sie wieder in die Realität zurückgeholt. Nun stellten sie fest, dass sie hungrig waren. Wie meist hatte Cavelli keine Lebensmittel im Kühlschrank, und sie hatten telefonisch Pizza bei Tronnolone bestellt. Zweifellos gab es in Rom bessere Pizzabäcker, aber so, wie die Schneiderei Gammarelli seit Ewigkeiten exklusiv die Gewänder für alle Päpste anfertigte, gab es auch seit Jahrzehnten nur eine Pizzeria, von der sich der Vatikan beliefern ließ. Hier ging Tradition und das gewachsene Vertrauen in Zuverlässigkeit und Diskretion über die Qualität des gelieferten Essens. Natürlich war es nicht direkt verboten, woanders zu bestellen, aber wer es tat, würde lange auf seine Pizza warten müssen, denn unbekannte Lieferanten mussten eine Reihe von Überprüfungen über sich ergehen lassen und wurden nach neunzehn Uhr überhaupt nicht mehr eingelassen, während Tronnolone fast zur Familie gehörte und problemlos passieren durfte. Bald darauf hatte es geklingelt. Cavelli hatte auf den elektrischen Türöffner gedrückt, die Wohnungstür geöffnet und gewartet. Doch die Gestalt, die schwer atmend die Treppe heraufkam, brachte keine Pizza.

»Ich brauche Hilfe«, krächzte Kardinal Monti.

LII

Scharf abgegrenzte Strahlen von starken Taschenlampen zerschnitten kreuz und quer die Dunkelheit der Vatikanischen Gärten. Jeder nur halbwegs an anderer Stelle entbehrliche Gardist durchkämmte akribisch Meter für Meter des weitläufigen Areals; doch bislang gingen in der Zentrale nur Funksprüche ein, welche die Abwesenheit Kardinal Montis an verschiedenen Orten meldeten. Monsignore Rinanzo hatte sich eilfertig angeboten, die Suche zu koordinieren, und Camerlengo De Gennaro hatte dankbar angenommen. Mit einem Video-Operator der Schweizer Garde saß Rinanzo nun seit fünfundvierzig Minuten in der im Keller des Apostolischen Palastes untergebrachten Computerzentrale des Vatikan, in der sich auch die drei Web-Server Gabriel, Raphael und Michael befanden, vor einem kleinen Bildschirm und ließ sich nacheinander die Aufnahmen der Überwachungskameras vorspielen. Angefangen mit dem Moment, als Kardinal Monti das Domus Santa Marta durch den Notausgang verlassen hatte. Die ersten achtzig Meter weit war sein Weg gut zu verfolgen, dann verschwand er hinter einer Hecke. Der Operator hatte zielsicher die Kamera aufgerufen, die das andere Ende der Hecke abdeckte, aber dort war Monti nicht erschienen. Offenbar war er unterwegs irgendwo abgebogen. Langsam begannen Rinanzos Augen beim Betrachten der grobkörnigen Schwarzweißaufnahmen zu schmerzen. Da und dort war Monti für kurze Augenblicke aufgetaucht, aber nur, um gleich darauf das Überwachungsfeld der entsprechenden Kamera wieder zu verlassen und sich im Dunkel der Gärten zu verlieren, es war zum Verrücktwerden. Rinanzo fühlte nach dem Gegenstand in seiner Tasche. Sollte er ihn benutzen? Er durfte nur – das hatte man überaus deutlich gemacht – in einer absoluten Notsituation eingesetzt werden. Aber war dies eine solche Notsituation? Vieles sprach dafür. Andererseits … Langsam zog er die Hand wieder aus der Tasche. Nein. Noch nicht. In sechzig Minuten – nein, in dreißig – würde er erneut überlegen. *Vielleicht hat sich bis dahin schon alles geklärt*, redete er sich ein. Dann hatte er eine Eingebung. »Rufen Sie die Lourdesgrotte auf!«, herrschte er den Operator an, nur um sich gleich darauf für seine Barschheit zu entschuldigen. *Nur kein Aufsehen erregen.* Der Operator tippte einen Befehl ein, und das Bild der Grotte erschien auf dem Bildschirm. Rinanzo rückte mit seinem Stuhl näher heran.

»Wie schnell konnte Kardinal Monti vom Domus aus dort sein?«

Der Operator verzog abschätzend die Mundwinkel nach unten.

»In seiner Verfassung? Und im Dunkeln? Zehn bis dreißig Minuten?«

Rinanzo presste die Lippen zusammen. »Wir starten bei fünf Minuten, sicher ist sicher.«

»Si.« Der Operator tippte die Zeiteingabe ein und ließ die Aufnahme in vierfacher Geschwindigkeit ablaufen. Schon nach einer Minute war es die reinste Augenfolter, nach fünf

Minuten kaum noch erträglich. Nach einundzwanzig Minuten kam Kardinal Monti ins Bild. Rinanzo sah zu, wie er die Grotte betrat. Sein Magen zog sich vor Aufregung zusammen. Kurz darauf kam Monti wieder heraus und bewegte sich zielstrebig in östliche Richtung.

Wo wollte er hin? Rinanzo rieb sich das Kinn und stand auf. Seine Augen glitten über die riesige Landkarte des Vatikan, welche die ganze Wand links neben ihm bedeckte. Er vergegenwärtigte sich den Weg, den Kardinal Monti zurückgelegt hatte. Wohin wollte der Mann? Rinanzos Blick blieb an einem bestimmten Gebäude hängen. Natürlich. Warum hatte er an das Naheliegendste nicht gleich gedacht? Der Kardinal war an den einzigen Ort zurückgekehrt, an dem er sich unentdeckt aufhalten konnte, seine eigene Wohnung. Er legte seinen Zeigefinger auf einen bestimmten Punkt der Karte. »Rufen Sie dieses Gebäude auf, fünf Minuten später.« Die Hand des Gardisten bewegte leicht den Joystick des Computers. Die Videoaufnahme, die jetzt zu sehen war, bestätigte es. Der Eingang des Palazzo lag zwar im Halbdunkel, aber die Figur, die das Haus durch den Haupteingang eilig betrat, konnte nur Monti sein. Er nahm den Hörer ab und wählte die Nummer des Einsatzleiters.

Nicht einmal zehn Minuten später kam der Rückruf. Man hatte an der Tür der Wohnung des Kardinals im ersten Stock des Palazzo geklingelt und sich dann, nachdem niemand geantwortet hatte, mittels Spezialwerkzeug Zutritt verschafft. Die Wohnung war leer gewesen. Auch im Treppenhaus hatte er sich nicht befunden. Ein Keller existierte zwar, er enthielt aber nur Versorgungstechnik, und die Bewohner besaßen keinen Schlüssel dafür. Kardinal Monti hatte sich in Luft aufgelöst.

Das kann nicht sein! Habt ihr überhaupt richtig nachgesehen, ihr Idioten? Er muss da sein. Er MUSS einfach!

Rinanzo musste seine ganze Selbstbeherrschung aufwenden, um nicht loszubrüllen.

»Danke, setzen Sie die Suche bitte fort, bis wir ihn gefunden haben.«

Er legte auf. Nun war es so weit. Er spürte, wie sein Mund trocken wurde. Er verabschiedete sich von dem Operator und verließ das Gebäude. Im Schutze eines Mauervorsprungs zog er das Billighandy aus der Hosentasche, das zusammen mit genauen Anweisungen in dem Umschlag gewesen war, den er einige Stunden zuvor im Beichtstuhl vorgefunden hatte. Wie würde man auf seinen Bericht reagieren? Würde man ihm die Schuld für diese Entwicklung geben? Aber was hätte er denn tun können? Mit verkrampfter Miene tippte er alle Fakten ein, die ihm wichtig erschienen. Hatte er etwas vergessen? Es war fast sicher, dass es so war, aber er ahnte, dass es die Angst war, die aus ihm sprach. Dann rief er die Nummer auf, die schon zuvor in dem Gerät gespeichert worden war, und tippte auf »Senden«.

Nach nicht einmal einer Minute kam die Antwort. Rinanzo las sie mit einer Mischung aus Erleichterung und Schrecken. Dann griff er zu seinem eigenen Handy und verlangte den Gardekommandanten Oberst Durand.

»Sie können die Suche nach Kardinal Monti einstellen, Oberst, er …« Rinanzo zögerte. »Er hat mich gerade angerufen, irgendwie muss es ihm gelungen sein, den Vatikan zu verlassen. Sie ...«

»Das ist völlig unmöglich!«, kam es im scharfen Ton aus dem Lautsprecher. Offenbar fasste Oberst Durand diese Aussage als Kritik an seiner Amtsführung auf. »Niemand geht hier raus oder rein, ohne dass wir es wissen.«

Rinanzo verzog verärgert das Gesicht, zwang sich aber, freundlich zu bleiben. »Natürlich, Oberst, das ist unbestritten, keiner macht Ihnen einen Vorwurf, aber Tatsache ist, dass es dennoch irgendwie passiert ist.«

»Und das wissen Sie, weil er Sie angerufen hat?«

»Ja!«

»Und was, wenn er Sie von hier aus angerufen hat?«

»Das ... ich wünsche das nicht weiter zu diskutieren, die Suche wird eingestellt, alles Weitere werde ich selbst veranlassen! Gute Nacht, Herr Oberst!« Ohne eine Antwort abzuwarten, beendete Rinanzo abrupt die Verbindung.

Er zog ein Taschentuch aus der Hosentasche und wischte sich über die schweißnasse Stirn. Die Sache – um was auch immer es sich überhaupt handelte – fing an, aus dem Ruder zu laufen, wurde unübersichtlich und unkontrollierbar. Jetzt konnte er nur noch beten, dass man dieses Problem ohne ihn lösen würde.

Und wenn nicht? Mit diesem Anruf hatte er sich sehr weit aus dem Fenster gelehnt. Was, wenn Monti plötzlich doch noch im Vatikan gefunden wurde? Er musste daran denken, dass man noch etwas von ihm verlangt hatte. Erneut wischte er sich mit dem Tuch über die Stirn. Dann wählte er die Nummer der Wachstube an der Porta Sant'Anna.

LIII

Obwohl Zhang sich weit weniger gut im Vatikan auskannte als Monsignore Rinanzo, erkannte er den Zusammenhang sofort.

Kardinal Monti war in demselben Palazzo verschwunden, in dem auch dieser Cavelli wohnte. Die Lösung für dieses Rätsel lag mehr als klar zutage. Jetzt drängte die Zeit. Nun hieß es, die Glacéhandschuhe von den Fäusten zu ziehen.

Bereits wenige Minuten später fuhr ein dunkelblauer Mercedes an der Porta Sant'Anna vor. Der Fahrer des Wagens gab an, vertrauliche Informationen über den Verbleib Kardinal Montis zu besitzen. Der wachhabende Gardist verwies ihn an den Leiter der Suchaktion, Monsignore Rinanzo, und gestattete dem Fahrer, den er auf Ende dreißig schätzte, der aber dennoch einen Schwerbehindertenausweis vorweisen konnte, mit dem Wagen direkt zum Gouvernatoratspalast durchzufahren, statt ihn wie normalerweise üblich weit entfernt davon auf einem der Gästeparkplätze abstellen zu müssen. Offenbar ging etwas von großer Wichtigkeit vor sich, denn eine Viertelstunde zuvor war dort der Strom, der aus Sicherheitsgründen nachts abgestellt wurde, wieder eingeschaltet worden. Der Gardist salutierte und sah dem Wagen nach, bis dieser auch den Posten am inneren Bewachungsring passiert hatte.

Der Wagen fuhr die Straße hoch und erreichte kaum zwei Minuten später den Vorplatz des Gouvernatoratspalasts, wo Monsignore Rinanzo bereits wartete. Er begrüßte den Fahrer und geleitete den stark humpelnden Mann ins Innere.

Dass eine Minute zuvor, bei einem kurzen Zwischenstopp an einem bestimmten Palazzo, dem Kofferraum zwei weitere Männer entstiegen waren, hätte er bestenfalls dunkel ahnen können.

LIV

Es ist eine wenig bekannte Tatsache, dass Schalldämpfer lediglich den Mündungsknall einer Schusswaffe, nicht aber den Geschossknall abschwächen. Das Geräusch, das man aus Gangsterfilmen kennt, wurde in Hollywood von Toningenieuren entworfen und wirkt durchaus eindrucksvoll, aber in der Realität existiert es nicht. Tatsächlich wird durch einen Schalldämpfer die Lautstärke von circa hundertfünfunddreißig Dezibel auf etwa hundertzwanzig Dezibel reduziert, was nicht entscheidend leiser ist, es sei denn, man ist bereit, Subsonicmunition zu verwenden, also Munition, die nicht schnell genug ist, die Schallmauer zu durchbrechen. Die ist aber eben deshalb nicht nur erheblich langsamer, sondern auch von schwächerer Wirkung. Die beiden Männer, die sich der Haustür des Palazzo zügig, aber ohne erkennbare Eile näherten, trugen daher unter ihren Anzügen zwar Schusswaffen, jedoch ohne Schalldämpfer. Die Waffen waren nur zur Selbstverteidigung im Falle ihrer Entdeckung gedacht, und dann würde es ohnehin keine Rolle mehr spielen, wie viel Lärm sie verursachten. Für das, weswegen man sie hergeschickt hatte, führten sie japanische Tantomesser mit sich, Messer, die so ziemlich überall durchgingen und von Experten als die besten der Welt angesehen wurden. Gemäß des sogenannten Rockwelltests, mit der die Härte und Ausdauer von Messerklingen getestet wird, wurden Tantomesser nur noch von Diamantmessern übertroffen, die in der Augenchirurgie Verwendung finden. Doch die beiden Männer hatten nicht vor, in den nächsten zehn Minuten irgendwelche Augenoperationen vorzunehmen, und falls sich doch etwas Derartiges als nötig erweisen würde, waren ihre Tantomesser vollkommen ausreichend.

Die Tür war verschlossen. Der kleinere der beiden Männer zog eine sogenannte Snapgun aus der Jackentasche, ein professionelles Einbruchswerkzeug, welches dem Benutzer das oft zeitintensive Herumrütteln mit manuellem Lockpickingwerkzeug abnahm. Mit der Snapgun wurde das Öffnen verschlossener Türen zum Kinderspiel, und dies, ohne Spuren zu hinterlassen, denn das Schloss wurde dabei nicht beschädigt. Nach nicht einmal zwei Sekunden war die Tür offen und die beiden Männer betraten das Treppenhaus. Schweigend und ohne Hast stiegen sie die Treppen empor. Vor der Tür im dritten Stock blieben sie stehen und vergewisserten sich mit einem Blick auf das Klingelschild noch einmal, dass ihre Informationen korrekt waren. Beide streiften OP-Handschuhe über, wobei einem aufmerksamen Beobachter vielleicht aufgefallen wäre, dass bei dem Größeren zwei Finger im linken Handschuh leer blieben. Dann legte er das Ohr an die Tür und lauschte. Mittels knapper militärischer Handzeichen verständigten sie sich über die Vorgehensweise. Erneut kam die Snapgun zum Einsatz. Die Tantomesser hielten sie so, dass sie vom Unterarm verborgen waren. Eine Taktik, die es oft ermöglichte, sich dem Zielobjekt zu nähern, ohne dass es Verdacht schöpfte. Ein nicht zu unterschätzender Vorteil. Bis das Opfer merkte, was vor sich ging, war es zu spät.

In der Wohnung empfing sie Dunkelheit. Das war seltsam. Lautlos schloss der Kleinere die Tür, dann tastete der Größere nach dem Lichtschalter. Es schien niemand zu Hause zu sein. Methodisch durchkämmten sie Zimmer für Zimmer, wobei der Kleinere darauf achtete, sich jederzeit in Sichtweite der Tür zu befinden. Plötzliche Fluchtversuche aus einem Versteck heraus würden an ihm scheitern. Nach zehn Minuten stand fest, die Wohnung war tatsächlich leer. Der Größere zog ein abhörsicheres Handy aus der Tasche und wählte eine Nummer, die er auswendig wusste. Am anderen Ende wurde sofort abgehoben, aber niemand meldete sich, was den Größeren nicht zu irritieren schien.

»Wir benötigen eine Information«, sagte er mit leiser Stimme.

LV

Etwa dreißig Minuten zuvor

Kardinal Monti war schwer atmend auf das Sofa gefallen; er bot einen jammervollen Anblick. Sein Gesicht war bleich und die Wangen eingefallen; er war unrasiert und trug matschige Lederslipper an den Füßen. Cavelli reichte ihm ein Glas Tignanello, den der Kardinal in einem Zug heruntergoss. Beatrice folgte seinem Beispiel. Dann schilderte der Kardinal mit wenigen Sätzen, was passiert war. Beatrice war blass geworden, ihre Stimme kaum hörbar. »Don!«

Es klang beschwörend, fast so, als glaube sie, dass er in der Lage sei, ein Wunder geschehen zu lassen, das alles wieder ins Lot bringen würde. Cavellis Miene hatte sich verhärtet, er starrte nachdenklich ins Leere. Dann hatte er offenbar eine Entscheidung getroffen.

»Wir müssen –«

Laute Schritte im Treppenhaus ließen ihn verstummen.

»Beatrice, schnell, das Licht!«

Mit zwei Schritten war sie am Schalter.

»Was zum – «, klang Montis Stimme unsicher aus dem Dunkel.

»Scht! Kein Wort!«, flüsterte Cavelli. »Die suchen in Ihrer Wohnung.«

Niemand wagte, sich zu bewegen. Nach einer halben Ewigkeit dann erneut Lärm im Treppenhaus, und schließlich fiel die Haustür geräuschvoll ins Schloss. Cavelli trat vorsichtig an eines der Wohnzimmerfenster und spähte in den Garten hinunter.

»Sieht so aus, als ob sie weg sind. Fragt sich nur, für wie lange. Diese Suche war wahrscheinlich nur ein Schuss ins Blaue, aber im Garten sind überall Kameras. Sobald sie die ausgewertet haben, weiß man definitiv, dass Sie irgendwo hier im Haus sind, und diesmal werden sie *alles* absuchen.«

Monti sank in sich zusammen und schüttelte verzweifelt den Kopf.

»Um Gottes willen!«

»Und das ist vielleicht nicht einmal die größte Gefahr.« Cavelli sprach es nur höchst ungern aus: »Was, wenn die Männer, die Ihnen nach dem Leben trachten, *vorher* auf diese Idee kommen?«

Beatrice sah ihn mit weit aufgerissenen Augen an, ihr Mund öffnete sich, als wollte sie etwas sagen, aber sie brachte kein Wort hervor.

Cavellis Stimme klang nüchtern und hart. Wie schon früher in Momenten der Gefahr fiel all seine Liebenswürdigkeit von ihm ab und die Gene seines Urahns, des berüchtigten Capitano Umberto Cavelli, rissen auf mysteriöse Weise das Kommando an sich. »Wir müssen hier weg, alle drei, und das schnell!«

»Wo soll ich denn hin?«, jammerte Kardinal Monti. »Und dazu in diesem Aufzug? Ich –«

»Dort hinten ist mein Schlafzimmer«, unterbrach ihn Cavelli. »Im Schrank finden Sie Trainingssachen von mir, die dürften das Einzige sein, was Ihnen passt. Gehen Sie und ziehen Sie sich um, Eminenz, aber beeilen Sie sich.«

Während Monti im Schlafzimmer verschwand, lief Cavelli in die Küche, stieg auf einen Stuhl und angelte etwas aus einem alten Terrakottatopf, der auf dem Hängeschrank stand. Etwas klirrte, als er vom Stuhl stieg.

»Wohin gehen wir, Don?« Beatrice klang nun etwas gefasster.

Cavelli atmete tief durch. »Dahin, wo uns niemand vermutet.« Er warf einen Blick auf den Schlüsselbund in seiner Hand. »Und dafür komme ich ganz sicher in die Hölle.«

LVI

Cavelli hatte das Haus zunächst allein verlassen, während Beatrice und Kardinal Monti im dunklen Treppenhaus zurückgeblieben waren und warteten. Er vergewisserte sich, dass niemand in der Nähe war, erst dann winkte er die beiden zu sich. Sie überquerten einen Hof, bogen in einen kleinen Durchgang ab und gleich darauf in einen weiteren, wo sie sich einer großen Wand gegenübersahen, in der sich eine unscheinbare kleine Tür befand. Cavelli musste fünf Schlüssel probieren, bis er den richtigen erwischt hatte. Eilig scheuchte er die beiden hinein und verschloss die Tür von innen. Monti, der in Cavellis Trainingsanzug ganz und gar nicht mehr wie ein Kardinal wirkte, konnte es sich nicht verkneifen, mit unverhohlener Missbilligung auf Cavellis Schlüsselbund zu blicken. Cavelli fand nicht, dass dies ein Moment für längere Erklärungen war, und entgegnete nichts. Etliche Schlüssel zu vatikanischen Türen hatten sich im Laufe der letzten fünfhundert Jahre in seiner Familie angesammelt, manche auf ganz natürliche Weise, andere unter Umständen, die besser im Dunkeln blieben. Es war der bestgehütete Schatz der Familie. Niemals war einer dieser Schlüssel wieder zurückgegeben worden, und daran würde sich auch bis in alle Ewigkeit nichts ändern. Außerdem hatte man als ein Cavelli ohnehin überall im Vatikan Zugang.

Mit einer Ausnahme.

Zu dumm, dass jetzt ausgerechnet diese Ausnahme Cavellis Ziel war. Er zog sein Smartphone hervor und schaltete die integrierte Taschenlampe ein. Das Licht erhellte eine winzige Kammer, von der aus eine steinerne Wendeltreppe nach oben führte. Schweigend stiegen sie die Stufen hoch. Cavelli ging voran und leuchtete, dann folgten der Kardinal und Beatrice. Nach etwa fünfzig Stufen mündete die Treppe in eine kleine Türöffnung, die wiederum in einen schmalen, weiß getünchten Gang führte.

»Wir befinden uns im Apostolischen Palast, richtig?«, fragte Kardinal Monti etwas außer Atem.

»Richtig.«

Am Ende des Gangs befand sich eine weitere Wendeltreppe, die nach unten und nach oben führte. Ein fauliger Gestank, der von unten hoch zog, schlug ihnen entgegen. Beatrice hielt demonstrativ die Luft an.

»Unten stehen Mülltonnen, aber wir sind gleich da«, bemerkte Cavelli und begann, die Treppe hinaufzusteigen. Bald gelangten sie auf einen Treppenabsatz mit einer kleinen weißen Holztür, eher eine Art Schranktür als eine Wohnungstür. Cavelli drückte die Klinke herunter, die Tür war offen. Cavelli war die Erleichterung anzumerken. »Schwein gehabt, hier rein bitte.« Wenige Augenblicke später waren alle drei in dem dunklen Raum verschwunden, leise schloss Cavelli die Tür. Durch ein Fenster drang gerade genug Mondlicht, um zu erkennen, dass es sich um eine Küche handelte. Eine blitzsaubere, aber ziemlich abgenutzte Küche, deren Inneneinrichtung noch aus den siebziger Jahren zu stammen schien. Nur der große Kühlschrank war modern.

Ein Geruch von Putzmitteln und abgestandener Luft hing im Raum.

Aus Beatrices Ton war deutliche Ironie herauszuhören. »Was ist *das* denn? Die Teeküche der Putzfrauen?«

»Nicht ganz«, antwortete Cavelli. »Das ist die Küche des Heiligen Vaters.«

»Was?« Beatrice schnappte nach Luft, während Kardinal Monti ein »Heilige Mutter Gottes« ausstieß.

»Ich war mir fast sicher, dass wir auf diesem Wege hier reinkommen. Der Haupteingang ist seit seinem Tod versiegelt, aber das ist eben mehr ein traditioneller symbolischer Akt. Dies ist kein Tatort, und es gibt auch keine Geheimnisse zu schützen, darum hat man der Küchentreppe zu den Mülltonnen keinerlei Bedeutung beigemessen. Selbst das Siegel ist eigentlich unnötig. Kein Bewohner des Vatikans, der noch bei klarem Verstand ist, würde hier reinkommen.«

»Außer uns«, klang Beatrices Stimme aus dem Dunkel.

»Außer uns«, bestätigte Cavelli.

LVII

Zhang hatte fünfzehn Minuten am Telefon gewartet, bis er den zuständigen Mann in Peking, den Beamten, der etwas entscheiden durfte, am Apparat hatte. Weitere zwanzig Minuten hatte er gebraucht, um ihn davon zu überzeugen, dass seine Mission inzwischen eine höhere Priorität hatte als alle bürokratischen Bedenken. Dann war alles sehr schnell gegangen, er hatte dem Teilnehmer in Peking eine italienische Mobilfunknummer genannt, und bereits vier Minuten später erschien auf dem Bildschirm in Zhangs Büro in einer dreidimensionalen Grafik in Echtzeit und auf zwei Meter genau nicht nur der jeweilige Aufenthaltsort, sondern auch die gesamte Strecke, die das Handy in den letzten neunzig Minuten zurückgelegt hatte. Eine weitere Minute dauerte es, die Daten in einer für Smartphones kompatiblen Version weiterzusenden – an ein weiteres Handy. Nicht mal eine Sekunde später zeigte ein diskreter Summton diesem Empfänger an, dass er eine Nachricht erhalten hatte. Eine Hand, an der zwei Finger fehlten, griff nach dem Gerät.

LVIII

Kardinal Monti stand wie erstarrt in der päpstlichen Küche und blickte ins Leere. Es war nicht auszumachen, was ihn stärker belastete: die Ereignisse der letzten Stunde oder dass er sich unbefugterweise in der Wohnung aufhielt, die dem Heiligen Vater vorbehalten war. Fast schien es, als wagte er kaum, die heiligen Räumlichkeiten mit seinem Atem zu entweihen, geschweige denn, dass er sich gesetzt oder irgendetwas berührt hätte. Seine Lippen bewegten sich schnell, aber lautlos, als wenn er im Stillen eine Litanei herunterbetete. Beatrice hatte ihn gefragt, ob sie ihm ein Glas Wasser holen solle, doch Monti hatte nur stumm den Kopf geschüttelt. Damit fühlte sich Beatrice offenbar von jeglicher weiteren krankenschwesterlichen Fürsorgepflicht entbunden und begann, interessiert durch die Räumlichkeiten zu wandeln, als handele es sich um ein öffentliches Museum.

Cavelli hatte gerade noch verhindern können, dass sie das Licht anschaltete, was man mit an Sicherheit grenzender Wahrscheinlichkeit von außen bemerkt hätte. Das hereinfallende Mondlicht war hell genug, um sich in der riesigen Wohnung zu orientieren. Mit unbehaglichem Gefühl folgte er ihr mit seinem Blick. Beatrice war stehen geblieben und betrachtete eine etwa kniehohe Holzkiste, die vor einem Fenster stand und vor der sich eine weitere kleinere Kiste befand. »Ist das etwa das, was ich denke?« Ehe Cavelli etwas erwidern konnte, war sie mit zwei schnellen Schritten auf die Kiste gestiegen, vollführte mit einer Miene, als sei sie hundert Jahre alt, große Gesten und gab ein halbwegs lateinisch wirkendes Kauderwelsch von sich. Zwei Nonnen, die in diesem Moment den Petersplatz überquerten, blieben wie angewurzelt stehen, als sie im obersten Stockwerk des Apostolischen Palastes hinter dem zweiten Fenster von rechts, von dem aus sonst der Papst die Gläubigen segnete, eine wild mit den Armen fuchtelnde Frauengestalt erblickten. Schnell senkten sie den Blick und eilten weiter.

»Beatrice, halt dich etwas zurück, wenn's geht.« Wie viele Gläser seines ausgezeichneten Rotweins hatte sie eigentlich heute Abend getrunken? Drei? Oder mehr?

»Ganz ruhig, Don, ich mach nur Spaß.«

»Das sehe ich, und es ist weder der richtige Moment noch der richtige Ort.«

»Stimmt!« Beatrice stieg von der Kiste und machte eine Geste, die das ganze Zimmer umfasste. »Für Spaß ist das bestimmt nicht der richtige Ort. Ich kann gar nicht glauben, was das hier für eine abgeranzte Bruchbude ist. Die Möbel hier müssen alle noch aus den sechziger Jahren sein. Ich dachte, der Papst lebt in Saus und Braus.«

Cavelli schüttelte den Kopf. »Das denken viele, weil man im Fernsehen immer nur die Prunkräume sieht, aber die sind den amtlichen Anlässen vorbehalten. Die Päpste selbst haben alle sehr einfach, ja geradezu spartanisch gelebt. Nicht die der Renaissance natürlich, aber die der Neuzeit.«

»Wie langweilig.« Beatrice erhob sich und setzte ihren Rundgang fort. Cavelli folgte ihr widerwillig. Sie durchquerte einen Flur und öffnete eine Tür. »Ah, jetzt wird's interessant.« Sie deutete auf ein altmodisches Mahagonibett mit hohen Bettpfosten. »Und hier vergnügt sich seine Heiligkeit mit seinen Mätressen?«

»Du guckst zu viele Serien. Dieser Borgia-Unsinn hat nichts mit heute zu tun – und nur wenig mit damals.«

»Weiß ich doch, Don.« Beatrices Stimme klang versöhnlich. »Die Frau, die in so einer Miefbude in Stimmung kommt, muss erst noch erfunden werden, so viel ist mal sicher. Aber«, fügte sie mit boshaftem Grinsen hinzu, »wenigstens umgebracht worden sind ein paar Päpste in diesem Bett, oder? Bitte, Don, sag, dass es so ist.«

Cavelli zog Beatrice mit sanftem Nachdruck am Arm aus dem Zimmer und schloss die Tür. »Niemand ist hier umgebracht worden.«

»Herrgott nochmal, alles spießige Langweiler!«

Cavelli seufzte. »Also, falls du das unterhaltsamer findest, Pius XII. ist am Schluckauf gestorben.«

Beatrice sah zu ihm herüber, um zu sehen, ob er scherzte.

»Also – nicht an einem einzigen«, ergänzte Cavelli. »Das ging über Monate, klingt erst mal lustig, muss aber die Hölle gewesen sein. Ich nehme an …«

Irgendwo im Hause schlug krachend eine Tür zu, was sowohl Beatrice als auch Cavelli zusammenzucken ließ.

»Don?«

»Keine Angst, das war weit weg. Hat sicher nichts mit uns zu tun.« Cavelli versuchte, Zuversicht in seine Stimme zu legen.

Beatrice schien mit einem Schlag nüchtern geworden zu sein. Im Halbdunkel sah Cavelli, wie sie sich auf eine gepolsterte Bank sinken ließ. Ihre Stimme zitterte. »Was geht hier vor, Don? Was wollen diese Leute?«

Cavelli spürte seinen Mund trocken werden. Er schluckte. Behutsam setzte er sich neben sie und legte ihr den Arm um die Schultern. »Das können wir nicht im Einzelnen wissen, nur eben, dass es darum geht, die Papstwahl zu beeinflussen.«

»Na sollen sie doch! Was geht uns das an? Wir müssen diesen Leuten klar machen, dass wir beide nichts damit zu tun haben und nichts wissen, Don!« In Beatrices Stimme lag eine Verzweiflung, die Cavelli die Kehle zuschnürte. Wohin war die souveräne und selbstsichere Beatrice, die er seit Jahren kannte und bewunderte, verschwunden? Er verstärkte den Griff um ihre Schulter und zog sie dichter an sich heran. »Sicher, Beatrice, und genau das werden wir denen erklären, alles wird gut.« Er hoffte, dass seine Worte in ihren Ohren nicht genauso hohl klangen, wie sie sich für ihn anfühlten.

»Ach, Don.« Cavelli hatte den Eindruck, dass sie plötzlich bitter klang, aber vielleicht täuschte er sich auch. »Du weißt doch genauso gut wie ich, dass das nicht passieren wird. Wir wissen nicht, wer diese Leute sind, und selbst, wenn wir Gelegenheit bekämen, mit ihnen zu sprechen, sie würden wohl kaum ein Risiko eingehen, sie würden …«

»Das kann man nie …«

»Sie haben versucht, den Kardinal umzubringen, Don«, flüsterte sie. Wohl in dem Bewusstsein, dass Monti sie vielleicht hören konnte. »Da werden sie bei uns erst recht keine Skrupel haben.«

»Hier sind wir erst mal sicher.«

»Aber wie lange, Don, wie lange?«

Cavelli stockte. »Notfalls, bis das Konklave vorüber ist.«

»Das kann noch Tage dauern, wir können doch nicht …«

»Doch, können wir. Dann haben diese Leute entweder *ihren* Papst oder eben nicht. Und dann …«

Ohne dass sie ihn hatten eintreten hören, stand plötzlich Kardinal Monti in der Tür. Er deutete unsicher in Richtung Küche.

»Ich glaube, es kommt jemand.«

LIX

Jean Paul Favre unterdrückte ein Gähnen. Angesichts dessen, wer er war und wo er sich befand, war es fehl am Platze. Zwar hätte es niemand sehen können, aber wie auch seine einhundertvierunddreißig Kameraden und Vorgesetzten war sich Vizekorporal Favre seiner Verantwortung jederzeit bewusst. Viele Menschen hielten die Schweizer Garde des Vatikan für eine Art Operettenarmee in von Michelangelo entworfenen, pittoresken Uniformen, deren Hauptaufgabe es war, dekorativ herumzustehen und Touristen Auskünfte zu erteilen. Weit gefehlt. Die Uniformen waren 1914 vom damaligen Kommandanten entworfen worden, und die Aufgabe dieser kleinsten Armee der Welt bestand in erster Linie im Schutz des Heiligen Vaters, dessen Leben jeder Rekrut geschworen hatte, mit seinem eigenen zu verteidigen. Ganz so, wie es ihre Vorfahren 1527 beim berüchtigten Sacco di Roma getan hatten, als deutsche Landsknechte monatelang die Stadt plünderten und die Bürger Roms mit Mord und Vergewaltigung in Angst und Schrecken versetzten.

Die andere Hauptaufgabe der Garde bestand in der Bewachung des gesamten Vatikan. Dafür waren sie nicht – ein weiterer verbreiteter Irrglaube – nur mit Hellebarden und Schwertern bewaffnet, sondern mit modernster Waffentechnologie. Von Pfefferspray und Tasern über die 9mm-Faustfeuerwaffe Glock 17 (oder wenn es etwas unauffälliger sein musste, die kleinere, aber genauso starke Glock 26), dem Sturmgewehr SIG 90, bis hin zur Heckler & Koch-Maschinenpistole MP5. So putzig die auch im Nahkampf ausgebildeten Gardisten äußerlich wirken mochten, man legte sich besser nicht mit ihnen an.

Favre war in dieser Woche für die Bewachung des Foyers der Vatikanischen Museen eingeteilt. Ein Nachtdienst, der anstrengend war. Aber dafür hatte man anschließend eine Woche frei. Und auf jeden Fall besser als der Protokolldienst, bei dem man oft stundenlang bewegungslos dazustehen hatte. Insbesondere in der Mittagshitze konnte das mörderisch sein. Bevor man vor einiger Zeit den Morion, den zwei Kilo schweren Metallhelm der Garde, durch eine Kunststoffkopie aus dem 3D-Drucker ersetzt hatte, hatten sich bei großer Hitze nicht selten darunter Brandblasen an den Köpfen der Hellebardiere gebildet. Witzbolde behaupteten, dass sich die Bezeichnung für diesen untersten Dienstgrad in der Garde nicht von ihrer altmodischen Langwaffe herleitete, sondern von dem Umstand, dass es sich dabei um »a Duty from Hell« handelte.

Favre stammte, wie fast achtzig seiner Kameraden, aus dem Schweizer Kanton Wallis. Das Dienen in der Garde des Vatikan hatte hier eine lange Tradition. Schon Favres Vater und Großvater hatten hier gedient, aber es gab Familien mit einer noch weitaus längeren Tradition. Insbesondere bei den Kommandanten konnte man beinahe den Eindruck gewinnen, dies sei ein erblicher Posten. Es hatte mehrere Dynastien gegeben; die letzte dieser Dynastien, die der Pfyffer von Altishofen, war auch die längste gewesen, sie hatte – mit einer kurzen Unterbrechung von acht Jahren – von 1652 bis 1847 angedauert, und auch im zwanzigsten Jahrhundert hatten es zwei Pfyffer von Altishofen noch einmal zum Kommandanten gebracht.

Das Dienen in der Schweizer Garde war in der Regel nichts, was einem jungen katholischen Schweizer plötzlich einfiel; in den meisten Fällen lag es ihnen im Blut.

LX

Cavelli spürte, wie sich seine Eingeweide verkrampften. Er blickte auf Montis im Mondlicht nur schemenhaft wahrzunehmende Gestalt. »Sind Sie sicher?«

»Ja, ich hab etwas gehört und die kleine Tür geöffnet. Da sind eindeutig Schritte. Mehrere Leute kommen die Treppe hoch. Offenbar versuchen sie, leise zu sein.«

Cavelli war froh, dass es zu dunkel war, als dass Beatrice sein Gesicht sehen konnte, er konnte körperlich spüren, dass er blass geworden war. »Das sind nicht die Schweizer. Die würden durch die Vordertür kommen.«

Er hörte, wie Beatrice nach Luft schnappte. In seinem Kopf raste es. Er war zuvor nie im päpstlichen Apartamento gewesen, aber außerhalb davon würde er sich sofort zurechtfinden, da war er sich völlig sicher. Also mussten sie zuerst mal hier raus. Aber nicht durch den Haupteingang, es war damit zu rechnen, dass in der Nähe ein Gardist postiert war. Angesichts der unübersichtlichen Situation, in der nicht klar war, wem man trauen konnte, war es selbst in der jetzigen Notsituation ein zu hohes Risiko. Außerdem würde es ihre Lage nicht gerade verbessern, wenn man entdeckte, dass sie in die Wohnung des Papstes eingedrungen waren. Cavelli versuchte, sich zu orientieren. Irgendwo in der Wohnung war eine unscheinbare Tür, die im Apostolischen Palast auf einen kleinen Flur führte. Ursprünglich wohl ein Dienstboteneingang, der aber nach Cavellis Einschätzung wahrscheinlich auch heute noch vom Sekretär des Papstes verwendet wurde. Diese Tür musste er finden, und zwar sofort. Küche, Flur, Wohn-, Arbeits- und Schlafzimmer hatte er bereits gesehen. Und somit blieb nur …

»Hier lang, schnell!« Er durchquerte das Wohnzimmer und öffnete eine Tür, die in ein kleineres, völlig schmuckloses Arbeitszimmer führte – möglicherweise das Reich des Sekretärs – da war die Tür. Mit drei Schritten war er dort und drückte den Türgriff herunter. Verschlossen. Dann bemerkte er Beatrice neben sich und hörte, wie ein Schlüssel herumgedreht wurde. Er öffnete die Tür und ließ die anderen beiden vorangehen. Er war schon im Begriff, ihnen zu folgen, als ihm noch eine Idee kam. Schnell zog er den Schlüssel ab, verließ die Wohnung und steckte ihn von außen ins Schloss. In diesem Moment hörte er Stimmen im Apartamento. So leise wie möglich drehte er den Schlüssel herum. Dann zog er sein Smartphone aus der Tasche und ließ kurz das Licht aufflammen. Sie befanden sich in einem gebogenen weißgetünchten Flur. Ja, hier kannte er sich aus. Der Flur führte zu den Vatikanischen Museen hinüber. Er legte den Zeigefinger an die Lippen. »Scht! Sie sind bereits in der Wohnung. Hier lang.«

»Warte!« Beatrices Flüsterstimme hallte leise von den Wänden zurück. »Schuhe aus. Dann können wir hier schneller laufen, ohne dass man uns hört.« Geschickt hatte sie dabei die Pumps von den Füßen gestreift und in die Hand genommen. Während Cavelli es ihr gleichtat, war sie dem Kardinal behilflich, der offenbar Probleme mit dem Bücken hatte.

»Okay.« Cavelli zog die beiden etwas von der Tür weg. »Die werden eine ganze Weile brauchen, bis sie merken, dass wir nicht da sind, bis dahin sind wir …«

»Don, da!« Mit weit aufgerissenen Augen zeigte Beatrice auf die Tür. Auf der anderen Seite drückte jemand die Klinke hinunter. Bereits eine Sekunde später ein lautes Krachen. Offenbar warf sich jemand mit seinem ganzen Gewicht dagegen.

Beatrice krallte sich in Cavellis Jackenärmel. »Wieso wissen sie, dass wir hier sind? Warum suchen sie nicht in der Wohnung? Sie müssen doch suchen, sie …!«

»Weg hier!« Cavelli ergriff den Arm des Kardinals und rannte los. Beatrice war dicht neben ihm. Hinter ihnen war ein erneutes Krachen zu hören, Holz splitterte. Die kleine Tür würde nur noch wenige Sekunden standhalten. Direkt vor ihnen wurde der Gang in beide Richtungen von einem weiteren Gang gekreuzt. »Nach rechts!« Hinter ihnen ein fürchterliches Krachen, das davon kündete, dass die Tür nun endgültig nachgegeben hatte. Dann schnelle Schritte in ihre Richtung. Cavelli ließ erneut kurz das Handylicht aufleuchten, um sich zu orientieren.

»Dein Handy!« Beatrice riss es ihm aus der Hand.

»He, was …?«

Beatrice machte eine schnelle Bewegung wie beim Bowling und ließ das Smartphone auf dem Boden weit in den gegenüberliegenden Gang schlittern.

»Verstehst du denn nicht, Don? Sie können dein Handy orten. Los jetzt, wir haben vielleicht ein bisschen Zeit gewonnen.«

Auf Strümpfen liefen sie so schnell es möglich war, wenn man keine lauten Geräusche verursachen wollte. Ihre Verfolger schienen sich da weniger Beschränkungen aufzuerlegen. Ihre Schritte wurden lauter und lauter und dann ganz plötzlich wieder leiser.

»Es funktioniert«, flüsterte Beatrice, »sie sind in den falschen Gang abgebogen.«

»Sie werden den Irrtum sehr schnell bemerken«, erwiderte Cavelli, während er versuchte, sich zu orientieren. Sie befanden sich in einem verwinkelten Zwischenbau, der den Apostolischen Palast mit den Vatikanischen Museen verband. In beiden Gebäuden kannte er sich bestens aus, aber dieser Teil war eine Herausforderung. Er blickte aus einem kleinen Seitenfenster und entdeckte im Mondlicht links von sich den Turm der Winde. Jetzt wusste er wieder, wo sie sich befanden. Am Ende des Gangs war eine Tür und dahinter eine Wendeltreppe nach unten. »Los, hier entlang!« Innerhalb weniger Sekunden hatten sie die Tür erreicht. Jetzt konnte er nur noch beten, dass sie offen war. Er drückte die Klinke hinunter. Offen! Cavelli hatte sich nicht geirrt; das kleine Licht über der Tür beleuchtete schwach die wunderbarste Wendeltreppe, die er je gesehen hatte. Nur noch drei Schritte und …

»Stehenbleiben!« Die Stimme war direkt hinter ihnen. Cavelli wirbelte herum, während Beatrice und der Kardinal vor Schreck erstarrten. Zwei Meter neben der Tür stand ein Stuhl, auf dem vor einer Sekunde noch ein Gardist gesessen hatte, beauftragt mit einem der ödesten Wachdienste, den der Vatikan zu vergeben hatte. Dass direkt neben ihm ein großer Feuerlöscher hing, ließ vermuten, dass man ihn in erster Linie als Brandwache einsetzte. Falls an diesem Posten jemals etwas Erwähnenswertes passiert war, musste es wohl einige hundert Jahre her sein. Doch nun stand dieser junge Mann vor ihnen, mindestens so erschrocken wie sie selbst, wusste nicht, ob er zuerst zum Funkgerät oder zu seiner Pistole greifen sollte, entschied sich dann für die Pistole, die er auf Kardinal Monti, den er, wahrscheinlich aufgrund seines massigen Körperbaus und seines Trainingsanzugs, für die gefährlichste Person dieses Einbruchtrios hielt, und brüllte nun ein weiteres Mal: »Stehenbleiben. Keine Bewegung!«

Wie hieß dieser Gardist bloß? Die meisten von ihnen kannte Cavelli, und sie kannten ihn. Mit einigen war er sogar befreundet. Auch diesen hatte er schon ein paarmal gesehen, aber sie hatten sich noch nie unterhalten. Cavelli war der Mann nicht besonders sympathisch gewesen. Eine Einschätzung, die sich nun rächte. »Hören Sie«, wandte sich Monti an den Schweizer. »Ich versichere Ihnen, es ist alles In Ordnung. Ich bin Kardinal Monti, erkennen Sie mich nicht? Stecken Sie um Gottes willen die Waffe weg, bevor noch etwas passiert.«

Der Gardist starrte Monti einen Moment an, als versuche er hinter den Sinn dieser absurden Behauptung zu kommen. Seine Waffe wanderte zwischen den Gefangenen hin und her. Der Mann schien unter erheblichem Stress zu stehen. Seine Augen flackerten beunruhigend, und Cavelli befürchtete, dass bereits das kleinste falsche Wort eine Katastrophe auslösen könnte. Schwer atmend griff der Gardist nach seinem Funkgerät. Ohne den Blick von ihnen zu lassen, drückte er auf den Knopf und sprach in das Gerät. »Hier ist Posten sechzehn. Bitte melden, over.« Aus dem Funkgerät war nur ein Rauschen zu hören. Dann ein Knacken und eine Stimme. »Zentrale an Posten sechzehn …« Beatrices Schrei ließ Cavelli mehr zusammenzucken als das, was er sah. Alles schien wie in einem perfekt durchchoreographierten Horrortheaterstück des *Grand Guignol* abzulaufen. Wie aus dem Nichts war durch die offene Tür ein dunkler Schatten hinter dem Gardisten aufgetaucht. Mit einer fließenden Bewegung packte die Gestalt von hinten das Kinn des Schweizers, riss dessen Kopf nach hinten, während fast gleichzeitig in seiner anderen Hand ein Messer aufblitzte und durch die Kehle glitt wie durch ein Stück weiche Butter. Mit einem gurgelnden Geräusch stürzte der Schweizer zu Boden, wo er zuckend liegen blieb. Sofort begann sich eine Blutlache auf dem Boden zu bilden, die stetig größer wurde. Jetzt erschien ein zweiter, etwas größerer Mann in der Tür. Für eine Sekunde wendete der kleinere Mann den Kopf nach hinten.

»Nein, nicht!«, hörte sich Cavelli rufen, aber Beatrice hatte einen schnellen Schritt nach vorn gemacht und bereits die Hand nach der Pistole des Gardisten ausgestreckt, als der Kleinere reagierte und der Waffe einen Tritt versetzte, der sie die Treppe hinunterbeförderte, wo sie gut hörbar an verschiedenen Stellen anstieß, bis sie schließlich irgendwo liegen blieb. Der Mann starrte Beatrice an und hob das Messer. Er wirkte nicht wütend, sondern völlig ausdruckslos. So wie man eine lästige Fliege betrachtet, die man totschlagen will. Keine große Sache, nichts Persönliches, es muss nur einfach getan werden, bevor man seine vorherige Tätigkeit in Ruhe fortsetzen kann. Kardinal Monti bewegte sich mit beschwörend erhobenen Händen auf den Angreifer zu, offenbar in der wahnwitzigen Hoffnung, ihn beschwichtigen zu können, was diesen instinktiv zu einem kleinen Ausweichschritt veranlasste. Cavelli sprang mit einem Satz an ihm vorbei und riss den Feuerlöscher von der Wand. Beide Killer wirbelten herum, konnten aber nicht verhindern, dass Cavelli dem Kleineren den Feuerlöscher heftig gegen die Brust stieß, was diesem einen dumpfen Schmerzenslaut entlockte, ihn aber ansonsten nicht allzu sehr zu beeindrucken schien. Er stieß den Löscher zurück, während der andere Mann zur Seite wich, sodass die beiden Cavelli nun aus zwei Richtungen in die Zange nehmen konnten. Auch der Größere hatte nun ein Messer in der Hand. Cavelli machte einen Schritt rückwärts, Richtung Treppengeländer. Der Größere vollführte einen schnellen Ausfallschritt und stieß mit dem Messer nach ihm. Cavelli parierte ihn mehr schlecht als recht mit dem Feuerlöscher, wobei das Messer auf dem Metall ein hässliches Geräusch verursachte. Noch ein oder zwei Sekunden, dann würde es ihm genauso ergehen wie dem Gardisten, und danach waren der Kardinal und Beatrice dran, die beide wie erstarrt dastanden, offenbar unfähig, sich zu rühren. Irgendetwas hatte er übersehen. Etwas Wichtiges. Dann sah er es. Die gelbe Lasche an der Oberseite des Feuerlöschers. *Hier ziehen!* war dort aufgeprägt. Cavelli schlug noch einmal in einer kreisenden Bewegung mit dem Löscher um sich, dann zog er die Plastiklasche heraus, packte das Ende des Löschschlauchs und drückte entschlossen den Hebel nach unten.

Im nächsten Augenblick fanden sich die beiden Angreifer in eine weiße Pulverwolke eingehüllt.

»Runter!«, brüllte er Beatrice und Monti an und schob die beiden mit sich die Treppe hinunter. Im Laufen drückte er immer weiter den Hebel, bis der Löscher leer war. Dann ließ er ihn fallen. Über ihnen hatte sich eine etwa sechzig Meter lange, dichte weiße Wolke gebildet. Cavelli schätzte, dass, bis das Pulver zu Boden geschwebt und die Luft wieder durchsichtig und atembar geworden war, gut und gerne eine Minute vergehen könnte. Sie mussten dieses Treppenhaus unbedingt verlassen, bevor ihre Verfolger wieder freie Sicht hatten. Vor sich hörte er den Kardinal nach Luft japsen; die Aufregung und Rennerei waren nichts für den alten Mann. Inzwischen befanden sie sich zwei Stockwerke tiefer. Cavelli erblickte eine Tür und drückte die Klinke herunter. Sie war offen. Schnell huschten sie hindurch, und leise schloss er die Tür hinter sich. Jetzt noch etwa dreißig Sekunden, bis man ihnen folgen konnte. Er hörte Beatrice einen unterdrückten Laut der Überraschung ausstoßen. Verständlicherweise. Sie befanden sich nun in der Galerie der Landkarten, einem prächtigen, etwa zweihundert Meter langen Wandelgang mit Marmorboden, riesigen gemalten Landkarten auf der einen und großen Fenstern auf der anderen Seite. Er war Teil der Vatikanischen Museen und die meisten Menschen betraten ihn für gewöhnlich gleichzeitig mit tausenden anderer Besucher, sodass es ein einziges Geschiebe und Gedränge war und jedes Gefühl für die Pracht dieser Räumlichkeit im Keim erstickt wurde. Jetzt, so verlassen, war der Eindruck überwältigend. Cavelli versuchte, sich so schnell wie möglich Klarheit über ihre Situation zu verschaffen. Draußen dämmerte es bereits. Hastig sah er auf seine Armbanduhr. Es war Viertel vor sechs. Der Clavigero begann um fünf Uhr morgens mit dem Aufschließen der Museumstüren. War er hier schon durchgekommen? Möglich war es. Das würde bedeuten, dass alle Türen von hier bis zum Museumseingang offen waren. Und wenn er doch noch nicht hier gewesen war? Dann würden die Türen in beide Richtungen verschlossen sein und sie säßen in der Falle. Cavelli biss die Zähne zusammen. Sie hatten keine Wahl. Zumindest konnten sie ohne ihre Schuhe schnell laufen, ohne auf dem Marmorboden Lärm zu verursachen. Noch achtzig Meter. Noch fünfzig. Zwanzig. Endlich die Tür. Cavelli warf sich auf die Klinke, die Tür gab nach. In diesem Moment wurde am anderen Ende des Gangs die Tür aufgerissen, durch die sie selbst gekommen waren. Augenblicklich erfassten die beiden Verfolger die Situation und spurteten mit der tödlichen Zielstrebigkeit von zwei Atomraketen los. Cavelli, Beatrice und Monti machten, dass sie wegkamen, und rannten den Gang hinter der Tür entlang. Montis Schnaufen war inzwischen mehr ein Röcheln, und im Gesicht war er hochrot angelaufen. Lange würde er wohl nicht mehr durchhalten. Cavelli wurde klar, dass dieser Wettlauf nicht zu gewinnen war. Und Hilfe war nicht zu erwarten. *Es sei denn …* »Lauft weiter!«, schrie er den beiden anderen zu. Dann packte er einen Stuhl, auf dem tagsüber Museumswächter saßen, und schleuderte ihn mit aller Kraft gegen eine Vitrine mit antikem Goldschmuck. Ein schriller Alarm zerriss die Stille.

LXI

Es war kurz vor sechs. In wenigen Minuten war Jean Paul Favres Schicht beendet und das Putzpersonal würde anrücken, um das Museum für die Besuchermassen des heutigen Tages präsentabel zu machen. Bei keiner anderen Wachschicht hatte er hinterher so sehr das Gefühl, etwas geleistet zu haben. Die Stunden zwischen drei und fünf waren für Favre immer die schlimmsten, und der Drang, die Augen zu schließen, wurde fast übermächtig. Gleichzeitig schwand das Gefühl für die Realität. Die Schatten und Geräusche im Museum begannen, ein Eigenleben zu führen, das die Sinne zermürbte. Erst mit Sonnenaufgang wurde er dann wieder wacher, die Realität blickte spöttisch auf die absurden Ängste der Nacht, und kurz vor Ende der Schicht war er geradezu euphorisch und verspürte nicht mehr die geringste Lust, zu Bett zu gehen. Natürlich würde er es wie immer dann doch tun und innerhalb von wenigen Minuten in einen tiefen Schlaf fallen, aus dem er erst am frühen Nachmittag erwachen würde. Favre sah auf seine Armbanduhr. Nur noch ein paar Minuten, dann war auch diese Schicht beendet. In diesem Moment schrillte ein Stockwerk über ihm ein Alarm los. Augenblicklich erkannte er an der Art des Alarmtons, dass es sich nicht um einen Tür- oder Fensteralarm handelte, sondern um einen Vitrinenalarm. Tür- und Fensteralarme wurden automatisch an die Leitstelle gemeldet, Vitrinenalarme nicht. Der Umstand, dass dies wenige Augenblicke vor dem Ende der Schicht geschah, ließ das Ganze irgendwie unwirklich erscheinen, keinesfalls bedrohlich, eher lästig, ja fast schon schikanös. Widerwillig griff er zum Funkgerät und drückte die Sprechtaste: »Hier Posten vierzig. Bitte kommen. Over.«

Fast augenblicklich kam die Antwort. Die Stimme aus dem Lautsprecher klang merkwürdig angespannt. »Zentrale hört. Over.« Favre drückt erneut den Sprechknopf. »Überprüfe Vitrinenalarm in Ebene zwei. Over.«

»Verstanden. Over.«

Favre durchquerte die Halle und begann, den spiralförmigen, an das Innere einer exotischen Muschel erinnernden Aufgang zur oberen Ebene emporzusteigen, wo sich diverse Verkaufsstände mit Büchern, Postkarten, Plakaten und anderen Museumsartikeln befanden. Dabei überlegte er, was den Vitrinenalarm ausgelöst haben konnte. Möglicherweise war etwas Putz von der Decke auf die Vitrine gefallen. Oder hatte sich vielleicht unbemerkt ein Vogel in das Innere des Gebäudes verirrt? Er hatte sich dem oberen Ende bis auf etwa zehn Meter genähert, als er über sich Unruhe bemerkte. Schnell näherkommende Schritte von mehreren Personen, Schreie und Rufe. Dann plötzlich Schüsse. Zu seinem eigenen Erstaunen verspürte Favre keine Angst. Mechanisch zog er die versteckte Glock 17. Auch das Entsichern und Durchladen führte er durch, ohne nachzudenken. Erst als er die Waffe nach oben gerichtet hatte, fiel ihm auf, dass er versäumt hatte, per Funk Verstärkung anzufordern. Jetzt wagte er es nicht mehr, seine schussbereite Haltung aufzugeben. Langsam, aber zielstrebig bewegte er sich leicht geduckt voran. Dann nahm er in einiger Entfernung schnelle Bewegungen wahr. Drei oder vier Personen, die genaue Anzahl konnte er in der Eile nicht feststellen, rannten hinter zwei Vitrinen entlang und verschwanden gleich darauf hinter einem der Verkaufstresen. Favre atmete tief durch und betrat vorsichtig die obere Ebene. Er richtete seine Waffe auf den Tresen und rief mit lauter Stimme: »Waffen fallen lassen! Kommen Sie mit erhobenen …« In diesem Moment krachte ein Schuss. Ein Stück Beton wurde neben ihm aus der Wand gerissen und prallte gegen seinen Oberschenkel. Favre wirbelte herum und zielte in die Richtung, aus der der Schuss gekommen war. Ein weiterer Schuss fiel. Favre sah sich zwei Männern gegenüber, die vom anderen Ende der Halle in seine Richtung schossen. Zum zweiten Mal an diesem Morgen handelte er, ohne nachzudenken, und verfiel in die Reaktion, die man ihm in der Ausbildung im Falle einer derartigen – nach menschlichem Ermessen niemals zu erwartenden – Situation beigebracht hatte: zwei schnelle Schüsse in die Brust. Keinesfalls in den Kopf, der ein kleineres Ziel bot. Favre schoss zweimal, wartete nicht ab, ob er getroffen hatte, änderte die Zielrichtung und gab zwei weitere Schüsse ab. Ob alle vier getroffen hatten, wusste er nicht, aber mindestens zwei hatten es, denn beide Männer lagen nun am Boden und rührten sich nicht mehr. Mit der Waffe im Anschlag ließ er den Blick schnell durch die Halle wandern, auf der Suche nach weiteren Angreifern. Offenbar gab es keine. Dann wandte er sich wieder dem Tresen zu, wiederholte seine Aufforderung und sah, wie eine Frau und zwei Männer mit erhobenen Händen langsam dahinter aufstanden. Erst jetzt forderte er Verstärkung an. Natürlich unnötigerweise. Man war längst auf dem Weg zu ihm.

DRITTES BUCH

LXII

Achter Tag des Konklave

Wenn mehrere Personen einen Autounfall beobachten und anschließend von der Polizei getrennt nach dem Hergang befragt werden, unterscheiden sich ihre Aussagen stark. Die Farben der Autos werden unterschiedlich angegeben, die Fahrer waren jung, alt, dick, dünn, blond und dunkelhaarig. Jeder beschreibt den Unfall aus seiner Sicht, wobei er bestimmte Dinge für wichtig hält und andere für unbedeutend. Je länger man allerdings mit den Zeugen spricht, desto mehr kristallisiert sich eine übereinstimmende Geschichte heraus, und die Aussagen gleichen sich immer mehr an. Ganz anders hingegen verhält es sich bei einer Gruppe von Leuten, die sich zuvor gemeinsam eine erfundene Geschichte zurechtgelegt hat. Anfangs stimmt bei ihnen alles überein, doch je länger man sie getrennt verhört und nach immer neuen Details fragt, desto unterschiedlicher werden die Aussagen. Das wissen nicht nur Polizisten, sondern auch Historiker, die ständig daran arbeiten, ihre zahlreichen, sich oft widersprechenden Quellen zu überprüfen. Auch Cavelli war sich dessen bewusst. Wenige Minuten, nachdem die letzten Schüsse gefallen waren, hatten vierzig Gardisten das Gebäude, bis an die Zähne bewaffnet, besetzt und suchten nun das gesamte

Museum nach weiteren Eindringlingen ab. Cavelli schätzte, dass es mindestens ein bis zwei Stunden dauern würde, bis man alles für sicher erklären würde. Natürlich hätte man ihn, Beatrice und Monti einfach den gewundenen Aufgang hinunter und dann aus dem Museum und außen herum, also auf öffentlichen Straßen, durch die Porta Sant'Anna wieder in den Vatikan bringen können. Aber auch jetzt und hier galt das 11. Gebot der Kurie: »Du sollst nicht Aufsehen erregen.« Man würde sie also fast denselben Weg, auf dem sie gekommen waren, zurückführen, wahrscheinlich in einen Kasernenraum der Schweizer Garde. Cavelli fragte sich, was dann geschehen würde. Noch befanden sie sich in einem fast surrealen Zwischenzustand. Der Kommandant, Oberst Durand, hatte sowohl ihn als auch Kardinal Monti erkannt, was die Lage ein gutes Stück entspannt hatte. Sie standen nicht wirklich unter Arrest, hatten aber auch nicht die Erlaubnis zu gehen. Auch wenn alles zivil und höflich ablief, man würde präzise Auskünfte verlangen, so viel stand fest. Und noch etwas stand fest: Die Situation war zu unübersichtlich, um mit der vollen Wahrheit herauszurücken. Bis auf weiteres hieß es, die ahnungslosen Opfer zu spielen, doch das konnte nur gelingen, wenn nicht jeder von ihnen etwas anderes erzählte. Cavelli entschloss sich, die Initiative zu ergreifen, bevor es jemand anderes tat.

»Oberst Durand, entschuldigen Sie bitte?«

Der Kommandant der Schweizer Garde, der gerade dabei war, einigen Männern Anweisungen zu erteilen, wandte sich kurz um und machte eine unwirsche Handbewegung. »Nicht jetzt.«

Cavelli ließ sich nicht abwimmeln. Er sprach betont laut, damit ihn jeder gut hören konnte. »Wir sind gerade einem Mordanschlag entkommen. Oberst Durand, Kardinal Monti und Professor Kingsley gehören dringend in ärztliche Behandlung.« Er bemerkte, dass Beatrice drauf und dran war, etwas einzuwenden, brachte sie aber noch rechtzeitig mit einem durchdringenden Blick zum Schweigen. »Ich glaube kaum, dass Sie die Verantwortung für die Gesundheit der beiden übernehmen wollen.«

Durand verzog unbehaglich den Mund. Es sprach einiges dafür, dass Signor Cavelli recht hatte. Die beiden Personen, von denen eine reale Gefahr ausgegangen war und die offenbar die Urheber dieses Vorfalls waren, lagen tot unter zwei grauen Plastikplanen und stellten keine Gefahr mehr dar. Für die Anwesenheit von Kardinal Monti, Signor Cavelli und dieser Professorin gab es aller Wahrscheinlichkeit eine vernünftige Erklärung, welche die drei entlasten würde. Dass ein Kardinal oder ein Mitglied der Cavelli-Dynastie in das Vatikanische Museum einbrechen würden, ergab nicht den geringsten Sinn. Viel wichtiger war, dass der Kardinal wieder aufgetaucht war und nicht, wie Monsignore Rinanzo behauptet hatte, ohne Kenntnis der Garde aus dem Vatikan verschwunden war. Mit dem Herrn würde noch ein ernstes Wörtchen zu sprechen sein, doch das musste einstweilen warten. Jetzt war erst einmal Schadensbegrenzung gefragt. Vor allem die Gesundheit des Kardinals war zu schützen. Zwei Kardinäle waren während dieses Konklave schon verstorben; das fehlte noch, dass er, Oberst Durand, nun noch den Tod eines dritten verschuldete. Was die Aufklärung des nächtlichen Vorfalls anbelangte …

Cavelli schien die Gedanken Durands zu erraten.

»Während der Kardinal und Professor Kingsley«, er wiederholte die beiden Titel absichtlich, »behandelt werden, will ich Ihnen berichten, was hier passiert ist.«

Durand nickte langsam. Diese Vorgehensweise löste all seine Probleme, niemand würde ihm später vorwerfen können, er habe sich nicht umsichtig verhalten.

Er erteilte einen Befehl, und sofort eilten zwei Gardisten die Spiraltreppe hinunter und kehrten kurz darauf mit zwei museumseigenen Rollstühlen zurück, die für Notfälle bereitstanden. Cavelli half Beatrice und Monti ostentativ, sich hineinzusetzen, wobei er mehr im Wege stand als eine Hilfe war. Dabei redete er beruhigend auf sie ein. »Kommen Sie erst mal wieder zu Kräften, ich werde mich inzwischen um alles kümmern, Sie werden sehen, morgen ist alles wieder gut« und dergleichen Floskeln mehr, wobei er hoffte, dass die beiden verstanden, was er damit eigentlich sagen wollte: »Kein Wort zu irgendjemandem, überlasst das Reden mir!« Zumindest bei Beatrice hatte er den Eindruck, dass sie nach anfänglicher Irritation begriffen hatte, denn ihr Gesundheitszustand schien sich mit jedem Augenblick weiter zu verschlechtern. Offenbar hatte sie sogar Spaß daran, die Leidende zu spielen. Hoffentlich übertrieb sie es nicht. Cavelli kannte sie lange genug, um zu wissen, dass mit Beatrice zuweilen die Gäule durchgingen und sie dann nicht mehr zur Vernunft zu bringen war. Man hätte sie dann eher für ein besonders undiszipliniertes Mitglied der Commedia dell'Arte als für eine seriöse Professorin halten können. Cavelli sah den beiden nach, als sie hinausgeschoben wurden. Inzwischen hatte er Zeit gehabt, sich einigermaßen einen Plan zurechtzulegen. Dieser beruhte im Wesentlichen auf zwei Punkten. Der erste war seine Aussage über die Vorfälle der Nacht. Die Version, die er sich ausgedacht hatte, war dicht an der Wahrheit und wich doch in zwei Details so sehr davon ab, dass er und die anderen beiden von jeglicher Schuld entlastet werden würden. Die einzigen, die ihm hätten widersprechen können, waren tot. Was den zweiten Punkt betraf, da würde er sehr viel Glück brauchen.

LXIII

Die meisten Menschen, die das Wort *Inquisition* hören, denken dabei an ihre spanische Erscheinungsform. An den Großinquisitor Torquemada, an Folter und die Verbrennung von vermeintlichen Ketzern.

Viele wären wohl überrascht, zu hören, dass die Inquisition in allen anderen christlichen Ländern weit weniger blutrünstig ablief, sowohl was die Anzahl der Beschuldigten als auch die Maßnahmen angeht, denen diese sich ausgesetzt sahen. Noch überraschter aber wären sie wahrscheinlich, zu erfahren, dass diese Behörde im Vatikan bis zum heutigen Tage existiert. Sie nennt sich Glaubenskongregation und befindet sich in dem großen Eckgebäude im Südwesten der Vatikanstadt direkt neben der Audienzhalle. Einer ihrer bekanntesten Leiter war Kardinal Joseph Ratzinger, der spätere Papst Benedikt XVI. Noch weniger bekannt dürfte der Allgemeinheit sein, dass es das einzige Gebäude auf vatikanischem Boden ist, das man direkt von Italien aus betreten kann, ohne wie sonst üblich zuvor eines der Tore passieren zu müssen. Ja, vielen ist nicht einmal bewusst, dass dieses Bauwerk überhaupt zum Vatikan gehört, sondern sie gehen unbewusst davon aus, dass es sich um ein römisches Verwaltungsgebäude handelt.

Cavelli hoffte inständig, dass der Gruppierung, die mit allen Mitteln versuchte, das Konklave in ihrem Sinne zu beeinflussen, und die – damit musste man einfach rechnen – sämtliche Tore des Vatikan beobachtete, zumindest dieses Detail unbekannt war.

Die letzten zwei Stunden hatte er im Büro von Oberst Durand verbracht und diesem so oft seine Geschichte erzählt, dass er sie am Ende selbst geglaubt hatte. Nämlich, dass Kardinal Monti, der ja bekanntlich im selben Palazzo wie er wohnte, aufgrund einer versehentlich falsch dosierten Tabletteneinnahme verwirrt durch die Vatikanischen Gärten gelaufen war und bei ihm geklingelt habe, woraufhin Cavelli und seine Kollegin Professor Kingsley von der Sapienza-Universität sich um ihn gekümmert hätten. Dann wären plötzlich diese beiden ihm völlig unbekannten Männer aufgetaucht. Offenbar hatten sie gewusst, dass Cavelli im Besitz diverser Vatikanischer Schlüssel sei. Sie hatten ihn, den Kardinal und Signorina Kingsley als Geiseln genommen und ihn gezwungen, sie in die päpstliche Wohnung zu bringen, in der sie offenbar etwas gesucht hätten. An dieser Stelle hätten Cavelli, der Kardinal und Professor Kingsley einen Fluchtversuch durch die Seitentür des Apartments unternommen, doch die beiden Einbrecher hätten die Tür zertrümmert und sie durch das Museum gejagt, wobei sie auf sie geschossen und einen Gardisten getötet hätten.

Das war seine Geschichte. Zwei Einbrecher hatten sich Zugang zum päpstlichen Apartment verschafft. Hatten sie gehofft, Material zu finden, das den Vatikan in irgendeiner Form kompromittierte? Davon war auszugehen, denn Gegenstände von außergewöhnlichem Wert waren dort ja nicht zu finden. Allerdings hatten die Eindringlinge den denkbar ungünstigsten Moment für ihre Aktion gewählt. In der Zeit der Sedisvakanz befanden sich dort keinerlei Schriftstücke. Dennoch schien der Fall klar zu sein. Ein Schweizer Gardist hatte dabei sein Leben gelassen, das war das Tragische an dem Vorfall.

Oberst Durand graute davor, nun dessen Familie verständigen zu müssen. Hätte sich sein Tod verhindern lassen? Wieder einmal würde man die internen Sicherheitsvorkehrungen auf den Prüfstand stellen. Wieder einmal würde man diese theoretisch unendlich lange Schraube eine Windung weiterdrehen, um beim nächsten Mal für den *noch* unwahrscheinlicheren Fall gerüstet zu sein. Kardinal Monti, Professor Kingsley und Signor Cavelli waren allerdings zu entlasten, sie waren ganz offensichtlich Opfer und nicht Täter. Blieb dieser ominöse Schlüsselbund auf seinem Schreibtisch. Oberst Durand verzog unbehaglich den Mund. Natürlich war ihm bewusst, dass dieser Cavelli gewisse Privilegien innerhalb des Vatikan genoss, doch bislang hatte er das als eine Art amüsante vatikanische Folklore eingeschätzt. Erst vor einer Stunde hatte er zum ersten Mal Einblick in die übersetze Abschrift der päpstlichen Urkunde von 1503 genommen und war im ersten Moment schlichtweg entsetzt gewesen. Ein Mann, der, ohne ein vatikanisches Amt zu bekleiden, überall Zutritt hatte und noch einiges mehr. Ein sicherheitstechnischer Alptraum. Allerdings einer, an dem es nichts zu rütteln gab. Er versuchte, sich sein innerliches Widerstreben nicht anmerken zu lassen, als er Cavelli den Bund mit den zahlreichen – alten wie neuen – Schlüsseln hinüberschob. Cavelli bedankte sich und wies auf den kleinen Haufen von

Gegenständen, der ebenfalls auf dem Schreibtisch lag. Das Wenige, was die beiden Einbrecher bei sich getragen hatten. Der Glücksfall, auf den er gehofft hatte, war tatsächlich eingetreten: Sie hatten Cavellis weggeworfenes Smartphone eingesteckt.

»Die haben mir mein Handy abgenommen. Erlauben Sie?« Er streckte die Hand danach aus und steckte es mit einer selbstverständlich wirkenden Geste ein. Durand nickte geistesabwesend. Darauf kam es nun auch nicht mehr an.

Cavelli war entlassen. Gemächlich verließ er das Büro des Kommandanten, doch schon im Flur beschleunigte sich sein Schritt. Im Treppenhaus fingerte er sein Smartphone aus der Tasche und wählte die gespeicherte Mobilfunknummer von Beatrice. Sie meldete sich bereits nach dem zweiten Klingeln.

»Don, wo …?«

»Keine Zeit für Erklärungen, bist du noch auf der Krankenstation und ist der Kardinal in der Nähe? Nenn keine Namen, sag einfach ja oder nein.«

»Zweimal ja.«

»Hat einer von euch irgendetwas ausgesagt?«

»Nein.«

»Gut, dann hör jetzt genau zu. In den Vatikanischen Gärten steht der sogenannte Johannesturm, der Kardinal kennt ihn …« Cavelli redete noch einige Minuten weiter und gab ihr genaue Instruktionen. Dann beendete er die Verbindung und suchte im Anrufspeicher nach einer bestimmten Nummer. Es dauerte nicht lange, bis er sie gefunden hatte. Cavelli tippte auf *Nummer wählen.* Erst nach einigem Warten meldete sich eine misstrauische Frauenstimme.

»Ja?«

»Signorina Silvestri?«

»Wer spricht da?«

»Hier ist Donato Cavelli.«

Am anderen Ende wurde hörbar nach Luft geschnappt. Eine längere Pause entstand.

»Sind Sie noch dran, Signorina?«

»Was wollen Sie?« Ihre Stimme war das personifizierte Misstrauen. Was war los mit der Frau? Sie hatte etliche Male versucht, ihn zu sprechen, und nun, da er *sie* anrief …

»Wollen Sie immer noch ein Interview?«

Wieder Schweigen. »Was wenn?«

»Ich verschaffe Ihnen ein Interview mit Kardinal Monti. Er ist die Person, die am meisten über die Vorgänge bei diesem Konklave weiß.«

»Woher weiß ich, dass dies keine Falle ist? Man hat versucht, mich umzubringen.«

»Mich auch, falls das ein Trost für Sie ist. Das Interview wird in der Vatikanstadt stattfinden. Das dürfte Sie wohl beruhigen. Und ein Kameramann wird Ihr Interview mit dem Kardinal aufzeichnen. Gut?«

»Meine Wohnung wird beobachtet, also ganz sicher auch die Eingänge zum Vatikan. Man wird mit allen Mittel versuchen, mich am Reinkommen zu hindern.«

»Darüber hab ich mir bereits Gedanken gemacht. Sie betreten den Vatikan durch keines der Tore, sondern durch die Glaubenskongregation. Wissen Sie, wo die ist?«

»Nein.«

»Sehen Sie? Die meisten wissen das nicht. Es ist das große

Gebäude an der Straßenecke links vom Petersplatz. Vor der Audienzhalle.«

»Ach ja, das, und wie …?«

»Sie nehmen ein Taxi, steigen direkt vor dem Eingang aus und betreten das Gebäude. Ich erwarte Sie dort. Von da an sind Sie in Sicherheit.«

Wieder eine Pause.

»Warum tun Sie das, Signor Cavelli? Bisher haben Sie sich doch vehement gegen ein Interview gesträubt.«

»Ich bin immer noch dagegen, aber ich sehe keine Alternative. Wir müssen Öffentlichkeit herstellen, wenn wir das hier überleben wollen.«

»Wer ist *wir*, und was ist *das*?«

»Genau darum wird es in dem Interview gehen.«

»Ich kann fragen, was ich will?«

»Das steht Ihnen frei.«

Wieder dauerte es eine Weile, bis Fiona Silvestri antwortete.

»Das Filmmaterial steht mir exklusiv zur Verfügung. Und ich will Ihre Garantie, dass Monti keine anderen Interviews machen wird, es sei denn mit mir, verstanden?«

»Einverstanden«, antwortete Cavelli widerstrebend. Er sah auf seine Armbanduhr. »Seien Sie in einer Stunde da. Aber nicht früher!«

»Verstanden.« Ein Tuten in der Leitung zeigte an, dass sie aufgelegt hatte.

Cavelli zögerte. Dann wählte er eine weitere Nummer aus seinem Telefonspeicher. Der Teilnehmer am anderen Ende ließ sich über eine Minute Zeit, bis er den Anruf annahm. Schließlich meldete sich eine verschlafene Stimme. »Enzo?«

»Hier ist Professor Cavelli.«

Ein unterdrücktes Stöhnen war zu hören. «Was gibt's?«

Cavelli erklärte es in wenigen Sätzen und endete mit: »Wie schnell kannst du beim Vatikan sein?«

»Na ja«, drang Enzos Stimme etwas verknautscht aus dem Hörer. »Duschen, anziehen, Frühstücken … in knapp zwei Stunden könnte ich in etwa …«

»Du hast dreißig Minuten, maximal. Ich erwarte dich an der Porta Sant'Anna.« Cavelli beendete die Verbindung, bevor Widerspruch aufkommen konnte. Er fühlte nach dem Schlüsselbund in seiner Jackentasche. Konnte der Plan, den er sich ausgedacht hatte, überhaupt gelingen? Durchaus. Aber die Chancen standen bestenfalls bei fünfzig Prozent. Wahrscheinlich weit schlechter.

LXIV

Camerlengo De Gennaro hatte eine harte Nacht hinter sich. Nachdem im Museum Schüsse gefallen waren, hatte man ihn sofort verständigt, und seitdem hatte er sich alle halbe Stunde von Oberst Durand auf den neuesten Stand bringen lassen. Die Sache mit dem Einbruch, bei dem ein Gardist sein Leben gelassen hatte, war natürlich ganz furchtbar, aber jetzt galt es, sich auf das Konklave zu konzentrieren. Es war eine ungeheure Erleichterung, dass Kardinal Monti sich in ärztlicher Behandlung befand und dass er aufgrund einer vergessenen Medikamenteneinnahme lediglich in einen Zustand vorübergehender Verwirrung geraten war. Der Camerlengo hatte die frohe Kunde soeben vor dem Domus unter den Kardinälen verbreitet. Die Informationen über den Einbruch hatte er einstweilen für sich behalten, es war nicht hilfreich, die Kardinäle noch mehr in Unruhe zu versetzen. Gemeinsam hatte man ein kurzes Dankgebet unter freiem Himmel abgehalten. Außerdem gab es eine weitere gute Nachricht: Monti hatte ihm vor über einer Stunde telefonisch versichert, dass er sich in der Lage fühle, am Konklave teilzunehmen.

Schon kam der kleine weiße Bus in Sicht, der den Kardinal zum Domus brachte. Der Fahrer ließ das Fenster herunter und hielt mit quietschenden Reifen neben De Gennaro. »Kardinal Monti ist nicht mehr auf der Krankenstation.«

»Sondern wo?«

»Der Arzt und die Schwestern wissen es nicht. Eben war er noch da, und plötzlich war er weg.«

»Gut, dann versuchen Sie's in seiner Wohnung.«

Der Fahrer machte ein beleidigtes Gesicht. »Hab ich schon. Ich habe geklingelt, die Putzfrau hat aufgemacht, dort ist er auch nicht.«

Der Camerlengo stöhnte. Was hatte er nur verbrochen, dass Gott ihn so strafte? Obwohl er im Grunde wusste, dass es sinnlos war, schickte er den Fahrer erneut zur Krankenstation. Dann sah er sich – wieder wusste er schon vorher, dass es sinnlos war – unter den Kardinälen um. Dann gab er mit resignierter Geste Anweisung, die Busse zu besteigen.

Während der Fahrt kam ihm die Erleuchtung. Kardinal Monti hatte sich von der Kaserne der Schweizer Garde direkt zu ihrem Fahrziel, dem Damasushof, begeben. Dieser lag ja auch viel näher als das Domus Santa Marta. Natürlich, das war die Lösung des Rätsels, es konnte gar nicht anders sein.

Bereits zwei Minuten später musste er feststellen, dass er sich geirrt hatte. Kardinal Monti war erneut verschwunden.

LXV

Nur ein relativ kleiner Teil der Weltbevölkerung, nämlich 1,3 Milliarden Menschen, glaubt an die römisch-katholische Religion. Fast alle hingegen glauben, dass der Vatikan ein Milliardenunternehmen ist und der Papst im Geld schwimmt.

Man übersieht dabei nur zu gern, dass die prächtigen Bauten des Vatikan nur Dienstgebäude sind, die zudem gemeinsam mit dem Petersdom und anderen Bauwerken Unsummen an Erhaltungskosten verschlingen, und dass enorme Finanzmittel in internationale Hilfsprojekte fließen. Auch hat der Vatikan ein kürzlich entdecktes massives Rentenproblem, da man über Jahrzehnte versäumt hat, Rücklagen für die allgemein ansteigende Lebenserwartung zu bilden, wobei es ein bislang unerklärter, aber dennoch nicht zu leugnender Umstand ist, dass Katholiken durchschnittlich älter werden als alle anderen. Schon mehrfach schloss die Jahresbilanz des Vatikan mit einem dreistelligen Millionenverlust ab. Denn entgegen der weitverbreiteten Annahme, dass der Vatikan die Einnahmen aus den nationalen Kirchensteuern erhält, kommen diese Summen ausschließlich den örtlichen Diözesen zugute. So ist zum Beispiel die Diözese der Stadt Köln um ein Vielfaches reicher als der Vatikan, der ja immerhin ein Land ist. Abgesehen von den inzwischen legalen Geschäften des Istituto per le Opere di Religione, dem Institut für religiöse Werke, besser bekannt als Vatikanbank, hat der Heilige Stuhl nur drei Einnahmequellen: den sogenannten Peterspfennig, also (steuerlich nicht absetzbare) Spenden, welche direkt an den Papst gehen, die Ausgabe von vatikanischen Zahlungsmitteln und Briefmarken sowie die Einnahmen der Vatikanischen Museen – die zugleich aber ein enormer Kostenfaktor sind –, und seit einigen Jahren sind vormittags auch die Vatikanischen Gärten für Touristen geöffnet. Die sehr beliebten Führungen sind nur für Gruppen gestattet, und beim Verlassen der Gärten wird genau auf Vollzähligkeit geprüft. Weniger streng geht es allerdings zu, wenn man erst mal drin ist. Es wäre auch kaum anders möglich, da neben den Touristengruppen etliche weitere Berechtigte dort unterwegs sind.

Der ältere Herr, der zielstrebig den Garten durchquerte, wobei er darauf achtete, den Governatoratspalast weiträumig zu umgehen – zu viele Personen, die in diesem Gebäude tätig waren, hätten ihn sofort erkannt und sich überaus verwundert gefragt, was er zu diesem Zeitpunkt hier tat –, fiel niemandem auf. Er blickte auf seine Armbanduhr. Noch elf Minuten bis zum vereinbarten Zeitpunkt. Er beschloss, einen Umweg zu machen, denn ein Mann, der irgendwohin unterwegs war, wirkte immer weniger verdächtig als ein Mann, der untätig irgendwo wartete. Schließlich kam sein Ziel in Sicht. Der Johannesturm in der Nähe des Hubschrauberlandeplatzes, in früheren Jahrhunderten mal ein Wehrturm, dann in langen Dornröschenschlaf gefallen und erst wieder Ende der Fünfziger Jahre von Papst Johannes XXIII., dem der Weg nach Castelgandolfo zu beschwerlich war, als eine Art Minisommerresidenz verwendet. Inzwischen wurde er nur noch selten für Privataudienzen mit ganz besonderen Ehrengästen, wie US-Präsident George W. Bush, genutzt und stand ansonsten leer. In einigem Abstand zum Turm entdeckte Kardinal Monti Don Cavelli und einen jungen Mann mit blauen Haaren.

LXVI

Das morgendliche Konklave des achten Tages hatte mit Verspätung begonnen. Der Vorschlag des Kardinaldekans, fünfzehn Minuten abzuwarten, ob Kardinal Monti noch erscheinen würde – normalerweise ein undenkbarer Vorgang –, war einstimmig angenommen worden. Elf Hände waren später in die Höhe gegangen als die anderen. Erst als erkennbar war, dass dieser Vorschlag eine deutliche Mehrheit bekommen würde, hatte Kardinal Rubino gravitätisch nickend die Hand gehoben, und zehn weitere waren ihm schnell gefolgt, doch keiner der anderen Kardinäle hatte daraus irgendeine Schlussfolgerung gezogen.

Das Verstreichen dieser fünfzehn Minuten war von den Kardinälen sehr unterschiedlich erlebt worden. Für die meisten war es viel zu schnell gegangen, denn nun würde man sich erneut dem zuwenden müssen, woran man seit Tagen immer wieder aufs Neue gescheitert war. Für Rubino hingegen war das Warten qualvoll lang geworden. Allzu groß war seine Angst, dass Kardinal Monti in letzter Sekunde doch noch erscheinen würde. Sicher, er hatte vorgesorgt mit seiner Erklärung, dass Monti unter Verwirrung litt, dennoch konnte dieser noch alles verderben, sollte er vor dem versammelten Kollegium Anschuldigungen erheben.

Doch Monti erschien nicht. Rubino atmete tief durch und warf einen Blick in die Gesichter um sich herum. War es jetzt so weit? Absolute Sicherheit konnte es nicht geben, aber so viel stand fest: Dieses Konklave war an seinem Tiefpunkt angelangt. Selbst die allgemeine Verzweiflung war nicht mehr zu spüren, sondern nur noch ein kollektives Gefühl der Hoffnungslosigkeit. Dieses Konklave lag vor ihm wie ein angeschossenes Reh, das nur noch auf den Gnadenschuss wartete. Ja, nun war es so weit. Der Kardinaldekan war soeben dabei, ein Gebet zu sprechen, in dem er den Herrn bat, dieses Konklave zu segnen, als die Kardinäle Rubino und Sangalli einen Blick wechselten und Rubino fast unmerklich nickte. Sangalli wartete, bis der Kardinaldekan sein Gebet beendet hatte, dann erhob er sich langsam und sprach in der feierlichen Art, die er auf seinem Zimmer geübt hatte: »Ich schlage für das Amt des Pontifex Maximus vor«, hier machte er eine dramatische Pause, »Kardinal Rubino!« Wie ein Schauspieler versuchte er, einen Hauch von Endgültigkeit in seine Worte zu legen. Dies war kein *weiterer* Vorschlag, kein weiterer Versuch, der auch wieder scheitern konnte, nein, dies war der letzte, alle Probleme lösende, der alles abschließende Vorschlag. Dabei kam Sangalli auch sein Aussehen zugute, mit dem er in jeder Neuverfilmung von *Ben Hur* erste Wahl für die Rolle als würdiger römischer Senator gewesen wäre. Die vollen weißen Haare, die gebogene Patriziernase, das kräftige Kinn, die hohe Stirn, all das strahlte Klugheit und Entschlusskraft aus. Ein Anführer, dessen Worte Gewicht hatten. Er sah langsam um sich, dann setzte er sich. Auch dies hatte er vorher geprobt, ein Weiser hatte gesprochen. Beifallsbekundungen jeder Art hatten im Konklave zu unterbleiben, doch es blieb nicht unbemerkt, dass ein nachdenklich-beifälliges Nicken auf den Gesichtern einiger Kardinäle erschien. Was allerdings unbemerkt blieb, war der Umstand, dass es sich um dieselben Kardinäle handelte, die erst im letzten Moment für das Warten auf Kardinal Monti gestimmt hatten. Dennoch verfehlte es nicht seine Wirkung.

LXVII

Die Fenster im Johannesturm sind klein, bieten aber einen fantastischen Rundumblick über die Vatikanischen Gärten mit dem Petersdom im Hintergrund. Enzo beendete den langsamen Panoramaschwenk und richtete seine Digitalkamera auf die zwei Personen, die sich in dem elegant ausgestatteten Turmzimmer auf zwei gepolsterten Armstühlen gegenüber saßen. »Wirkt glaubwürdiger so«, nuschelte er in Richtung von Fiona Silvestri, die mit zusammenpressten Lippen ungeduldig zu Cavelli blickte. »Ich wäre dann so weit!«

Cavelli, der sich an der Tür stehend im Hintergrund hielt, wandte sich an ihr Gegenüber. »Sie auch, Eminenz?«

Kardinal Monti nickte, ohne ihn anzusehen. Er schien sich bereits auf das zu konzentrieren, was er sagen wollte.

»Ich filme Sie in einer gemeinsamen Einstellung, sodass Sie beide die ganze Zeit im Bild sind«, meldete sich noch einmal Enzo zu Wort. »Erstens weil man so das Material nicht kürzen oder umschneiden kann, man weiß ja nie«, er grinste zu Cavelli hinüber, »und zweitens, weil ich nur eine Kamera habe.«

»Vergessen Sie nicht unsere Abmachung«, wandte sich Fiona Silvestri noch einmal unnötig scharf an Cavelli. »Sämtliches Filmmaterial gehört mir.« Sie blickte kampfeslustig zwischen Cavelli und dem Kardinal hin und her. Beide nickten. Silvestri warf beiden noch einen bösen Blick zu, dann setzte sie sich in Positur und blickte ernst in die Kamera.

»Hier ist Fiona Silvestri. Neben mir sitzt Kardinal Leonardo Monti. Wir befinden uns im Johannesturm in den Vatikanischen Gärten. Während wir hier sprechen, geht das Konklave in den achten Tag, und es ist beileibe kein gewöhnliches Konklave.« Sie wandte sich ihrem Gesprächspartner zu. »Kardinal Monti, während dieses Konklave sind bereits zwei Kardinäle zu Tode gekommen. Heute Nacht hat nun ein Mordanschlag auf Ihre Person stattgefunden ...«

LXVIII

»Wie viele Divisionen hat der Papst?«, hatte Stalin süffisant in Jalta gefragt, und die Antwort war damals die gleiche gewesen wie heute: keine. Eine Division besteht aus zehntausend bis dreißigtausend Mann, dem Papst hingegen stehen gerade mal einhundertfünfunddreißig Schweizer Gardisten zur Verfügung. Dazu kommt noch ein bisschen italienisches Militär und Polizei, die um die Vatikanstadt herum postiert sind.

Es wäre simpel: zwei Hubschrauber, lackiert in den Farben des Roten Kreuzes, Landung auf dem Hubschrauberplatz in den Vatikanischen Gärten. Dreißig islamistische Söldner, die bereit wären, in den Tod zu gehen – Freiwillige würden nicht schwer zu rekrutieren sein –, mit schweren Waffen ausgerüstet. Der Überraschungseffekt wäre auf ihrer Seite. Die meisten Schweizer Gardisten wären bereits eliminiert, bevor sie wüssten, was vor sich geht. Ihre zweifellos hervorragenden Kriegswaffen würden gar nicht erst zum Einsatz kommen. Natürlich hätte die Aktion während eines Konklave stattzufinden. Schnell, wenn auch mit einigen Verlusten würde man sich bis zur Sixtinischen Kapelle vorkämpfen und alle Kardinäle auf einen Schlag töten. Mittels Sprengvorrichtungen und Raketenwerfern würde man die Kapelle, große Teile des Petersdoms und weitere Bereiche des Vatikan zerstören. Die Zündung einer schmutzigen

Bombe würde die Aktion abschließen und ein weithin sichtbares, auf Jahrzehnte unbetretbares Trümmerfeld hinterlassen. Das Führungspersonal wäre vernichtet, eine weitere Papstwahl unmöglich.

Realistischen Prognosen zufolge wäre diese Aktion innerhalb einer Stunde durchzuführen. Die Folgen für die Katholische Kirche wären verheerend. Ihre gesamte traditionsbehaftete Repräsentationskraft, die immer noch auf hunderte Millionen von Menschen – darunter auch viele Nichtgläubige – auf der ganzen Welt eine gewaltige Faszination ausübte, wäre zerstört und so auch niemals wieder herzustellen.

Dieser ungeheuerliche Plan existierte. Zhang hatte ihn selbst gesehen, und nach seiner Einschätzung war er auch durchführbar. Gerade weil er so ungeheuerlich war, würde niemand damit rechnen. Und niemals würde man beweisen können, wer dahintersteckte. Allerdings würden viele auch ohne Beweise die richtigen Schlüsse ziehen. Und hierin lag das große Manko dieses Plans, denn in einem Punkt war seine Regierung – waren *alle* chinesischen Regierungen – der römischen Kurie sehr ähnlich. Man zog es vor, unsichtbar zu agieren. Die Katholische Kirche würde schon sehr bald nicht mehr existieren. Allerdings in Folge eines Vorgangs, der in keiner Weise wie ein Angriff aussehen würde. Vorausgesetzt, es ginge nicht noch im letzten Moment etwas Entscheidendes schief. Zhang biss sich nervös auf die Lippe. Seine beiden *Beauftragten* – theatralische Bezeichnungen wie *Auftragsmörder* waren Zhang zuwider – hatten sich seit Stunden nicht gemeldet. Im Polizeifunk war die Rede gewesen von zwei toten Einbrechern in den Vatikanischen Museen. Ein Anruf bei Rinanzo hatte Beunruhigendes ergeben. Seine beiden Männer tot, während Kardinal Monti und dieser Cavelli noch am Leben waren. Aber es gab auch gute Nachrichten. Kardinal Rubino war es gelungen, Monti als dement oder in anderer Form nicht bei Sinnen zu diskreditieren. Diese Behauptung würde natürlich nicht lange Bestand haben, musste sie aber auch nicht. Wenige Stunden sollten reichen. Danach würde nichts mehr sein wie vorher.

LXIX

Monsignore Rinanzo starrte sein Gegenüber an, als sei ihm ein Geist erschienen. Nach allem, was in der Nacht zuvor und am Morgen geschehen war, konnte es einfach nicht sein, dass Kardinal Monti nun plötzlich gesund und munter im Domus Santa Marta auftauchte, als sei nichts geschehen. Wie in Trance hörte er sich dessen Entschuldigung an, dass er am Abend zuvor seine Tabletten nicht genommen habe und dadurch in einen Zustand der Verwirrung geraten sei und anschließend noch unfreiwilliger Zeuge eines Museumseinbruchs geworden sei. Das alles habe ihn doch mehr mitgenommen, als er zunächst bemerkt hätte, sodass er nach der ärztlichen Behandlung plötzlich sehr erschöpft gewesen sei und sich zunächst in seiner Wohnung einige Stunden habe erholen müssen, wodurch er leider das morgendliche Konklave dann doch verpasst habe. Doch nun sei er körperlich und geistig wieder voll da und bereit, wieder am Konklave teilzunehmen. Rinanzo nickte geistesabwesend und murmelte einige höfliche Worte, wie froh er sei, dass es dem Kardinal wieder gut ginge. In seinem Kopf raste es. Er hatte Oberst Durand vorgelogen, dass Monti ihn von außerhalb kontaktiert hätte. Nun würde er umgehend Durand anrufen und ihm möglichst beiläufig etwas von einem Missverständnis erzählen müssen. Eilig entschuldigte er sich und verschwand im Fahrstuhl.

In der Tat hatte sich Kardinal Monti nach dem Interview mit Fiona Silvestri in seine Wohnung begeben. Hier hatte er sich gewaschen, rasiert und Cavellis Trainingsanzug gegen eine Kardinalsrobe getauscht. Anschließend hatte er sich in Cavellis Wohnung begeben, wo Beatrice gerade dabei war, eine große Kanne Espresso zuzubereiten, und hatte sich mit den beiden beraten. Beatrice hatte die Ansicht vertreten, dass sie alle den Vatikan, ja besser noch die Stadt verlassen sollten, bis das Konklave vorbei war, nur so würden sie sicher sein. Cavelli widersprach, er war der festen Überzeugung, dass der Vatikan grundsätzlich der sicherste Ort in Italien war, zumal die Schweizer Garde nach den Vorkommnissen der letzten Nacht die Sicherheitsmaßnahmen noch einmal verschärft hatte. Insbesondere – so hatte ihm Oberst Durand versichert – arbeite man bereits mit Hochdruck daran, festzustellen, wie sich die zwei Einbrecher Zutritt hatten verschaffen können. Auch für Kardinal Monti stand außer Frage, dass er zu bleiben hatte. Er sah Beatrice ernst ins Gesicht. »Man nennt uns Kardinäle auch die Blutprinzen. Wissen Sie, warum?«, fragte er und fuhr fort, ohne eine Antwort abzuwarten. »Weil wir geschworen haben, die Kirche notfalls bis aufs Blut zu verteidigen. Ich habe also keine Wahl, Signora Kingsley.«

Beatrice starrte ihn finster an. »Und wissen Sie auch, warum man besonders schwere Fehler Kardinalfehler nennt?«

Monti hatte nichts darauf erwidert, aber nun, da er sich wieder im Domus befand, kam ihm das Wort erneut in den Sinn. Die Zuversicht, die er kurz zuvor noch empfunden hatte, war einem nagenden Gefühl in der Magengrube gewichen. Hier konnte er niemandem vertrauen. Was, wenn man einen weiteren Anschlag auf sein Leben unternehmen würde? Er nahm sich vor, seine Zimmertür heute Nacht so gut es ging zu verrammeln und wach zu bleiben. Es machte keinen großen Unterschied, da er ohnehin an Schlaflosigkeit litt. Er tastete von außen nach den beiden Gegenständen in seiner Hosentasche. Einer Rolle Paketschnur und einer Wäscheklammer.

LXX

Der Speicherchip brannte förmlich in ihrer Tasche. Fiona Silvestri konnte es kaum noch erwarten, das Interview mit dem Kardinal zu sichten. Sie würde es etwas zurechtschneiden und einen Kommentar voranstellen, der auch dem Dümmsten verdeutlichen würde, dass es sich hierbei um eine Jahrhundertsensation handelte. Dann würde sie diesen Film den großen Sendern anbieten. Zuerst natürlich CNN. Manunzio, dieser Vollidiot, würde es schon bald sehr bedauern, sie nicht unterstützt zu haben. Aber im Grunde war es besser so. Auf diese Weise brauchte sie keine Skrupel zu haben, wenn sie ihre eigene Zeitung leer ausgehen ließ. Allerdings, noch war die Schlacht nicht gewonnen. Es war zu früh, um leichtsinnig zu werden. Zwei Stunden zuvor hatte sie den Vatikan wieder durch den Eingang der Glaubenskongregation verlassen. Wie schon auf dem Hinweg hatte sie eine schwarze Perücke und eine Brille getragen. Wieder hatte sie alles getan, um etwaige Verfolger abzuschütteln, sie hatte dreimal das Taxi gewechselt, hatte ein Kaufhaus betreten, nur um es gleich darauf wieder durch einen Seitenausgang zu verlassen, und war mit der U-Bahn zunächst mehrere Stationen in die falsche Richtung und dann wieder zurück gefahren. Sie war sich sicher, falls es Verfolger gegeben hatte, waren sie nun nicht mehr da. Das Hausboot lag friedlich an seinem Ankerplatz. Nichts schien sich verändert zu haben. Aber das musste nichts heißen. Fiona Silvestri ging zu ihrem Wagen, setzte sich hinein und prüfte im Schnelldurchlauf die Aufnahme der Kamera, die auf den Landungssteg des Bootes gerichtet war. Nach zehn Minuten hatte sie sich vergewissert, dass in ihrer Abwesenheit niemand das Boot betreten hatte. Sie nahm die Kamera, schloss den Wagen ab und begab sich ohne sichtbare Eile an Bord.

Der Speicherchip. Jetzt endlich!

Nein, es galt weiterhin, maximale Vorsicht walten zu lassen. Auch ihr Wagen konnte ein Angriffsziel werden. Es dauerte etwa eine Minute, bis sie den Akku der Kamera gewechselt, das Gerät am Bootsfenster aufgestellt und auf ihr Auto ausgerichtet hatte. Sie schaltete die Kamera ein und atmete hörbar aus. Das leise Brummen hatte eine beruhigende Wirkung auf sie. Sie zog den Chip aus der Tasche, schob ihn in ihren Laptop und klickte das Symbol an. Ungläubig starrte sie auf den Bildschirm. Der Chip war leer.

LXXI

Kardinal Monti hatte das Fenster, welches zur Seite hinausging, offen gelassen, sodass er das Pfeifsignal, das er mit Cavelli verabredet hatte, auf jeden Fall hören würde. Falls er selbst Kontakt mit Cavelli aufnehmen wollte, würde er ein Handtuch hinaushängen oder, falls es schon dunkel wäre, ein Kerzenlicht ins Fenster stellen. Nachrichten von Cavelli würden mittels der an der Schnur befestigten Wäscheklammer zu Monti gelangen. *Wie zu Zeiten der Borgias,* ging es ihm voller Missvergnügen durch den Kopf. Schon vier- oder fünfmal war er zum Fenster geeilt, weil er geglaubt hatte, einen Pfiff zu hören, jedes Mal vergeblich.

Die Stunde zuvor hatte Monti versucht, so viel wie möglich zum Stand des Konklave herauszubekommen. Das war nicht einfach gewesen; so gut wie alle Kardinäle gingen zwischen der Vormittagssitzung und der Nachmittagssitzung auf ihre Zimmer, um einen Mittagsschlaf zu halten oder sich zumindest auszuruhen. Nur Kardinal Casaroli hatte er gerade noch rechtzeitig angetroffen, als dieser eben im Begriff gewesen war, mit einem großen Stück Kuchen, das er offenbar mit auf sein Zimmer hochnehmen wollte, den Speisesaal zu verlassen. Casaroli hatte ihm bereitwillig Auskunft gegeben, hatte aber immer wieder den Faden verloren und sich stattdessen nach Montis Gesundheitszustand erkundigt, wobei er sich gleichzeitig zu seinem eigenen Schrecken ausgemalt hatte, was Monti alles hätte passieren können. Dennoch hatte Monti das Wesentliche aus ihm herausholen können, und nun starrte er zum x-ten Mal auf den Zettel, auf dem er seine Erkenntnisse für Cavelli notiert hatte:

Kardinal Rubino erhielt im Morgenkonklave ein Drittel der Stimmen – noch viele Enthaltungen – Jedoch kein Gegenkandidat – Daher fast sicher, dass er im Nachmittagskonklave zum Papst gewählt wird! – Absichten von Rubino unklar – Zeit drängt!!!

Erneut hörte er einen Pfiff. Diesmal hatte er sich nicht geirrt.

LXXII

Valentina Guidi arbeitete seit einundzwanzig Jahren als Köchin und Haushälterin für Kardinal Rubino. Schon in der Zeit, als er noch Bischof gewesen war. Während der Zeit des Konklave war sie allein in der Wohnung. Dies wäre die perfekte Gelegenheit gewesen, es sich gemütlich zu machen und auf die faule Haut zu legen, doch das wäre ihr nicht im Traum eingefallen. Sie nutzte diese Tage, in denen sie nicht kochen und keine Wäsche waschen musste, um alles einer akribischen Grundreinigung zu unterziehen. Fenster putzen, Schubladen auswischen, Maschinen entkalken und zahlreiche weitere Aktivitäten, zu denen sie normalerweise kaum kam. Sie hatte sogar das Gefühl, in diesen Tagen mehr zu tun zu haben als gewöhnlich. Heute war auch wieder so ein Tag, wo alles zusammenkam. Sie hatten bereits alle Vorhänge abgenommen und gewaschen und war nun dabei, sie zu bügeln, als es an der Wohnungstür klingelte und der nette Nachbar von oben, Signor Cavelli, der ihr schon so oft die schweren Einkäufe aus dem vatikanischen Supermarkt nach oben geschleppt hatte, sie darüber informierte, dass es im Haus einen Wasserrohrbruch gäbe und dass sie besser sofort den Haupthahn in der Küche schließen solle. Anschließend hatte er ihr geholfen, alle Wände dort zu inspizieren und abzutasten, ob schon Feuchtigkeit zu spüren sei. Nach zehn Minuten hatte jedoch Gott sei Dank festgestanden, dass alles trocken war. Offenbar hatten sie den Haupthahn gerade noch rechtzeitig zugedreht. Was für ein Glück!

LXXIII

Als Cavelli sein Appartamento betrat, war Beatrice im Wohnzimmer bereits dabei, die Beute zu sichten. Neun Aktenmappen, etliche lose Papiere und ein Laptop. Alles aus Rubinos Arbeitszimmer entwendet, während Cavelli Valentina in der Küche »behilflich« gewesen war.

»Heißt es nicht, du sollst nicht stehlen, Signor Vatikanbewohner?«, empfing sie ihn mit ironischem Blick.

»Natürlich, darum hab ich *dich* das ja machen lassen. *Ich* wasche meine Hände in Unschuld.«

Beatrice kicherte. »Du passt besser hierher, als du ahnst. Ich könnte dich mir gut als Kurienmitglied vorstellen.«

»Das hör' ich nicht zum ersten Mal. Aber ich kann nichts dafür, das müssen diese morphogenetischen Felder sein, die einen verändern, ohne dass man etwas dagegen tun kann.«

Wieder kicherte Beatrice. »Ich geb dir gleich morphogenetische Felder, aber heftig!« Offenbar hatte diese kriminelle Aktion Beatrice gut getan, ja geradezu mit neuer Lebenskraft erfüllt. Ihre besorgte Stimmung schien jedenfalls vollständig verflogen zu sein.

Cavelli wies auf die Aktenmappen. »Und? Schon was entdeckt?«

»Bisher nicht. Alles der übliche Vatikankrempel, wie man ihn bei einem Kardinal erwarten würde. Einiges ist allerdings in Latein.« Sie hielt einige Papiere hoch. »Ich hab zwar aus meiner Schulzeit das Große Latinum, aber außer *Gallia est omnis divisa in partis tres* hab ich alles vergessen.«

»Zeig mal.« Cavelli überflog die Papiere. Nicht dass er jede Feinheit verstanden hätte, aber es reichte, um sich einen Überblick zu verschaffen. Auch diese Dokumente waren in keiner Weise ungewöhnlich. Einige Minuten später war klar, dass dies auch auf alle anderen Papiere zutraf. Cavelli öffnete den Laptop. »Hoffen wir, dass er es hierin gespeichert hat.«

»Was ist *es*?«

»Keine Ahnung. Den Grund für das alles. Warum weigern sich Kardinäle, sich zum Papst wählen zu lassen? Warum hat man versucht, Monti zu ermorden? Wer steckt hinter all dem?«

»Und wenn er es gar nicht aufgezeichnet hat? Oder nicht in diesem Laptop?«

»Beten wir, dass es doch so ist.«

»Du passt *wirklich* gut hierher, Don.«

In der nächsten Dreiviertelstunde hatten sie hunderte von Dateien geöffnet, die sich sämtlich als harmlos erwiesen, und noch immer blieb viel zu sichten.

Cavelli sah auf seine Armbanduhr. »Noch eineinhalb Stunden bis zum Beginn des Nachmittagskonklave. Langsam wird es eng. Wenn Monti die Wahl Kardinal Rubinos überhaupt verhindern kann, dann nur, wenn wir ihm Munition verschaffen.« Er klickte auf einen weiteren Ordner, der mit ZZZZ beschriftet war. Eine graue Schrifttafel erschien auf dem Bildschirm.

Geben Sie das Passwort ein, um auf ZZZZ zuzugreifen.

Darunter ein Eingabefeld. »Ich glaube, ich hab's. Aber der Ordner ist verschlüsselt. Ich brauche ein Passwort.«

»Versuch mal 12345678910.«

»Sehr witzig.«

»Nein, wirklich, das ist das meist verwendete Passwort weltweit.«

Cavelli stöhnte genervt, tippte es aber dennoch ein. Eine Fehlermeldung erschien. »Funktioniert nicht.«

»Dann nimm GOTT.«

»Gott?«

»Na ja, der Mann ist Kardinal.«

»Ein krimineller Kardinal.«

»Gibt's auch andere? Los, mach schon, Don.«

Cavelli tippte es widerwillig ein. Etwas in ihm war erfreut, als eine weitere Fehlermeldung erschien. »Auch nicht.«

»Probier mal ...«

»Wir haben keine Zeit für diese Rumraterei«, unterbrach er sie etwas schärfer, als er beabsichtigt hatte. »Ich rufe Enzo an.«

»Wie du meinst.« Die kühle Höflichkeit in Beatrices Ton kannte Cavelli noch aus seiner Zeit mit Elena; sie kündete von tödlicher Beleidigtheit. Aber auch dafür war jetzt keine Zeit. Er griff zum Smartphone. Enzo brauchte fast eine Minute, um ans Telefon zu gehen.

»Enzo?« Cavelli erklärte ihm in aller Kürze die Situation.

»Die Sache ist eiliger als eilig«, schloss er.

»Okay, dann dauert es zu lange, bis ich bei Ihnen bin. Ist der Laptop im Internet?«

»Bis jetzt nicht.«

»Dann loggen Sie sich damit in Ihr W-LAN-Netz ein.«

»Und was weiter?«

»Erklär ich dann. Ich denke, es eilt.«

»Moment.«

Nach einer Minute meldete sich Cavelli wieder. »So, ist im Internet, das Ding.«

»Gut, jetzt gebe ich Ihnen eine Anleitung, was Sie tun müssen, um mir Fernzugriff auf diesen Laptop zu verschaffen.«

Cavelli stöhnte. »Enzo, du weißt, ich bin nicht wirklich ein Computerexperte. Geht das nicht irgendwie einfacher?«

»Nein, wie denn?«

»Keine Ahnung.«

»Eben. Vielleicht geben Sie mir mal Professor Kingsley. Das könnte die Sache vereinfachen.«

»Gerne. Ich stelle das Telefon auf Lautsprecher.«

Im nächsten Moment war Beatrices Stimme zu hören. »Also, Enzo, was soll ich machen?«

Enzo erklärte es ihr Schritt für Schritt, nach zwei Minuten war es vollbracht. »Ich hab jetzt vollen Zugriff«, verkündete Enzo. Aus dem Lautsprecher war zu hören, wie er auf seiner Tastatur herumhackte. »Ich lasse jetzt ein Programm laufen, um das Passwort zu knacken. Wie lange das dauert, kann ich noch nicht sagen. In der Zwischenzeit rühren Sie den Laptop nicht an und laden bloß nichts auf Ihren eigenen PC. Das Ding könnte eine Virenschleuder ersten Ranges sein.«

»Wie kommst du darauf, Enzo?«, meldete sich Cavelli aus dem Hintergrund.

Enzos Grinsen war förmlich hörbar. »Der Besitzer ist doch Kirchenmann. Entgegen der allgemeinen Klischees sind die virenverseuchtesten Orte im Internet nicht Pornoseiten, sondern die mit religiösen Inhalten, denn bei denen sind die User nicht von vornherein misstrauisch. Religiöse Leute sind meist auch nicht so die Computercracks. Außerdem haben sie mehr Vertrauen, dass ihnen nichts passiert. Ihre Devise ist quasi: Gott ist mein Virenscanner.« Er ließ ein grunzendes Kichern hören.

Cavelli ließ dies unkommentiert, vor allem, weil er keineswegs sicher war, ob auf seinem Laptop so etwas wie ein Virenscanner vorhanden war.

Einige Minuten vergingen in quälender Langsamkeit. Dann war wieder Enzos Stimme zu vernehmen. »Erledigt. Der Ordner ist offen. Sie können den Inhalt jetzt ansehen.«

»Danke, Enzo, das wär's fürs Erste, wenn ich noch was brauche, meld ich mich wieder.«

»Alles klar, Professor.« Enzos Stimme verriet, dass sich sein Enthusiasmus in Grenzen hielt. Es knackte in der Leitung.

Cavelli klickte auf den Ordner und las den Titel des einzigen darin enthaltenen Dokuments laut vor. »Ferne Morgenröte.«

Beatrice verzog angespannt das Gesicht. »Hoffentlich schreibt Kardinal Rubino nicht heimlich schlechte Gedichte. Das wäre ein guter Grund, sie in einem verschlüsselten Ordner zu verstecken.« Cavelli klickte auf das Dokument. Nach einem Deckblatt folgte ein neunundzwanzig Seiten langes Inhaltsverzeichnis. Das ganze Dokument war über dreitausend Seiten lang. Cavelli vertiefte sich in das Inhaltsverzeichnis. Seine Augen glitten über die Zeilen, erst langsam, dann schneller und schneller, mechanisch klickte er Seite für Seite weiter. Mittendrin schnappte er nach Luft, er hatte mehrere Seiten lang vergessen zu atmen. Das konnte nicht sein.

War das die Fieberphantasie eines geisteskranken Fanatikers? Unter anderen Umständen hätte man darüber gelacht, aber dieses Dokument befand sich auf dem Laptop eines Kardinals, der wahrscheinlich kurz davor stand, zum nächsten Papst gewählt zu werden.

»Was ist los, Don?«, hörte er Beatrice wie aus großer Ferne rufen. »Was steht da?«

Cavelli hob den Kopf und blickte durch sie hindurch.

»Don!«

Erst jetzt schien er sie richtig zu bemerken. Seine Kehle war trocken. »Oh mein Gott!«

LXXIV

Wofür steht Kardinal Rubino?

Das zweite Konklave des Tages war angebrochen, und es war diese eine Frage, die viele Kardinäle sich nun stellten.

Bei der Abstimmung am Morgen hatte bereits ein Drittel für ihn gestimmt. Angesichts der Tatsache, dass sonst niemand zur Wahl stand, war das wenig. Aber es gab nun mal keinen Gegenkandidaten. Was würde passieren, wenn er in einem weiteren Wahlgang wieder nicht gewählt werden würde? Dann war niemand gewählt. Dann würde es keinen Papst geben. Ohnehin hatte dieses Konklave bereits viel zu lange gedauert, und je länger es andauerte, desto mehr würde der am Ende Erwählte nach außen hin als Kompromisskandidat eines heillos zerstrittenen Kardinalskollegiums dastehen. Das Konklave noch tage- oder gar wochenlang fortzusetzen, war allenfalls noch zu verantworten, wenn gewichtige Gründe gegen Rubino sprachen. Also, wofür stand der Kardinal? Die Antwort war jedem klar: für nichts. Er war in all den Jahren weder als besonders reformerisch noch als besonders konservativ aufgefallen. Er war *überhaupt nicht* aufgefallen. Nie. Also auch nicht mit Fehlern oder gar Skandalen. Ein unbeschriebenes Blatt. Eindeutig niemand, der sich nach vorne drängte. Aber warum stand er dann auf einmal zur Wahl? Weil alle anderen Versuche, einen Papst aus ihrer Mitte zu wählen, gescheitert waren. Alle, die man gewählt hatte oder auch nur vorschlug, hatten abgelehnt. Aus Gründen, die nur sie selbst kannten und über die sie sich in Schweigen hüllten. Ein beispielloser Vorgang in der zweitausendjährigen Geschichte der Katholischen Kirche. Es war nicht zu begreifen, *was* hier vorging oder *wie* es vorging. Ein Mysterium. Doch durfte man noch daran zweifeln, *warum* Gott es so geschehen ließ? Kardinal Rubino, ein unauffälliger Mann, auf den vor dem Konklave niemand von selbst als Kandidat verfallen wäre, sollte der nächste Papst werden.

Der Geist Gottes war endlich über das Konklave gekommen.

LXXV

War es wirklich erst zehn Minuten her, dass Cavelli Beatrice durch die Tür der Glaubenskongregation unauffällig aus dem Vatikan geschmuggelt hatte? Ihr letzter Blick, in dem mehr Sorge um ihn als um sich selbst gelegen hatte, stand ihm noch deutlich vor Augen und lag doch scheinbar bereits unendlich lange zurück.

Immer noch blickte Camerlengo De Gennaro fassungslos auf den Bildschirm des Laptops, den Cavelli auf seinen Schreibtisch gestellt hatte.

»Das … kann nicht sein, es *kann* einfach nicht sein!«, flüsterte er. »Aufhören, bitte aufhören!« Doch der Kardinal Monti auf dem Bildschirm redete weiter und weiter. Von Verschwörung war die Rede, von einem Mordversuch und – das schlimmste von allem – einer Manipulation des Konklave.

»Entsetzlich!«, stöhnte De Gennaro, als Monti geendet hatte. »Ist das schon in den Medien?«

Cavelli schüttelte den Kopf. »Nein, dies ist die Originalaufnahme, es gibt keine Kopien.«

»Und wie sind Sie in den Besitz gekommen?«

»Das ist jetzt erst mal unwichtig, denn die Lage ist noch weitaus schlimmer. In diesen Minuten wird Kardinal Rubino zum neuen Papst gewählt und …«

»Das dürfen Sie gar nicht wissen, das *können* sie gar nicht wissen!«

»Ich weiß es aber, und *Sie* wissen es auch.«

Der Camerlengo hob abwehrend die Hände, beinahe so, als wolle er sich die Ohren zuhalten. »Aber wie …?«

»Unwichtig. Dies ist der Laptop von Kardinal Rubino«, fuhr Cavelli fort. »Darauf befindet sich ein Dokument. Es war verschlüsselt. Es ist über dreitausend Seiten lang. Sehen sie sich das Inhaltsverzeichnis an.« Er führte einige Klicks aus.

»Moment, Moment, dies ist Kardinal Rubinos Computer, und Sie haben sich Zugang verschafft? Das ist völlig …!«

»Lesen Sie das Inhaltsverzeichnis! Bitte! Die Zeit drängt.«

Der Camerlengo kniff die Augen zusammen, sein Blick eilte von Zeile zu Zeile, sein Atem ging stoßweise. Entsetzt blickte er auf.

»Es ist zu lang, fassen Sie es mir zusammen.«

Cavelli räusperte sich. »Nun, vereinfacht gesagt, ist dies ein detaillierter Fahrplan zur vollständigen Vernichtung der Katholischen Kirche durch einen amtierenden Papst.«

»Aber das ergibt keinen Sinn.« Die Stimme De Gennaros klang verzweifelt.

»Für den oder die Verfasser ergibt es sehr wohl Sinn. In diesen Minuten wird ein Mann zum Papst gewählt, der zusammen mit anderen vor Jahrzehnten in die Kirche eingeschleust worden ist. Jetzt sind diese Leute am Ziel. Als Papst kann Rubino alles tun, was hier steht.«

»Das darf er nicht.«

»Moralisch vielleicht nicht, rechtlich schon. Er kann tun, was immer ihm beliebt.«

»Aber die Tradition! Die setzt seiner Freiheit enge Grenzen.«

»Nur in religiöser Hinsicht.« Cavelli fühlte sich unbehaglich, als Vatikanhistoriker einen hochrangigen Kirchenmann belehren zu müssen. »Rubino darf nicht sagen *Es gibt keinen Gott* oder *Jesus war nicht Gottes Sohn*, er darf nichts sagen, was nicht schon immer zum Glauben der Katholischen Kirche gehört hat oder der Bibel widerspricht, aber darüber hinaus ist er völlig frei zu tun, was ihm beliebt. Vom Vatikan steht kein Wort in der Bibel.«

»Das alles würde uns um Jahrzehnte in unserer Arbeit zurückwerfen.« Der Camerlengo brachte nur noch ein Flüstern hervor.

Cavelli schüttelte den Kopf. »Sie verstehen nicht, das ist noch nicht alles. Es ist noch viel schlimmer …«

Die nächsten fünf Minuten verbrachte Cavelli mit weiteren Erläuterungen. De Gennaro nahm sie mit starrer Miene zur Kenntnis. Weder er noch Cavelli bemerkten, dass die Verbindungstür zu Monsignore Rinanzos Büro nur angelehnt war.

LXXVI

Der kleine verwinkelte Raum, den man durch die Tür betrat, die sich links vom Altar der Sixtinischen Kapelle befand, war seit Jahrhunderten der Ort, an den sich ein neugewählter Papst zurückzog, um eines der drei bereitliegenden Papstgewänder anzulegen und Abschied von seinem bisherigen Leben zu nehmen. Aus diesem Grund wurde er die *Kammer der Tränen* genannt.

Heute jedoch gab es keinen Anlass für Tränen. Im Gegenteil, es war ein Tag des Jubels und des Triumphs. Soeben waren in der Sixtinischen Kapelle einhundertsiebzehn Kardinäle einer nach dem anderen vor ihm niedergekniet und hatten ihm Gehorsam geschworen. Ja, selbst Kardinal Monti hatte es getan, obwohl ihm anzusehen war, dass es ihn fast zerriss. Dreiundfünfzig Jahre hatte Rubino gearbeitet, um an diesen Punkt zu gelangen. Sicher, es war ursprünglich nicht seine Idee gewesen, und allein hätte er es niemals vollbringen können, ja, genau genommen war er nur eine austauschbare Schachfigur anderer Mächte. Doch diese Mächte hatten es vorgezogen, im Dunkeln zu bleiben, und so würde nun er, Rubino, ab heute und für alle Zeit das Gesicht dieser historischen Wende sein. Einer Wende, die an Bedeutung alles andere überstrahlen würde. Schon bald würde die Katholische Kirche nur noch als kümmerlicher Rest existieren. Ein Rest ohne finanzielle Mittel und vor allem ohne jede übernatürliche Ausstrahlung, ein Rest, für den sich kaum jemand interessieren würde. Jeder Versuch, wieder zu alter Größe aufzusteigen, war von vornherein zum Scheitern verurteilt, denn all das, was man in zweitausend Jahren erworben hatte an Geld, Tradition und Macht, würde nicht mehr zur Verfügung stehen. Nie mehr. Der Plan war perfekt. Man hatte schließlich Jahrzehnte Zeit gehabt, ihn bis ins kleinste Detail auszuarbeiten. Die Grundidee war von Anfang an klar gewesen. Ein Schlag gegen die Katholische Kirche, der diese in ihrer Gesamtheit zerstören würde. Aber kein offener Schlag, es sollte ein von innen heraus geführter Schlag sein, ein unsichtbarer Schlag. Damals hatte man ihn und andere aussichtsreiche junge Studenten rekrutiert. Es war von Anfang an klar gewesen, dass es viele Ausfälle geben würde. Abtrünnige, die ihre Weltanschauung im Laufe der nächsten Jahrzehnte ändern würden, teilweise in das Gegenteil ihrer früheren Überzeugungen, oder aber Männer, denen auf halber Strecke der Ehrgeiz abhanden kam, oder die von der Furcht vor Entdeckung gepackt wurden, und nicht zuletzt all diejenigen, die zwar loyal und fähig waren, es aber dennoch nicht weit genug nach oben schafften, um für die Mission von Nutzen zu sein. Wie bei den berüchtigten *Cambridge five*, den russischen Spionen Philby, Burgess, Maclean, Cairncross und Blunt, die ebenfalls in jungen Jahren rekrutiert worden waren und später hohe Positionen in der britischen Regierung innehatten, war es eine Frage von exzellenter Planung und unendlicher Geduld gewesen. Dazu waren Operationen gekommen, welche die anderen Kardinäle erpressbar machen sollten. Bei sieben von ihnen war es gelungen. Fünf und sieben. Das machte zwölf. Gewissermaßen die zwölf Apostel der Apokalypse. All das hatte sich am Ende ausgezahlt. Einer von ihnen, er, Rubino, war zum Papst gewählt worden. Demokratisch gewählt, doch mit unbeschränkten diktatorischen Vollmachten ausgestattet. Solange er nicht die Worte der Bibel in Zweifel zog, konnte er tun, was immer er wollte. Er würde schnell und gründlich sein. Der bis ins kleinste Detail durchdachte Plan lag bereit, er musste nur noch aktiviert werden. Ihn in Gänze umzusetzen würde eine Sache von wenigen Wochen sein, und dann würde es kein Zurück mehr geben. Er würde als Papst die Kirche zerstören, und viele würden ihm dabei noch zujubeln, denn alles geschähe natürlich im Namen der Demut und der christlichen Barmherzigkeit, doch am Ende würde jegliche Struktur vernichtet sein. Den Petersdom und den Vatikan sowie die bedeutendsten Kirchen in Rom und der Welt würde er dem jeweiligen Staat als Museen übereignen, denn seiner neuen, bescheidenen Kirche würde jedwede Prachtentfaltung fremd sein, da sie vom Glauben nur ablenke. In der Bibel stand nichts von einem Vatikan. Das Vatikanische Barvermögen, die Einnahmen aus dem Peterspfennig, die etwa zehn Milliarden der Vatikanbank sowie den größten Immobilienbesitz der Welt, dies alles war das persönliche Eigentum des Papstes. Hatte nicht Leo XIII. den Goldschatz des Vatikan unter seinem Bett versteckt? Hatte nicht Johannes Paul II. beim Besuch einer Favela spontan seinen goldenen Fischerring einer armen Familie geschenkt? Er, Rubino, würde unendlich viel weiter gehen. Unter ihm würde all das in soziale Projekte und den Aufbau von Infrastruktur in fernen Ländern fließen. Nicht natürlich in China, das wäre zu offensichtlich, aber an diejenigen, die mit China Geschäfte machten und die finanzielle Hilfe gut gebrauchen konnten. So würde China auf Umwegen davon profitieren. Die Diözesen auf der ganzen Welt würde er verpflichten, es ihm gleichzutun. Wie hatte Jesus gesagt: »Eher geht ein Kamel durch ein Nadelöhr als ein Reicher in den Himmel.« Sämtliche kirchlichen Amtsträger oberhalb von Priestern würde er ihrer Würden entkleiden. Hatten Jesus oder Johannes der Täufer etwa ein Amt gebraucht, um das Wort des Glaubens zu verbreiten? Nein, dies leitete nur der Eitelkeit und der Bequemlichkeit Vorschub und lenkte vom Glauben ab. Priester würden künftig ohne Gehalt ehrenamtlich tätig sein, und Prälaten, Bischöfe und Kardinäle würde es schon sehr bald gar nicht mehr geben. Ohne Kardinäle jedoch würde es nicht möglich sein, nach ihm einen weiteren Papst zu wählen. Nie wieder. Ja, er, Rubino, würde der letzte Papst sein. Der Papst, der ausführen würde, was Jesus gewollt hatte und was er seinem engsten Vertrauten aufgetragen hatte. Nach ihm hatte sich Rubino auch seinen neuen päpstlichen Namen gegeben.

Petrus II.

Ein Kreis hatte sich geschlossen; die Katholische Kirche war zu ihrem Ursprung zurückgekehrt. So zumindest würde man es der Welt verkaufen, und die Welt würde applaudieren.

Petrus II. musste lächeln, als er über seine Namenswahl sinnierend in seine neuen roten Schuhe schlüpfte. *Judas wäre passender gewesen …*

LXXVII

Jedes Mal, wenn ein neuer Papst gewählt wird, enthüllt sich diese Neuigkeit der Welt erst nach und nach. Zuerst wissen es die Kardinäle in der Sixtinischen Kapelle. Für sie ist der von ihnen Gewählte bereits der neue Papst. Für den Rest des Vatikan und die ganze übrige Welt noch nicht. Solange sich die Türen der Kapelle nicht öffnen, hat der Camerlengo weiterhin die oberste Befehlsgewalt im Vatikan inne. Wenn nun ein Camerlengo in Begleitung einer weiteren Person vor den Türen der Sixtina erscheint, den Schweizer Gardisten anweist, beiseite zu treten, und eigenhändig die Tür aufschließt, so ist dies fraglos eine nie dagewesene Ungeheuerlichkeit, die gegen heiligste Kirchenvorschriften verstößt, und doch steht es in diesem Augenblick in seiner Macht, so zu handeln.

Ein Raunen ging durch die versammelten Kardinäle, als sich nur wenige Augenblicke, nachdem Kardinal Rubino in der Kammer der Tränen verschwunden war, die große Tür der Sixtina öffnete und Camerlengo De Gennaro zusammen mit einem weiteren Mann, der den meisten unbekannt war, eintrat. Es lag mehr als deutlich zutage, dass Unheilvolles folgen würde. Einige bekreuzigten sich.

Der Kardinaldekan erhob sich, seine Miene gezeichnet von fassungsloser Empörung. Er deutete anklagend auf den Camerlengo. »Was um Himmels willen …«

De Gennaro hob entschuldigend die Hände. »Ich bitte demütigst um Vergebung. Mir ist bewusst, dass ich nicht hätte kommen dürfen, und doch muss es sein. Die Kirche muss vor dem tödlichsten Angriff ihrer Geschichte geschützt werden, und es duldet nicht eine Minute Aufschub.« Er blickte in die Runde, als wenn er Widerspruch erwartete. Als sich nichts regte, fuhr er fort. »Dieses Konklave ist nicht rechtens. Ich bitte Sie, Kardinal Monti, berichten Sie uns, was Sie wissen, und ich beschwöre Sie, tun Sie es schnell.«

Überrascht wandten sich hundertsechzehn Köpfe Kardinal Monti zu. Etwas zögernd erhob sich der Kardinal, stockend begann er zu reden, doch mit jedem Satz gelang es ihm besser, seine Gedanken zu ordnen. Er sprach ruhig, aber nicht langsam und beschränkte sich auf das Allernötigste. Seine Worte hatten eine verheerende Wirkung auf viele Kardinäle. Manche waren leichenblass geworden, andere zitterten, einigen liefen die Tränen über das Gesicht. Alle waren von nackter Angst erfasst, wenn auch nicht alle aus denselben Gründen. Ein Sturm von Fragen brach von allen Seiten über Monti herein.

Wieder ergriff Camerlengo De Gennaro das Wort. »Ich bitte um Ruhe, wir haben keine Zeit.« Er deutete auf Cavelli, der unbehaglich das Gesicht verzog. »Dies ist Signor Donato Cavelli, viele von Ihnen werden ihn kennen.« Einige Kardinäle nickten. »Er hat mir Schriftstücke vorgelegt, die unwiderlegbar beweisen, dass Kardinal Rubino plant, die Katholische Kirche vollständig zu vernichten, und als Papst hat er auch die Macht, dies zu tun. Bitte, Signor Cavelli.«

Cavelli räusperte sich und fasste die wichtigsten Punkte zusammen. Nur den Umstand, dass er sich illegal Zugriff auf Rubinos Laptop verschafft hatte, ließ er lieber weg. Still hatte man ihm zugehört, aber jetzt entstand Aufruhr unter den Kardinälen. Wieder ergriff der Camerlengo das Wort. »Wir müssen unverzüglich handeln, jetzt, in dieser Minute, oder es ist für immer zu spät.«

»Wie denn?«, rief eine Stimme aus dem Kollegium. »Als Papst hat Rubino die Macht.«

»Rubino ist ...«, begann der Camerlengo, doch Cavelli unterbrach ihn. »Er ist eben kein Papst. Daran lässt das alte Kirchenrecht keinen Zweifel. Seine Wahl ist durch Manipulation und Beeinflussung zustande gekommen.«

»Simonie!«, ergänzte der Camerlengo.

»Ganz recht, und wir alle wissen, was darauf steht.« Sicherheitshalber sprach er es aus. »Automatische Exkommunikation. Ein exkommunizierter Kardinal kann niemals Papst ...«

In diesem Moment öffnete sich die Tür zur Kammer der Tränen, und die Kardinäle wandten sich instinktiv um, als Papst Petrus II. im weißen Ornat die Sixtinische Kapelle betrat. Im Saal wurde es totenstill. Milde lächelnd machte er einige Schritte, dann wurde ihm bewusst, dass etwas nicht stimmte. Er hielt inne, sein Blick wanderte über die Gesichter, die ihn anstarrten, manche ängstlich, doch die meisten voll unverhohlener Feindseligkeit. Hatten diese Narren etwa Verdacht geschöpft? Falls ja, war es zu spät. Sein Blick blieb am Camerlengo hängen, der mit einem ihm unbekannten Mann an der Tür stand. Nein, etwas stimmte hier ganz und gar nicht. Die zur Schau gestellte Güte des Papstes verschwand aus seinem Gesicht. Sollte er um Aufklärung bitten? Nein, das war zu passiv und unter seiner Würde. Es galt, das Heft des Handelns in der Hand zu behalten. Die träge Masse ließ sich durch Entschlossenheit stets überrumpeln. Wenn auch unter heimlichem Murren gehorchte sie dem Mann der Tat am Ende immer. Er wandte sich mit einer würdevollen Bewegung an den Kardinaldekan. »Ich bin bereit. Lassen wir die Gläubigen nicht länger warten.«

Der Angesprochene machte ein unglückliches Gesicht. »Ich fürchte, es gibt ein Problem, Eure Heiligkeit!«

Eure Heiligkeit.

Diese Anrede des Kardinaldekans hing wie eine unheilvolle Wolke im Raum. Das eben vom Camerlengo und diesem anderen Mann Gehörte war das eine, ein gewählter Papst, der direkt vor ihnen stand, das andere. Das Unbehagen unter den Kardinälen war fast körperlich greifbar. Die Stimmung drohte zugunsten des neu Erwählten zu kippen. Auch der Camerlengo schien schwankend zu werden. »Vergessen Sie nicht, was er vorhat«, raunte ihm Cavelli zu, dem es als einzigem gelang, sich von der Magie der uralten Tradition nicht vollständig überwältigen zu lassen. »Sie müssen handeln! Rubino ist kein Papst.« Cavelli sah, wie De Gennaro nach Luft rang, als wolle er Kraft schöpfen.

»Kardinal Rubino!« Der Camerlengo klang stark und entschlossen. »Sie sind nicht zum Papst gewählt worden. Sie haben betrogen und manipuliert. Dafür gibt es unwiderlegbare Beweise. Auf diese Handlungen steht automatische Exkommunikation. Und ein Exkommunizierter ist nicht mehr

Teil der Heiligen Römischen Kirche und kann auch nicht ihr Papst werden.«

Petrus II. hatte mit unbewegter Miene zugehört, nun erschien Sorge auf seinem Gesicht, während er sich an die Umstehenden, wenn auch an niemand Bestimmten wandte. »Monsignore De Gennaro geht es offenbar nicht gut. Wir brauchen einen Arzt.« Der Camerlengo war weiß im Gesicht geworden. Er zitterte vor Wut. »Hören Sie auf, Kardinal Rubino, Sie sind exkommuni –«

»Genug! Ich befehle Ihnen zu schweigen, Camerlengo!«, donnerte die Stimme des Papstes durch die Kapelle. »Schluss mit diesem Unsinn. Was für eine ungeheuerliche Entweihung dieses heiligen Vorgangs. Sie sind eine Schande für den Vatikan. Und seit meiner Wahl ist auch Ihre Amtszeit als Camerlengo beendet. Also schweigen Sie still, im Namen Gottes!«

»Sie sind …!«

»Schweigen Sie! Noch ein Wort, und *Sie* sind exkommuniziert.«

Der *Wächter* registrierte mit Sorge, dass Rubinos Gesicht dunkelrot angelaufen war. Die päpstliche Souveränität war deutlich in Gefahr. Ganz gewiss durch den Camerlengo, aber mehr noch – und das war schlimmer – durch ihn selbst. »Was immer Sie sich da zusammenphantasiert haben, es ist nicht wahr, und selbst, wenn es wahr wäre, ist es bedeutungslos. Niemand kann einen gewählten Papst absetzen!«, brüllte Petrus II. »Niemand!«

Stille lag über dem Saal. Das letzte Wort in dieser Causa schien gesprochen. Dann war eine leise Stimme zu vernehmen. »Außer ein Vatikanisches Konzil.« Alle Köpfe drehten sich zu Cavelli. Hatte dieser Laie es tatsächlich gewagt, in der Sixtinischen Kapelle unaufgefordert das Wort zu ergreifen? »Professor Cavelli hat absolut recht«, sprang ihm der Camerlengo bei. »Ein Vatikanisches Konzil hat die Befugnis, einen Papst abzusetzen.«

Einen Moment lang herrschte absolute Stille, dann hatte der Papst zumindest äußerlich seine Beherrschung wiedergefunden. Sein Tonfall war vernünftig, fast nachsichtig.

»Es gibt aber kein Konzil.«

Der Camerlengo antwortete umgehend. »Dann berufe ich hiermit das Dritte Vatikanische Konzil ein. Es beginnt in diesem Augenblick«

»Damit ein Konzil beschlussfähig ist, müssen auch Bischöfe anwesend sein, Monsignore.«

»Not kennt kein Gebot, ich vertraue darauf, dass der nächste Papst dieses Vorgehen prüfen und für rechtens befinden wird.«

»Schluss jetzt! Das Konzil steht nicht über dem Papst!«

Erneut breitete sich Stille aus. Jeder wusste, dass Rubino recht hatte.

»Das ist richtig«, meldete sich erneut Cavelli zu Wort. »Aber das Konzil kann den Kardinal vom Papstamt trennen, indem es feststellt, dass er der Simonie schuldig ist.«

»Es gibt keine Simonie, ich wurde rechtmäßig vom Kardinalskollegium gewählt.«

»Kardinal Monti bezeugt, dass es nicht so ist!«, rief der Camerlengo.

»Dann steht sein Wort gegen das des Papstes. Wem wird man glauben?«

Zum dritten Male erlaubte sich Cavelli zu sprechen. »Die Öffentlichkeit glaubt, was sie in den Medien sieht. Vor diesem Konklave hat Kardinal Monti einer überaus renommierten Journalistin ein Interview gegeben. Es wird bald überall gesendet.« Er klappte den Bildschirm einer kleinen Videokamera aus, startete den Film und hielt die Kamera hoch. »Hier, wenn Sie es nicht glauben wollen.« Auf den kleinen Bildschirm erschien eine rothaarige Frau, ihre Stimme klang aus dem kleinen Gerät etwas blechern, war aber gut zu verstehen: »Hier ist Fiona Silvestri. Neben mir sitzt Kardinal Leonardo Monti. Wir befinden uns im Johannesturm in den Vatikanischen Gärten. Während wir hier sprechen, geht das Konklave in den achten Tag, und es ist beileibe kein gewöhnliches Konklave …«

Der Papst starrte eine volle Minute auf den kleinen Bildschirm, als wolle er ihn mit Blicken zum Schweigen bringen. Dann begann er zu taumeln. Ein Herzinfarkt, vielleicht auch nur ein Schwächeanfall. Zwei Kardinäle halfen ihm, sich auf einen Stuhl zu setzen. Er war totenblass und atmete schwer. Es war unübersehbar, dieser Mann war am Ende. Ein lauter Knall ließ alle Anwesenden zusammenfahren, während sich ein roter Fleck auf der weißen Soutane des Papstes unaufhaltsam ausbreitete.

Noch vier.

Bevor jemand reagieren konnte, hallte ein zweiter Schuss durch die Kapelle. Kardinal Sangallis Kopf explodierte förmlich, als ihn das 9mm Black Talon-Hohlspitzgeschoss traf.

Noch drei.

Panik hatte die Kardinäle ergriffen, jeder versuchte, sich so gut es ging zu schützen, auch wenn die meisten gar nicht wussten, wovor. Es lief alles exakt so ab, wie es sich der *Wächter* in all den Jahren der Vorbereitung ausgemalt hatte. Niemand hielt ihn auf, scheitern konnte er allenfalls an sich selbst, wenn seine Nerven versagten. Doch sie versagten nicht. Seine Hand blieb ruhig, als er auf Kardinal Friso anlegte. Der starrte ihn nur ungläubig an, unfähig, sich zu rühren, ein perfektes Ziel. Der *Wächter* war auf eine schwierigere Situation vorbereitet gewesen. Es war fast schon zu einfach. Sein Finger krümmte sich langsam, und Kardinal Friso sackte zusammen, ein faustgroßes Loch in der Brust.

Noch zwei.

Die Augen des *Wächters* suchten nach dem vierten Ziel und fanden es. Ihre Blicke begegneten sich. In diesem Moment verstand Kardinal Monti, was vor sich ging. Der große Plan war gescheitert, aber zumindest durfte es keine Mitwisser geben. Er musste hier raus! Hektisch suchte er nach einem Fluchtweg. Der *Wächter* hob die Pistole. Monti stürzte zu der Tür, durch die gewöhnlich die Museumsbesucher die Sixtina betraten. Fast hatte er sie erreicht. Noch fünf Schritte, noch drei. Die Hand des *Wächters* war mitgeschwenkt, er nahm den Rücken des Kardinals ins Visier, sein Finger krümmte sich. Dann passierten drei Dinge fast gleichzeitig, unmöglich zu unterscheiden, was zuerst geschah.

Cavelli hatte zwei schnelle Schritte nach vorne gemacht und den Arm des *Wächters* nach oben gestoßen, ein Schuss löste sich, und im selben Moment flogen die Türen auf und vier Schweizer Gardisten stürmten mit gezogenen Pistolen in die Kapelle.

Der *Wächter*, der letzte der fünf, Kardinal Casaroli, steckte sich den Pistolenlauf in den Mund und drückte ab.

LXXVIII

Zhang wäre nicht Zhang gewesen, wenn er sich auf *einen* Notfallplan allein verlassen hätte. Nur vier Minuten, nachdem er eine Nachricht von Monsignore Rinanzo erhalten hatte, in der er darüber informiert wurde, dass der Camerlengo nach einem Gespräch mit Donato Cavelli zusammen mit diesem die Unverletzlichkeit des Konklave gebrochen hatte, waren von ihm mehrere vorbereitete Ablaufpläne aktiviert oder in die nächste Phase versetzt worden. Es war nahezu ausgeschlossen, dass sie alle benötigt wurden, aber Zhangs Devise war schon immer gewesen: »Besser hundert Maßnahmen zu viel als eine zu wenig.« Seine Gewährsleute, die sich mit hochempfindlichen Mikrophonen auf dem Petersplatz befanden, hatten ihm fünf Schüsse aus Richtung der Sixtinischen Kapelle gemeldet. Offenbar war es bei der Wahl Rubinos zum Papst zu unüberwindbaren Schwierigkeiten gekommen und der *Wächter* hatte das Notwendige getan, damit nichts auf China zurückfallen würde. Ob er damit erfolgreich gewesen war, ließ sich zur Stunde nicht in Erfahrung bringen, auch nicht von Monsignore Rinanzo. Offenbar war er zurzeit von allen wichtigen Neuigkeiten abgeschnitten, eine Tatsache, die zweierlei bedeuten konnte. Entweder wurden innerhalb des Vatikan Informationen nur noch an diejenigen weitergegeben, die sie zur Erfüllung ihrer Aufgaben unbedingt haben mussten – unter den gegebenen

Umständen eine äußerst sinnvolle und daher wahrscheinliche Maßnahme – oder Rinanzo war aus dem Kreis der Eingeweihten ausgeschlossen worden, weil man ihn enttarnt oder zumindest in Verdacht hatte. Auch wenn dies die unwahrscheinlichere Variante sein mochte, es war höchste Zeit, ihn aus dem Vatikan zu holen, bevor man dort auf die Idee verfiel, ihn zu verdächtigen und unter Arrest zu stellen. Zhang nahm sein Smartphone zur Hand, suchte eine vorbereite SMS heraus, gab Monsignore Rinanzos Nummer ein und drückte auf *Senden*. Nun galt es, in einem verlorenen Spiel auf den letzten Metern zumindest noch ein paar Punkte zu machen.

Einige Kilometer weiter knallte Fiona Silvestri zum wiederholten Male den Hörer auf. Sie hatte es bei fast allen namhaften – und einigen weniger namhaften – Sendern versucht. Die Antwort war mehr oder weniger immer die gleiche gewesen: »Wenn Sie das Interview mit diesem Kardinal haben, wollen wir es senden, aber solange es nicht vorliegt, werden wir auch nicht berichten.« Bei aller Wut, die sie dabei herunterschluckte, war sie Profi genug, um das zu verstehen. Die Story war einfach zu sensationell, um nicht zu sagen unwahrscheinlich, um ohne handfeste Beweise gesendet zu werden. Außerdem war sie ja selber schuld, dieser blauhaarige Typ musste den vollen Speicherchip nach dem Herausnehmen aus der Kamera gegen einen leeren ausgetauscht haben. Sie hasste sich selbst dafür, dass sie den Chip nicht gleich vor Ort überprüft hatte. So aber war es, wie es war: Sie hatte die Story des Jahrhunderts, und niemand würde sie ihr glauben.

LXXIX

Neunter Tag des Konklave, fünf Uhr morgens

Es war eine lange Nacht gewesen. Nachdem die Schweizer Garde das gesamte Gebäude gesichert und sich davon überzeugt hatte, dass es keine weiteren Attentäter gab, waren die vier toten Kardinäle fortgebracht worden und Ärzte hatten sich um die Überlebenden gekümmert. Die körperlichen Verletzungen, die man sich in den Augenblicken der Panik zugezogen hatte, waren zum Glück nicht besonders gravierend, ein paar Prellungen und Abschürfungen, ein gebrochenes Handgelenk, das war alles. Kardinal Monti gehörte zu den Unverletzten. Allerdings standen nicht wenige unter Schock. Der Camerlengo hatte angeordnet, das Konklave für einen Tag auszusetzen. Cavelli hatte Camerlengo De Gennaro immer für ein etwas unscheinbares ausführendes Organ gehalten, doch in dieser Nacht, in der niemand mehr wusste, was zu tun war, wurde dieser unauffällige Mann für einige Stunden zum Zentrum der Katholischen Kirche. Zunächst hatte er eine totale Nachrichtensperre verhängt. Dies war nicht besonders schwierig gewesen. Die Kardinäle waren während des Konklave ohnehin von jeglicher Kommunikation mit der Welt abgeschnitten, und die Schweizer Garde unterstand währenddessen seinen Befehlen. Da es nicht ausgeschlossen war, dass die Schüsse in der Sixtinischen Kapelle bis auf den Petersplatz zu hören waren, würde man im *Osservatore Romano* eine kleine Notiz einrücken, dass während des Konklave die Gelegenheit genutzt würde, längst überfällige Bauarbeiten im päpstlichen Appartamento durchzuführen, durch die es leider zu Lärmbelästigungen kommen könne. Dann hatte es eine Krisensitzung gegeben. Da zu diesem Zeitpunkt völlig unklar gewesen war, wer noch alles in die Vorgänge verstrickt war und ob nicht sogar Räume im Vatikan abgehört wurden, hatte der Camerlengo für die Sitzung den Raum belegt, der als einziger gründlichst überprüft worden war, die Sixtinische Kapelle. Außer ihm selbst waren lediglich Kardinal Monti, Oberst Durand und Cavelli anwesend.

De Gennaro blickte düster zu Boden. »Ich kannte Kardinal Casaroli seit Jahren. Er war nie … ich begreife das alles nicht.«

»Er war zweifellos Teil der Verschwörung«, entgegnete Cavelli leise. »Offenbar hat er die Nerven verloren, als alles zu scheitern drohte.«

Die Stimme des Camerlengo war kaum ein Flüstern. »So muss es wohl gewesen sein. Dennoch … ich kannte ihn.«

»Niemand konnte ahnen, dass ein Kardinal im Konklave zur Waffe greift.« Cavelli schüttelte fassungslos den Kopf. »Dass er es überhaupt geschafft hat, sie in die Sixtinische Kapelle zu schmuggeln.«

»Was sollen wir denn tun?«, erwiderte Oberst Durand schroff. »Die Kardinäle nach Waffen durchsuchen, wie an irgendeinem Flughafen? Das ist und bleibt undenkbar.«

Nun wandte sich der Camerlengo an den Oberst: »Verständigen Sie den ersten und zweiten Sekretär. Ich brauche sie beide hier.«

Kardinal Monti räusperte sich unbehaglich. »Das ist wohl keine gute Entscheidung. Ihr zweiter Sekretär, Monsignore Rinanzo, ist offenbar tief in die Sache verstrickt.«

De Gennaro sah ihn ungläubig an. »Aber nein, das kann doch nicht …«

»Der Kardinal hat recht«, stimmte Cavelli ein. »Daran kann leider nicht der geringste Zweifel bestehen.« Cavelli fasste kurz zusammen, was er über Rinanzo wusste. Der Camerlengo hörte es mit schmerzlich verzerrter Miene an. Dann entnahm Cavelli der Videokamera den Speicherchip und überreichte ihn De Gennaro. »Dies ist das Original des Interviews mit Kardinal Monti. Es gibt keine Kopien. Auch die Journalistin, die das Interview geführt hat, besitzt keine, und auch sonst hat sie keinen Beweis, dass es überhaupt stattgefunden hat, dafür haben wir gesorgt.«

De Gennaro griff eilig nach dem Chip und hielt ihn fest umschlossen in der Faust.

»Danke. Aber wozu überhaupt das Interview, wenn es niemand sehen sollte?«

»Als Druckmittel gegen Kardinal Rubino. Es war klar, dass er alles leugnet, aber in dem Moment, wo Verbrecher damit rechnen müssen, dass über sie im Fernsehen berichtet wird, knicken viele ein. Auch Rubino.«

»Aber was, wenn diese Journalistin trotzdem darüber berichtet?«

»Ohne Beweise? Würden *Sie* das glauben? Nein, ich denke, diese Gefahr darf man vernachlässigen. Aber wie wollen Sie der Öffentlichkeit vier erschossene Kardinäle erklären?«

Der Camerlengo schüttelte müde den Kopf. »Ich weiß es noch nicht. Am liebsten gar nicht.« Er sah zu Cavelli hinüber, es hatte fast etwas Flehendes.

»Von mir wird niemand ein Wort erfahren, aber ich würde raten, so nah wie möglich bei der Wahrheit zu bleiben.«

»Das versuchen wir immer.«

Cavelli lächelte. »Es gelingt nur oft nicht.«

Der Camerlengo hob entschuldigend die Hände. »Wir sind alle nur Menschen.«

LXXX

Neunter Tag des Konklave, 22 Uhr 30

Mit seinem Bericht an das Ministerium war Zhang erneut in seine Taktik der Vernebelung zurückgefallen. Das Projekt *Ferne Morgenröte* fand nur am Rande Erwähnung. Es hätte sich gezeigt, dass seine Durchführung zu einem späteren Zeitpunkt aussichtsreicher sei und der Erfolg dafür umso größer sein würde. Breiten Raum hingegen nahm der Bericht über eine weitere Diskreditierung des Vatikan ein, die glänzend gelungen war. Ein Triumph auf ganzer Linie. Sämtliche italienischen und zahlreiche ausländische Medien hatten bereits über die kleine Motoryacht auf dem Tiber berichtet, die mitten in der Nacht durch eine heftige Explosion vollkommen vernichtet worden war. Alle Passagiere an Bord waren dabei ums Leben gekommen. Was die Polizei erst nach und nach herausfinden und dann ein Medienspektakel ersten Ranges entfachen würde, schrieb Zhang schon jetzt in seinen Bericht: Die Explosion war durch eine defekte Zuleitung zum Benzintank verursacht worden. Für eine Fremdeinwirkung gab es nicht den geringsten Hinweis. Die Yacht war vor einigen Tagen gemietet und die Kaution war in bar hinterlegt worden, was zwar ungewöhnlich, aber nicht illegal war. Die Identifikation der sechs Leichen würde ergeben, dass es sich bei fünf von ihnen um junge, männliche Prostituierte handelte. Die Sensation würde die Identität des sechsten Mannes sein. Es handelte sich um einen hochrangigen Vatikanmitarbeiter, einen gewissen Monsignore Rinanzo.

LXXXI

Zehnter Tag des Konklave

»Ein jeder prüfe sich selbst.«

Die Stimme des Camerlengo hallte am zehnten Tag des Konklave durch die Sixtinische Kapelle, und einige Augenblicke schien dieses Bibelzitat ehrfurchtgebietend über den Köpfen der versammelten Kardinäle zu schweben.

Zunächst hatte Camerlengo De Gennaro einen umfassenden Überblick über die Geschehnisse der vergangenen Tage gegeben, insbesondere darüber, welche Rollen dabei die Kardinäle Rubino, Sangalli, Friso, Casaroli und Monti sowie Donato Cavelli gespielt hatten.

Außerdem hatte er seine nach langem Überlegen und vielen Gebeten getroffene Entscheidung bekannt gegeben, die Öffentlichkeit einstweilen nicht über das Vorgefallene zu informieren. Die Sensationspresse würde sich darauf stürzen wie ein Geier auf das Aas, während die Hauptsache, die Wahl des Heiligen Vaters, zur bloßen Nebensache degradiert würde; dies aber könne niemals im Sinne der Kirche sein. In zwanzig oder dreißig Jahren könne man erneut darüber nachdenken, ob man dann die Öffentlichkeit über die näheren Umstände jenes conclave horribili informiere. Dies sei natürlich nur seine unmaßgebliche Meinung, die endgültigen Anweisungen, wie in dieser Sache zu verfahren sei, oblägen allein dem künftigen Papst. In dieser Stunde jedoch gelte sein Wort. »Es ist in diesem Konklave offenkundig geworden«, fuhr er fort, »dass nicht alle Kardinäle in der Lage waren, ihrem freien Willen zu folgen. Sie sahen sich gezwungen, aus welchen Gründen auch immer, nach den Wünschen einer dritten Macht – möge der Herr sie uns eines Tages enthüllen – zu handeln. Ich verurteile niemanden, wir alle sind fehlbar, und wer unter uns ohne Sünde ist, der werfe den ersten Stein, doch ich fordere diese Kardinäle auf, bei allen folgenden Wahlgängen einen leeren Stimmzettel abzugeben. Diese Zettel werden nicht als Enthaltung, sondern als nicht existent gewertet, damit eine Wahl mit Zweidrittelmehrheit nicht blockiert wird. Ich will nicht wissen, um wen es sich im Einzelnen handelt, ich sage nur: Ein jeder prüfe sich selbst!«

Schweigen senkte sich über das Konklave, und niemand suchte den Blick der anderen.

LXXXII

Zum neunten Mal quoll Rauch aus dem Schornstein über der Sixtinischen Kapelle. In der Menge auf dem Petersplatz brandete Jubel auf, der jedoch sogleich wieder verebbte. Auch dieser Rauch war wieder dunkel. Ein Raunen der Enttäuschung ging über den Platz. Dann jedoch erneuter Jubel. Der Rauch wurde mit jeder Sekunde heller, offenbar hatten sich noch Reste der dunkelfärbenden Chemikalie im Ofen befunden, doch die verflüchtigten sich mit jedem Augenblick mehr und bald war es eindeutig: Der Rauch war weiß.

»Habemus Papam!«, hallte es in protokollarisch unkorrekter Voreiligkeit freudig von allen Seiten über den Platz.

Eine gute halbe Stunde später war es so weit. Der Kardinalprotodiakon betrat die Mittelloggia des Petersdoms und verkündete den bürgerlichen Namen des neu gewählten Heiligen Vaters.

Noch am selben Tag gingen im Vatikan zahlreiche Anrufe von Staatschefs aus aller Welt ein. Ein besonders herzlicher bekräftigte den – bei aller Unterschiedlichkeit in den Ansichten – tiefen Respekt vor dem Papst und den Wunsch nach freundschaftlicher Zusammenarbeit mit der Volksrepublik China.

Es war dies ein Tag der Freude und der Feierlichkeit, doch schon morgen wartete ein nie kleiner werdender Berg von Problemen auf das neue Oberhaupt der Katholischen Kirche. Eines davon würde darin bestehen, herauszufinden, welche Kardinäle sich in Situationen gebracht hatten, durch die sie erpressbar geworden waren. Man würde bei denen beginnen, welche ihre Wahl zum Papst nicht angenommen hatten, und auch die anderen würde man früher oder später ausfindig machen. Dann würde man in dieser Causa nach guter alter Kurienart verfahren. Kein Kardinal würde angeklagt, bestraft oder bloßgestellt werden. Allerdings würden diese Männer künftig fern von Rom und ohne jeden Einfluss sein, nicht indem man sie verbannte, nein, die bewährte Sprachregelung lautete: »Eminenz, Sie werden in Afrika gebraucht.«

LXXXIII

Man hatte einige Tage abgewartet, ob der Vatikan eine Erklärung abgeben würde, die geeignet war, dem Ministerium in irgendeiner Weise zu schaden, doch offenbar war man in Rom klug genug gewesen, darauf zu verzichten. Zhangs Abschlussbericht war ebenfalls unverzüglich im Aktenvernichter des stellvertretenden Ministers gelandet, und somit war das Ganze nie passiert. Zumindest nicht für den Minister. Damit dies so blieb, war man, wie immer, mit größter Gründlichkeit vorgegangen. Zunächst waren sämtliche Mitarbeiter der chinesischen Vertretung in Rom in Botschaften rund um den Globus versetzt worden. Auch die Personen, die im Ministerium mit Zhang zu tun gehabt hatten, wurden an andere Dienststellen beordert. Zhang, der Mann, von dem es geheißen hatte, dass er beim Gehen keinen Schatten werfe, wurde aus allen Verzeichnissen gelöscht, sämtliche Akten und Dateien, selbst jene, die nur indirekt mit ihm zu tun hatten, wurden vernichtet.

Er selbst erschien nie wieder an seinem Arbeitsplatz oder in seiner Wohnung. Ein dezent gestreutes Gerücht besagte, dass er sich in Guiyang zur Ruhe gesetzt hätte. Von ihm – und seiner Sekretärin, die auch unter schärfster Befragung bis zuletzt wieder und wieder versichert hatte, von all dem nichts gewusst zu haben – hat niemand je wieder etwas gehört.

Epilog

Eine Woche später

Es war in den letzten Jahrzehnten schon bei mehreren Gelegenheiten vorgekommen, dass Cavelli Gelegenheit gehabt hatte, mit einem amtierenden Papst einige Worte zu wechseln, meistens bei zufälligen Begegnungen in den Vatikanischen Gärten, doch an diesem Montagmorgen war es zum ersten Mal gewesen, dass er offiziell in den Privataudienzsaal des Papstes gebeten worden war. Obwohl Cavelli Orden und Titel immer für eitle Albernheiten gehalten hatte, musste er doch schlucken, als der Heilige Vater ihm für seine *besonderen Verdienste um die Katholische Kirche* die höchste Auszeichnung des Vatikan um den Hals legte, den *Militia Domini Nostri Iesu Christi,* den Orden der Christusritter, ein rotes Prankenkreuz unter einer goldenen Krone, das seit über dreißig Jahren niemand mehr erhalten hatte.

Bei aller Feierlichkeit war es eine stille Ehrung. Außer seiner Heiligkeit und Cavelli war nur der alte (und auch neue) Camerlengo zugegen gewesen. Vom sonst üblichen großen Zeremoniell hatte man abgesehen, es hätte nur unnötig zu Fragen geführt. Mehr noch als der Orden selbst war Cavelli etwas anderes nahegegangen. Bei der Verabschiedung hatte der Papst mit beiden Händen die seine umfasst und dann etwas gesagt, das aus tiefstem Herzen zu kommen schien: »Du gehörst zu uns.«

Den Abend verbrachte er mit Beatrice und ihrem Mann. Zur Feier des Tages hatte er sie zum Essen ins Hotel Hassler eingeladen. Terry starb geradezu vor Neugierde, zu erfahren, was es mit der Ordensverleihung auf sich hatte, aber bevor Cavelli antworten konnte, ließ ihn ein durchdringender Blick Beatrices und ein mahnender Druck ihres Beins gegen das seine unter dem Tisch nur abwinken und leichthin erklären, dass wohl jeder Vatikanbewohner irgendwann einen Orden bekäme, solange er keine silbernen Löffel stahl. Offenbar hatte Beatrice ihrem Mann nichts erzählt und wollte es auch dabei belassen. Cavelli lächelte innerlich bei dem Gedanken, dass sie beide dieses Geheimnis teilten.

Obwohl man die Ehrung zwar nicht an die große Glocke gehängt hatte, war sie dennoch nicht geheim geblieben. In den Listen der vom Vatikan Geehrten, die der *Osservatore Romano* bei solchen Anlässen zu veröffentlichen pflegte, war unter C auch Cavellis Name aufgeführt. Anscheinend gab es auch an der Sapienza einige Mitglieder des Lehrkörpers, die dieses Blatt aufmerksam lasen, denn als Cavelli am nächsten Tag dort erschien, wussten bereits viele Bescheid. Einige gratulierten ihm, doch die meisten ließen es bei einem verkniffenen Nicken bewenden und behandelten ihn ostentativ wie immer. Ein Orden, und sei es auch der höchste des Vatikan – so ihre Botschaft an Cavelli und vor allem sich selbst – konnte sie in keiner Weise beeindrucken. Im Grunde war es auch besser so; Cavelli hätte nicht darüber sprechen können, und wenn er es dennoch getan hätte, würde man ihm nicht geglaubt haben. Er glaubte es ja selber kaum, und die Erinnerungen an die letzten Tage erschienen ihm auf seltsame Weise als nicht ganz real.

Der Rest des Vormittags war absolut gewöhnlich. Cavelli versuchte, seine Studenten für die Frage zu begeistern, ob William Shakespeare ein katholischer Untergrundkämpfer gewesen war. Er legte dar, dass William als Sohn eines Katholiken nicht nur viele Kontakte zu Männern dieses Glaubens gepflegt, sondern auch dreimal Rom besucht sowie auch Alexander Houghtons Geheimgesellschaft *Catholic Association* angehört hatte. Innerlich gratulierte Cavelli sich dazu, wie es ihm immer wieder gelang, spannende Aufhänger für ansonsten oft trockenen Lehrstoff zu finden. Er ließ den Blick über das versammelte Auditorium schweifen, das seinen Ausführungen lauschte, bis er an einem Studenten hängen blieb, der den Kopf auf beide Hände aufgestützt und die Augen geschlossen hatte. Sein Atem ging ruhig und gleichmäßig. Unwillkürlich musste Cavelli an Papst Urban den soundsovielten denken, einen der blutrünstigsten Päpste überhaupt. Einmal ließ er die Leichen zweier Kardinäle, die er hatte ermorden lassen, anschließend in Öfen austrocknen und zu Staub zerstoßen. Eine ziemlich gute Methode, jemanden endgültig zu beseitigen, fand Cavelli – immer vorausgesetzt, man besaß die nötigen Gerätschaften. Cavelli seufzte und stieg die Stufen des Auditoriums hinauf, bis er direkt vor dem Studenten stand.

»Schläfst du?«

Außer einem grunzenden Schnarchen erhielt er keine Antwort.

Kein Zweifel, der Alltag hatte ihn wieder.

Dichtung und Wahrheit

Donato Cavelli, seine Ahnen und ihre vatikanischen Privilegien sind Phantasie. Allerdings gab es den sogenannten Schwarzen Adel, womit gemeinhin der Teil des italienischen Adels bezeichnet wird, der sich der italienischen Freiheitsbewegung, dem Risorgimento unter Giuseppe Garibaldi, widersetzte und nach der Auflösung des Kirchenstaats 1870 Papst Pius IX. weiterhin die Treue hielt, während sich der Papst von da an als *Gefangener im Vatikan* bezeichnete.

Mit der Lösung der sogenannten *Römischen Frage* 1929 durch die Unterzeichnung der mit Mussolini ausgehandelten Lateranverträge, die die Gründung des Vatikanstaates zur Folge hatte, erhielten viele dieser papsttreuen Adeligen zusätzlich zur italienischen auch die vatikanische Staatsbürgerschaft, wodurch sie ihre Titel auch nach 1946, als der Adel in Italien abgeschafft wurde, weiterhin behalten durften.

Außerdem hat es natürlich im Verlauf der letzten zweitausend Jahre auch immer wieder Bürgerliche gegeben, die von Päpsten für ihre besonderen Verdienste mit Geld und Privilegien belohnt wurden. Relativ bekannt ist die Geschichte von dem ligurischen Seemann Bresca, der 1586 bei der Aufstellung des Obelisken vor dem Petersdom ein Unglück verhinderte. Damit die neunhundert Arbeiter, die den dreihundert Tonnen schweren Obelisken mit Seilwinden aufrichten sollten, alle Befehle gut verstehen würden, war von Papst

Sixtus V. jegliches Sprechen unter Androhung der Todesstrafe verboten worden. Als Bresca jedoch bemerkte, dass sich die Seile durch die Reibung erhitzten, rief er ungeachtet der Todesdrohung »Wasser auf die Seile«, was auch geschah, wodurch ihr Reißen im letzten Moment abgewendet wurde. Der Seemann wurde nicht hingerichtet, sondern mit dem erblichen Titel Capitano geehrt und er erhielt das ebenfalls vererbbare Privileg, als Päpstlicher Hoflieferant den Papst exklusiv mit Palmzweigen beliefern zu dürfen. Ein Privileg, das bis zum heutigen Tage gilt. Ja selbst die Lieferung der Zweige fand unter besonderen Bedingungen statt. Erreichte ein Bresca-Schiff die Tibermündung, wurde gut sichtbar ein Palmzweig am Hauptmast angebracht, der Vorrang vor allen anderen Schiffen garantierte.

Alle im Roman erwähnten Orte innerhalb des Vatikan sowie die Villa d'Este und alle Ämter innerhalb des Vatikan (einschließlich des Clavigero) existieren wirklich, und alle Schilderungen zum Ablauf eines Konklave entsprechen der Realität. Ebenfalls alle Angaben über die Schweizer Garde sowie Sitten und Gebräuche im Vatikan.

Sämtliche Figuren außer früheren Päpsten und Politikern sind erfunden.

Maos Programme der »Kulturrevolution« und »Lasst tausend Blumen blühen« haben so wie im Roman beschrieben stattgefunden. Von einem Projekt »Ferne Morgenröte« ist nichts bekannt. Die Zeitung »Corriere del Giorno« ist fiktiv und meint keine real existierende Publikation, sondern lediglich eine bestimmte Gattung von Medien.

Ein Vatikanisches Konzil mit dem Ziel, den Papst seines Amtes zu entheben, könnte in einer Situation, wie in diesem Roman geschildert, im Wesentlichen so ablaufen.

D.C.